Rose-Mary Hein
Vernissage des Bösen

Rose-Mary Hein

Vernissage des Bösen

Dieses Buch ist ein RoCharaktere und die Handlung sind von mir frei

Satz: Thorsten Falke
Gesetzt aus der Caslon Pro mit Adobe InDesign.

Herstellung und Verlag:
BoD – Books on Demand, Norderstedt
ISBN 978-3-738-61401-5

Bibliografische Information der Deutschen Nationalbibliothek: Die Deutsche Nationalbibliothek verzeichnet diese Publikation in der Deutschen Nationalbibliografie; detaillierte bibliografische Daten sind im Internet über *www.dnb.de* abrufbar.

Dieses Buch widme ich insbesondere
Christian, Ilona,
Kenneth und Anton

Athen, Oktober 2009

Die Flüge nach Berlin waren gebucht, die Koffer gepackt. Morgen würden sie beide Athen verlassen. Aber niemals hätte er einfach so gehen können. Zum letzten Mal wollte er den vertrauten modrigen Geruch in seine Lungen ziehen, bevor er den Raum für immer verriegeln würde. Er war alleine hier unten. In den letzten Jahren war er immer nur alleine hier.

Er verzichtete darauf, den Lichtschalter zu betätigen. Stattdessen zündete er einige Kerzen an, die auf den Regalen standen – und setzte sich andächtig auf die marode Pritsche. Sein Blick tastete, ähnlich einem Laserstrahl, jedes noch so kleine Detail des Raumes ab, wanderte über ineinander gestapelte Schüsseln, Eimer und Zinkwannen, über geschlossene Schübe, deren Inhalt in einem Krankenhaus der Dritten Welt Fortschritt bedeutet hätte. Unter den vier breiten Regalen hingen, säuberlich aufgereiht, verschiedene Sägen, der Größe nach geordnet. Ebenso Zangen, unterschiedliche Zangen. Einige, die in der Zahnmedizin verwendet wurden. Jene, mit denen man Molaren, Prämolaren oder Schneidezähne problemlos aus dem Kiefer extrahieren konnte. Alles hing griffbereit zwischen dem untersten Regal und dem großen Holztisch – dem alten, rustikalen Holztisch, der eine ungewöhnliche Maserung aufwies.

Er erhob sich von der Pritsche, näherte sich jenem Tisch mit den schwarzen Streifen und betrachtete zufrieden grinsend die dunklen, unregelmäßigen Linien. Blut. Das eingetrocknete Blut seiner unzähligen kleinen, wehrlosen Opfer.

Blutreste, die sich anklagend für die Ewigkeit tief ins Holz gefressen hatten. Mit dem Fingernagel fuhr er kraftvoll durch eine der dunklen Rillen und schob genüsslich ausgedörrte, schwarze Krümel an den Rand des Tisches.

Sein Blick wanderte nach oben. Gläser, viele verstaubte Präparategläser, standen dort gut verschlossen in Reih und Glied. Er schaute in grotesk verzerrte, offene Münder, die den Blick auf winzig kleine, noch nicht an feste Nahrung gewöhnte Zähne freigaben. Spielerisch drehte er eins der vielen Gläser in seiner Hand. Er beobachtete mit kindlicher Freude den Tanz der blicklosen Augen, die schwerelos in der Formalinlösung auf und ab wippten. Erwartungsgemäß setzte wieder das wohlige Kribbeln und Ziehen in seiner Leistengegend ein. Mit geschlossenen Augen genoss er einen kurzen Moment dieses angenehme Gefühl.

Als er das Glas wieder an seinen Platz stellen wollte, hielt er einen Moment inne. Diabolisch grinsend stieg er auf einen Stuhl, griff gezielt nach einem mittelgroßen Glas, das versteckt in der hintersten Reihe stand. Eine schmierige Staubschicht ließ den schwerelos tanzenden, grausamen Inhalt nur schemenhaft erkennen. Wild wippte und drehte sich das schwimmende Präparat in seinem nassen Gefängnis und schlug, ein klickendes Geräusch verursachend, immer wieder gegen die Innenseite des Behälters. Von plötzlicher Panik ergriffen stellte er das Glas, das in seiner Hand zu glühen schien, auf das unterste Regal und wich entsetzt zurück. Der Inhalt wippte und drehte sich unaufhörlich weiter.

Ihm wurde übel. Sein Herz raste, Schweißperlen standen auf seiner Stirn. Das klickende Geräusch wurde kontinuierlich lauter und lauter und peinigte erbarmungslos sein Trommelfell. Zitternd presste er beide Hände auf seine schmerzenden Ohren und schleppte sich keuchend die fünf Stufen nach oben, verriegelte mit letzter Kraft den Raum und kroch wie ein angeschossenes Tier ins Freie. Erschöpft fiel er auf die Knie und erbrach einen Schwall grüner Galle.

1

Athen, 1994

Knapp vierzig Grad, obwohl es bereits auf den Spätnachmittag zuging. Wer nicht unbedingt musste, bewegte sich so wenig wie möglich. In drei oder vier Stunden würde die Stadt wieder lebendig werden. Touristen, die jetzt faul am Strand lagen oder den Nachmittag im kühlen Hotelzimmer verbrachten, würden dann durch die Plaka, den ältesten Stadtteil Athens schlendern um anschließend Gyros, Moussaka oder Stifado in einer der vielen Tavernen zu bestellen.

Arjana stand reglos, splitternackt, die vierte oder fünfte Zigarette rauchend am Fenster. Die tropfnassen Haare ignorierend, verharrte sie in der kleinen Pfütze, die sich inzwischen unter ihren Füßen gebildet hatte. Ihre Hände zitterten. Scheinbar emotionslos nahm sie das Treiben ihrer Brüder wahr. Und Sie sah, wie zufrieden ihre Mutter dem wilden Spiel der Zwillinge, Milan und Damianos, zuschaute. Sie tobten geräuschvoll im Pool und versuchten immer wieder, sich gegenseitig von der bunten Luftmatratze ins Wasser zu stoßen.

Auch Nala, die afrikanische Haushälterin, saß ausnahmsweise mit am Pool und schaute mit gerunzelter Stirn dem Treiben der Brüder zu. Normalerweise war Nala nie um eine Ausrede verlegen, wenn es darum ging, sich nicht dazusetzen zu müssen. Etelka wird sie hartnäckig dazu überredet haben. Nala war keine Haushälterin im eigentlichen Sinn, sondern Etelkas älteste Freundin. Sie war schon im Haus, bevor Arjana und die Zwillinge geboren wurden.

Und: Nala hatte ihre eigene Sicht auf die Dinge. Sie machte ihre Arbeit, wollte aber in die familiären Belange nicht mit einbezogen werden. Diesbezüglich gab es schon öfter mal Streit zwischen Etelka und ihr. Das letzte Wort hatte Nala.

Ihr Standardsatz, um eine Diskussion zu beenden: »Etelka, es ist deine Familie, und ich werde nichts kommentieren, was mich nichts angeht, basta!«

Den Blick, mit dem Nala die Zwillinge beobachtete, konnte Arjana bis heute nicht deuten. Vielleicht fiel es ihr noch immer schwer, die beiden auseinanderhalten. Es war ja auch schwierig. Beide glichen sich wie ein Ei dem anderen und doch waren sie vom Wesen her grundverschieden: Milan war der Gefühlvolle, Bedächtige und Damianos der Draufgänger, rücksichtslos und egoistisch. Für Außenstehende war es schier unmöglich, sie zu unterscheiden: Physiognomie, Stimme, Bewegungsabläufe schienen vollkommen gleich.

Mit ihren fünfzehn Jahren waren sie größer als die meisten Gleichaltrigen. In der Schule gehörten sie zu den Besten. Es gab kein Fach, in dem sie unterschiedliche Leistungen brachten. Sie mussten sich noch nicht einmal besonders anstrengen. Beide erweckten den Eindruck, als wären sie ständig unterfordert.

Arjanas Gedanken rotierten allerdings nur noch um eins: *Ich will, nein, ich muss hier weg!*

Mehrmals hatte sie versucht, mit ihren Eltern darüber zu sprechen, und in ihrer Verzweiflung auch mit Nala. Sie erfand Gründe, warum es für sie von Nutzen wäre, wenn sie in einer anderen Stadt studieren würde.

Beim ersten Gespräch hörte ihr Vater ihr aufmerksam zu, und sie hatte den Eindruck, als würde er ihrem Wunsch zustimmen wollen. Doch bevor er etwas sagen konnte, ergriff Etelka das Wort. Sie sah nicht ein, warum sie Unterkunft und Lebenshaltungskosten der Tochter übernehmen sollten, da doch die Athener Villa für die Familie reichlich Platz bot. Arjana standen im Elternhaus zwei eigene Zimmer zur Verfügung. Sie brauchte sich um nichts zu kümmern und sogar die Uni war in unmittelbarer Nähe.

Ihr Vater versuchte erst gar nicht, seine Frau umzustimmen. Seit der Geburt der Zwillinge zog er sich immer mehr zurück. Für Etelka gab es nur noch Milan und Damianos. Wobei dem genauen Beobachter nicht entging, dass sie Damianos, warum auch immer, bevorzugte und nach allen Regeln der Kunst verwöhnte.

Den wahren Grund, weshalb Arjana Athen verlassen wollte, konnte und durfte sie ihnen nicht sagen. Sie hatte Angst, panische Angst, dass die Eltern irgendwann die Machenschaften der Zwillinge bemerken könnten. Damianos würde seine Rückschlüsse ziehen. Er würde annehmen, dass seine Schwester Arjana ihr Versprechen gebrochen hat. In ihrer Verzweiflung hatte Arjana vor ein paar Tagen versucht, Nala zu überreden, mit den Eltern zu sprechen, obwohl sie wusste, dass sich Nala noch nie in die familiären Belange eingemischt hatte. Aber einen Versuch war es wert gewesen.

Nala hatte ihr mit ernster Mine zugehört und meinte dann: »Arjana, die Gründe, die du angibst, um deinen Auszug aus deinem Elternhaus zu rechtfertigen, entsprechen nicht der Wirklichkeit. Sag ihnen die Wahrheit, Arjana, sag ihnen die Wahrheit, bevor es zu spät ist!«

»Welche Wahrheit, Nala wovon sprichst du?«

Nala hatte schon die Türklinke in der Hand und drehte sich noch einmal zu Arjana um. »Welche Wahrheit, fragst du? Es gibt nur eine Wahrheit, Arjana, und du solltest unbedingt mit deinen Eltern darüber sprechen!«

Nala hatte Recht. Aber was wusste sie, was hatte sie gesehen, was hatte sie entdeckt? Arjana hatte noch Fragen über Fragen und drehte sich nochmals zu Nala um, die in diesem Moment die Tür von außen geräuschlos ins Schloss zog.

Ihr war klar: Schon vor sieben Jahren, hätte sie die Eltern auf das betrügerische, brutale Treiben der Brüder hinweisen müssen. Vielleicht wäre vieles, was danach geschah, gar nicht erst geschehen.

Die Zwillinge waren zu jener Zeit acht Jahre alt gewesen. Jetzt waren sie fünfzehn, und nun war es zu spät. Inzwischen schlief sie kaum noch eine Nacht durch. Wüste Träume sorgten dafür, dass sie fast jede Nacht angstgelähmt im Bett lag. Ihr Herz schlug wild, laut und unregelmäßig. Morgens stand sie mit peinigenden Kopfschmerzen auf und bekam keinen Bissen runter. Kamen die Zwillinge zum Frühstück in die Küche, verließ Arjana fluchtartig das Haus.

Sie wusste inzwischen zu viele Details – wusste, wozu Damianos und offensichtlich auch Milan fähig waren.

Beim letzten Gespräch – es war eins von vielen – versuchte sie, insbesondere Milan, denn Milan schien ihr noch immer der Vernünftigere von beiden zu sein, davon zu überzeugen, dass dieses Treiben irgendwann böse enden würde. Einen kleinen Moment lang hatte sie den Eindruck, Milan würde es einsehen. Er nickte schuldbewusst und meinte dann zu Damianos: »Sie hat Recht, Damianos, wir müssen aufhören!«

Daraufhin erhob sich Damianos sehr langsam, fast geräuschlos vom Stuhl und bewegte sich auf Arjana zu. »Nein, das müssen wir nicht.« Kaum hörbar zischte er ihr diesen Satz ins Ohr. »Und noch was, liebste Schwester, hör mir genau zu, sehr genau, ich werde es nicht wiederholen: Du wirst niemals darüber reden, mit niemand, hast du das verstanden?«

Er stand dicht vor ihr, so dicht, dass sie seinen Atem im Gesicht spürte. Als sie das Schnipsen seiner Finger vernahm, nickte sie wortlos und senkte zitternd den Blick. Daraufhin drehte er sich um und verließ angewidert den Raum.

Ungläubig, mit weit aufgerissenen Augen, schaute Milan Arjana an, die wie versteinert mitten im Zimmer stand. Er wirkte hilflos, umarmte seine Schwester und versprach ihr, nochmals mit Damianos zu reden.

Sie zuckte nur ratlos mit den Schultern und wusste, dass sich nichts, aber auch gar nichts ändern würde.

Arjana erinnerte sich noch gut an den Moment vor fünfzehn Jahren, als ihre Brüder geboren wurden. Sie war damals sechs Jahre alt und überglücklich und gespannt, wie das neue Leben mit einem Bruder oder einer Schwester werden würde. Es wurde anders, als sie es erwartet hatte. Alles drehte sich nur noch um die Zwillinge, so sehr sie sich auch um Anerkennung und Zuwendung bemühte.

Keinem fiel auf, dass sie sich im Laufe der Jahre immer mehr zurückzog. Irgendwann begann sie, ihre Gedanken, ihre Gefühle, sämtliche Vorkommnisse in das kleine blaue Tagebuch zu schreiben, anfangs ausführlich, später nur noch im Telegrammstil. In letzter Zeit stand zum wiederholten Mal quer über das ganze Blatt:

ICH MUSS HIER WEG!

Es war Damianos, der seiner Schwester das Leben schwer machte. Er mochte sie nicht. Mit ihrer liebenswürdigen, gradlinigen Wesensart versuchte sie, zumindest empfand er es so, ständig einen Keil zwischen ihn und Milan zu treiben.

Er verabscheute es, wenn die beiden miteinander lachten, wenn Arjana Milan umarmte, wenn Milan der Schwester Aufmerksamkeit schenkte und umgekehrt.

Milan war *SEIN* Zwilling, Milan und ihn verband mehr als nur der gleiche Geburtstag. Sie hatten auch kein symbiotisches Verhältnis. Nein, das hatten sie nicht, sie waren *EINS*. Milan war Damianos und Damianos war Milan. Kein Dritter würde sie jemals trennen können.

Damianos fühlte sich ständig von seiner Schwester beobachtet und genauso war es auch: Arjana hatte immer ein ungutes Gefühl, was die Aktivitäten der Zwillinge betraf. Sie hätte es nicht konkretisieren können, es war nur eine Ahnung. Bis zu jenem Tag vor ca. sieben Jahren, als sich Arjanas Misstrauen das erste Mal bestätigte. Sie erinnerte sich mit Entsetzen daran, ja sie war entsetzt, wütend und traurig, dass ihre Brüder zu so etwas fähig waren. Dass diese grausame Begebenheit nur ein Glied in der Kette der barbarischen Aktivitäten ihrer Brüder war, entdeckte sie erst später.

Damianos und Milan saßen am Rand des Pools, in der Hand hielten beide eine Stoppuhr. Die Katze, die im Pool verzweifelt um ihr Leben schwamm, konnte sich kaum noch über Wasser halten. Jedes Mal, wenn sie den vermeintlich rettenden Rand erreichte, stieß entweder Milan oder Damianos sie zurück ins Wasser. Milan wollte dieses unsinnige »Experiment« – »unser Experiment«, ja, genau so nannten sie es – schon längst beenden. Damianos wiederum fand das, was sie taten, überhaupt nicht unsinnig: »Wir forschen, Milan, es dient der Forschung. Gleich ist es vorbei, und dann wissen wir, wie lange sich eine Katze über Wasser halten kann.«

Arjana konnte das erschöpfte Tier im letzten Moment aus dem Wasser ziehen. Entkräftet lag es am Rand, unfähig einen Schritt zu gehen. Damianos war wie von Sinnen. Er schrie seine Schwester an, schlug und trat mit den Füßen nach ihr. Sie hatte Mühe ihn abzuwehren. Das war das erste und letzte Mal, dass sie ihm eine Ohrfeige verpasste.

Damianos blieb wie angewurzelt stehen, schnipste laut mit den Fingern und starrte auf sein weißes T-Shirt, das sich langsam rot färbte. Aus einem schmalen, langen Riss des linken Ohrläppchens tropfte Blut. Unvermittelt, ohne ein Wort zu sagen, drehte er sich um und ging ins Haus.

Arjana rannte ihm ein paar Schritte hinterher und gab dann auf. Nicht nur Damianos hatte sich bei dem Gerangel an der Stoppuhr verletzt, auch sie hatte blutige Kratzer an den Armen und im Gesicht.

Nach dieser Begebenheit kam Milan weinend in ihr Zimmer und bat sie, doch bitte den Eltern nichts von dem »Experiment« zu erzählen. Er versprach ihr, indem er Zeige- und Mittelfinger hochhielt, so etwas nie wieder zu tun.

Arjana zog Milan dicht zu sich heran und bat ihn eindringlich, etwas Abstand von seinem Bruder zu nehmen, da sie den Eindruck hatte, dass dieser ihn nur benutzen würde. Sie war der Ansicht, dass das grausame Spiel mit der Katze Damianos Idee gewesen sein musste.

Milan nickte eifrig, seine Augenlider zuckten unkontrolliert und er versprach ihr, sich zu ändern.

Sie schaute ihm prüfend ins Gesicht und war sich gar nicht mehr so sicher, ob er wirklich anders als sein Bruder war. Vielleicht konnte er seine Aggressionen einfach nur besser verstecken und versuchte, sein Umfeld auf eine liebenswürdige Art zu täuschen. Wie auch immer, sie behielt diesen folgeträchtigen Vorfall für sich. Sie gab ein Versprechen, dass sie bis heute zutiefst bereute.

Von diesem Moment an ließ Damianos keine Gelegenheit aus, ihr zu schaden. Seine Phantasie schien diesbezüglich grenzenlos. Er durchwühlte ihre Schränke, deponierte ihre Sachen an einen anderen Platz und grinste schadenfroh, wenn sie verzweifelt wichtige Unterlagen suchte, die sie für die Schule benötigte. Mitunter schrie er grundlos und beschuldigte Arjana, ihn geschlagen zu haben. Ihre Mutter glaubte ihm und stellte jedes Mal verärgert Arjana zur Rede.

Damianos genoss diese Machtspielchen. Eines Tages aber entging ihm, dass sein Vater im Nebenraum war, als er wieder einen seiner Wutanfälle bekam und seine Schwester beschimpfte.

Spiro stand plötzlich im Türrahmen und wies Damianos verärgert zurecht: »Damianos, hör auf damit, was soll das?«

»Damianos? Vater, ich bin nicht Damianos, ich bin Milan!«

»Du bist Damianos – und lass dieses Spielchen!«

»Nein, ich bin Milan, außerdem ist es doch egal, ob Damianos oder Milan. Es gibt keinen Unterschied.«

Spiro starrte mit durchdringendem Blick auf seinen Sohn. »Zum letzten Mal Damianos, lass diesen Unsinn.«

Auf die Zurechtweisung des Vaters reagierte der damals Zwölfjährige reglos. Nur sein Blick, dieses kaum wahrnehmbare Grinsen, begleitet vom ständigen, lauten Schnipsen seiner Finger, verbreitete eine kaum auszuhaltende, bedrohliche Atmosphäre. Als er endlich das Zimmer verließ, setzte sich Spiro zu seiner Tochter und nahm sie schützend in den Arm. Minutenlang genoss Arjana die Umarmung des Vaters. Schweigend saßen sie dicht nebeneinander. Sie hatte das Gefühl, ihr Vater wusste – oder ahnte, dass Damianos anders war. Was allerdings dieses Anderssein bedeutete und wie es der Familie Zukunft beeinträchtigen würde, erriet zu diesem Zeitpunkt niemand. Gesprochen wurde darüber nie.

Spiro erhob sich, strich seiner Tochter schweigend übers Haar und verließ den Raum. Diese Begebenheit, die Umarmung des Vaters, dieses Gefühl des Beschütztwerdens, lag nun schon Jahre zurück und wiederholte sich nie wieder.

Lautes Klopfen an der Tür holte Arjana in die Gegenwart zurück. Sie musste eine Ewigkeit am Fenster gestanden haben ohne zu bemerken, dass sich inzwischen niemand mehr am Pool befand. Nachdenklich wickelte sie ein Strandtuch um ihren mageren Körper und öffnete die Tür. Milan starrte sie verdutzt an.

»Was ist mit dir, Arjana? Wir warten auf dich. Heute ist das traditionelle Familienessen in Piräus.«

»Ja, ja, ich weiß, aber ich werde nicht mitkommen. Richte den Eltern aus, dass ich mich unwohl fühle. Beim nächsten Mal bin ich bestimmt dabei.«

Milan klang sehr enttäuscht, weil auch Damianos über Unwohlsein klagte und diesmal nicht mitkommen wollte.

»Damianos bleibt auch hier?«

Milan nickte betrübt. Lautes Hupen signalisierte ihm, dass die Geduld der Eltern bereits überstrapaziert wurde. Eilig rannte er die Treppe hinunter und verließ das Haus.

Arjana zog sich irritiert in ihr Zimmer zurück. Eigentlich hatte sie gehofft, ungestört ein paar Stunden im Haus verbringen zu können, allein den Pool zu nutzen und von niemand angesprochen zu werden. In der letzten Zeit hatte sie kaum eine Nacht durchgeschlafen. Sie fühlte sich erschöpft, und wünschte sich nichts mehr, als endlich einen klaren Gedanken fassen zu können. Sie drehte sich gedanklich ständig im Kreis. Nalas Worte gingen ihr nicht mehr aus dem Kopf. *Was weiß Nala wirklich? Wie viel hat sie mitbekommen?*

Spontan beschloss sie, Nala aufzusuchen. Sie schlüpfte in ein leichtes Sommerkleid und machte sich auf den Weg. Barfuß, um möglichst kein Geräusch zu verursachen, immer zwei Stufen auf einmal nehmend, eilte sie nach unten. Sie wollte jetzt auf keinen Fall Damianos begegnen.

Aus diesem Grund ging sie auch nicht am Pool entlang. Er hätte sie sonst durch das Fenster bemerken können. Sie wählte den steinigen Weg, der sich durch den naturbelassenen Teil des Gartens schlängelte.

Nalas Wohnung befand sich ebenerdig, im hinteren Teil des Grundstücks. Ein kleines, flaches Häuschen mit weit überstehendem Dach, eingerahmt von dichten Bäumen und Büschen. Die Räume waren nicht nur im Hochsommer dunkel und kühl, sie boten zudem einen unspektakulären Blick auf ein farbloses Gartenhaus. Allerdings: Zur Blütezeit der wilden Rosen, die fast die gesamte krumme Hütte überwucherten, war der Anblick schon etwas Besonderes. Diese Holzhütte war seit eh und je der Lieblingsspielplatz der Zwillinge. Sie bezeichneten sie von Anfang an als ihre kleine »Schatzkammer«. Wenn die beiden darin zugange waren, kam niemand auf die Idee, die Hütte zu betreten. In der einen Ecke lagerten seit Jahren alte Säcke mit Düngemittel, daneben verrostete Gartengeräte und zwei alte, aber gebrauchsfähige Fahrräder, die gelegentlich von Nala und Etelka benutzt wurden. Im hinteren, verwinkelten Teil der Hütte standen ausrangierte Möbel: Stühle, Tische, kleine Regale und ein riesiger, alter Schrank, der beim genaueren Hinsehen noch Spuren seiner ehemaligen Schönheit erkennen ließ.

Arjana klingelte und klopfte an Nalas Tür, doch nichts rührte sich. Sie legte die Hand an die Fensterscheibe und spähte in den Raum. Nichts. Von Nala war weit und breit nichts zu sehen. Sie ging um das Gartenhaus herum und bemerkte, dass die Tür weit offen stand. Im Inneren befand sich nur noch Etelkas Fahrrad. Nala war unterwegs und Arjana hatte keine Ahnung, wann sie zurückkommen würde. Was das bedeutete, wurde ihr schnell klar: Sie würde vermutlich Stunden mit Damianos allein im Haus verbringen müssen. Augenblicklich krampfte sich ihr Magen zusammen. Psychisch und physisch fühlte sie sich am Ende. Sie war nur noch ein Schatten ihrer selbst. Den Gemeinheiten ihres Bruders war sie nicht mehr gewachsen.

Lautlos lief sie ins Haus zurück, verschwand in ihrem Zimmer und verschloss die Tür. Mechanisch, ohne zu überlegen, zerrte sie eilig den kleinen blauen Koffer unter ihrem Bett hervor. Er war schnell gepackt. Sie stopfte die nötigen Papiere und ihre mageren Ersparnisse in den Rucksack und legte sich noch einmal entspannt auf ihr Bett. Die Magenschmerzen waren verschwunden, ihre Gedanken glasklar. *Endlich. – Warum traf ich nicht schon früher diese Entscheidung? – Ich bin frei, und wenn es dunkel ist, werde ich gehen. – Wohin? – Mal sehen!*«

2

Berlin, 2010

Donnerstag, ein verregneter Donnerstag. Windstärke acht oder neun, zumindest fühlte es sich so an. Der Regen prasselte auf mein Fensterbrett und der große Baum neben der Garage ächzte und knirschte verdächtig laut. Es war ein alter Baum, sturmerprobt und zäh.

Jetzt noch raus, in die Stadt fahren, Parkplatz suchen, ich war unschlüssig. Andererseits wollte ich die Verabredung mit meiner besten Freundin Ellen nicht absagen. Wir sahen uns sowieso schon viel zu selten. Noch während ich überlegte, klingelte mein Telefon.

Ellen war dran. »Sarah, ich weiß, das ist nicht dein Traumwetter, aber du kommst doch, oder?«

»Ja, sicher Ellen, ich bin schon auf dem Weg!«

Normalerweise erreichte ich das »Chapeau Claque« in knapp zwanzig Minuten, bei Regenwetter dauerte es fast doppelt so lange. Der Regen platschte gegen meine Windschutzscheibe, die Scheibenwischer kamen kaum nach.

Glücklicherweise fuhr gerade, als ich ankam, jemand aus einer Parklücke. Einen Parkplatz direkt vor der Künstlerkneipe hatte ich noch nie gefunden. Es war wie im Märchen.

Ellen und ein paar andere Freunde waren bereits da und drängelten sich um unseren Stammplatz. Der beste Platz im Raum: etwas erhöht, mit freiem Blick zu den Musikern. Außerdem konnte man von dort gut beobachten, wer kam oder wer das Lokal verließ.

Die Stimmung war ausgelassen, die Musikrichtung Jazz und Blues, gespielt von meiner – und scheinbar nicht nur meiner – Lieblingsband. Der Laden platzte fast aus allen Nähten. Wer etwas später kam, musste sich hartnäckig einen Stehplatz erkämpfen.

Ich bemerkte Nora, Ellens jüngere Schwester, zuerst. Nora war groß und schlank. Mit ihren blonden, langen Haaren und den mandelförmigen, grünen Augen zog sie wie immer alle Blicke auf sich. Nora konnte man nicht übersehen. Sie wirkte, wenn man sie nicht kannte, leicht arrogant und oberflächlich, doch genau das Gegenteil war der Fall. Sie war schon immer ein sehr gefühlvoller, emphatischer Mensch gewesen. Ihre herzliche Art und ihre positive Denkweise machten sie immer wieder zu einer Bereicherung auf jeglicher Plattform.

Heute war sie nicht allein gekommen. Zielsicher steuerte sie auf unseren Tisch zu und stellte uns ihren Begleiter vor: »Das ist Milan, Milan Pagonis« – ein griechischer, mehr oder weniger erfolgreicher, aber sehr, sehr netter Maler, erklärte sie lächelnd.

Etwas verhalten begrüßte Milan die Anwesenden und blieb auch den Abend über einsilbig. Des Öfteren starteten wir den Versuch, Milan in das Gespräch mit einzubeziehen, doch seine kurzen, knappen Sätze ließen darauf schließen, dass er keinen Wert darauf legte. Er wirkte aber trotzdem nicht desinteressiert. Mir fiel auf, dass er unsere Gruppe genau musterte, ja regelrecht taxierte. Milan war ohne Frage ein außergewöhnlich gut aussehender, interessanter Mann: Er war einen halben Kopf größer als Nora, hatte dichte, lockige Haare, die zu einem Zopf gebunden waren, einen Dreitagebart und einen Blick, der weder freundlich noch unfreundlich die Anwesenden musterte. Für mich war dieser Milan Pagonis schwer einschätzbar. Andererseits sagte ich mir: Ein Mensch, mit dem Nora befreundet war, konnte nicht verkehrt sein. Wir blieben an diesem Abend länger als gewöhnlich. Der Gesprächsstoff ging nicht aus und Noras humorvolle Erzählweise ließ keine Langeweile aufkommen.

Mitternacht war längst vorbei, und die Kneipe war, bis auf uns und ein händchenhaltendes älteres Paar, so gut wie leer. Edgar, der Wirt, hatte seine eigene Methode, den Gästen klar zu machen, dass er jetzt den Laden dicht machen möchte. Nach und nach schaltete er die Lichter aus. Sämtliche Stühle um uns herum hatte er schon auf die Tische gestellt. Als Letztes löschte er demonstrativ die Kerze auf unserem Tisch.

Wir mussten lachen, und ich meinte noch zu ihm: »Sorry Edgar, bei manchen Gästen dauert es eben etwas länger, bis sie kapieren, dass die Sperrstunde eingeläutet wurde.«

Lachend verließen wir die Kneipe. Es regnete nicht mehr und auch der Sturm hatte sich gelegt. Ellen und die anderen Freunde wohnten ein paar Straßen weiter und waren auf keinen fahrbaren Untersatz angewiesen. So stand ich nun mit Nora und Milan unschlüssig vor meinem Auto. Höflichkeitshalber fragte ich, ob ich sie ein Stück mitnehmen könne. Milan lehnte höflich ab, aber Nora zögerte keinen Moment. Sie drückte Milan einen flüchtigen Kuss auf die Wange und sprang ins Auto.

Irritiert startete ich den Wagen. »Nora, was war das denn? Ich dachte, er ist dein Freund.«

»Ja, ja, Sarah, das ist er schon, aber wir kennen uns erst seit Kurzem und wir möchten nichts überstürzen. Ich glaube, daraus könnte mehr werden, und wir wollen es langsam angehen lassen. Milan sieht es übrigens ähnlich. Vor einigen Tagen war ich bei ihm, weil er mich malen wollte. Erst gingen wir ausgiebig im Schlosspark spazieren und danach landeten wir schräg gegenüber in seinem Atelier in der Schloßstraße. Sarah, ich war total begeistert. Ein großer heller Raum, mit Blick auf das Charlottenburger Schloss. Außergewöhnlich fand ich das große verschiebbare Dachfenster mitten in seinem Atelier. Milan erklärte mir, dass er dadurch tagsüber ideale Lichtverhältnisse zum Arbeiten hat. Aber besonders fasziniert war ich von seinen unterschiedlichen Werken: Landschaften, Portraits, surrealistische Arbeiten und einige abstrakte Bilder. Ich war tief beeindruckt, und es war eine tolle Erfahrung, ihn bei der Arbeit zu erleben. Er war konzentriert und gleichzeitig distanziert. Nach drei Stunden konnte ich nicht mehr ruhig sitzen und er bat mich zu gehen. Er würde danach noch in Ruhe an dem Porträt weiterarbeiten. Sarah, ich kam mir vor wie eine Sechzehnjährige, die man nachhause schickt, bevor es dunkel wird, und nicht wie eine erwachsene Frau von achtundzwanzig Jahren.«

Ich musste lächeln. Das war Nora: mal das kleine Mädchen, mal knallharte Geschäftsfrau, und dann wieder die lustige, unterhaltsame Partymaus. An ihr wirkte nichts aufgesetzt.

Inzwischen waren wir fast vor ihrer Wohnung angekommen. Tiefstes Neukölln. Zu allem Überfluss befand sich ihre Wohnung auch noch im dritten Hinterhof. Nicht nur ihre Schwester Ellen, auch ich und diverse Freunde hatten mehrmals versucht, sie zu überreden, in einen anderen, unserer Meinung nach »weniger düsteren« Bezirk zu ziehen. Fehlanzeige. Sie dachte nicht im Traum daran, »ihren Kiez« aufzugeben, um in eine Spießersiedlung zu ziehen. Unser Argument, dass es zwischen Kiez und – wie sie es nannte – »Spießersiedlung« auch noch etwas anderes gab, ignorierte sie.

»Fahrziel erreicht, liebe Nora.«

Als wir uns verabschiedeten, versprach ich ihr, wenn es Gregors Dienstplan zulasse, demnächst ein Treffen bei uns zu organisieren.

3

Bisweilen verfluchte Nora diese klobige, alte Haustür. Das Schloss klemmte mal wieder. Sie schimpfte und stemmte sich mit vollem Körpereinsatz dagegen. Nichts passierte. Wütend rüttelte sie an der Türklinke, und siehe da: Die Tür sprang auf. Sie war, wie häufig in letzter Zeit, gar nicht abgeschlossen. Nora nahm sich vor, den Hausmeister auf den Missstand aufmerksam zu machen. In dieser Gegend würde es nicht lange dauern, bis sich Obdachlose oder sonstiges Gesindel in den Fluren und Nischen niederließen. Vor ein paar Jahren hatte es ein ähnliches Problem gegeben: Die Haustür stand ständig offen und die Wohnungs- und Kellereinbrüche nahmen rapide zu. Erst als die fünfzehnjährige Tochter einer Mieterin von herumlungernden Jugendlichen im Hausflur belästigt wurde, bekam die Tür ein neues Schloss.

Wütend und mit einem flauen Gefühl in der Magengegend eilte sie durch die drei Hinterhöfe. Immer zwei Stufen auf einmal nehmend, erreichte sie ihre Wohnung im vierten Stockwerk und wich erschrocken zurück. Am Knauf ihrer Tür hing kopfüber eine rote Rose mit einem kleinen Kärtchen, auf dem stand:

Ich träume nur noch von Dir, meine Schöne!

Nora starrte irritiert auf das Geschriebene: kein Absender, nichts, gar nichts. Verunsichert betrat sie ihre Wohnung.

4

Milan schaute dem Wagen nach, in dem sich Sarah und Nora befanden. Nachdenklich begab er sich ebenfalls auf den Heimweg. Den heutigen Abend im Kreis von Noras Freunden hatte er als sehr angenehm empfunden. Aufmerksam hatte er den Gesprächen zugehört, die Anwesenden beobachtet und dabei auf deren Körpersprache geachtet. Er konnte seine Mitmenschen schon immer relativ schnell einordnen. Lügner und Angeber wurden von ihm zielsicher aussortiert.

Nora am heutigen Abend beobachten zu können, hatte ihn ganz besonders erfreut: Sie stand im Mittelpunkt, ohne sich aufzudrängen.

Als er sie vor einigen Monaten kennenlernte, wusste er von der ersten Sekunde an, dass genau *sie* die Frau war, nach der er immer gesucht hatte. Sie war ihm merkwürdigerweise auf Anhieb vertraut. Dabei hatte ihm der Moment des Kennenlernens ein dickes Knie beschert. Nora stand vor ihm am Lufthansa-Schalter, um genau wie er für den Flug nach Paris einzuchecken. Um jemandem den Weg frei zu machen, schob sie schwungvoll ihren Koffer nach hinten, genau gegen sein Knie. Ihre echte Betroffenheit, ihr schuldbewusstes Lächeln und ihr Bemühen, ihm irgendwie behilflich zu sein, waren der Beginn einer hoffnungsvollen Liebesbeziehung.

Inzwischen war ihm klar, weshalb ihm Nora von Anfang an so vertraut war. Zufällig, beim Sortieren diverser Papiere, war ihm kürzlich ein Bild seiner Schwester Arjana in die Hand gefallen: Ihr Lächeln, die sanften, braunen Augen, das lange, seidige Haar – er hatte das Gefühl, Nora schaute ihm aus dem Bild entgegen. Unerwartet überfiel ihn beim

Anblick des Bildes eine tiefe Traurigkeit. Seit sechzehn Jahren war seine Schwester verschwunden. Nur mit einem kleinen Koffer und ihrem bunten Rucksack hatte sie eines Nachts das Elternhaus verlassen. Ein paar flüchtig hin gekritzelte Worte, »Liebe Familie, verzeiht mir«, war alles, was geblieben war. Es kam nie ein Anruf, ein Brief oder ein noch so kleines Lebenszeichen von ihr. Über ein Jahr versuchte ein Privatdetektiv, Arjanas Aufenthaltsort ausfindig zu machen. Vergeblich. Sie wollte nicht gefunden werden. Danach war nichts mehr wie es war. Die Eltern machten sich Vorwürfe. Täglich gab es Streit. Vater kam jetzt noch seltener nachhause und verbrachte offiziell immer öfter die Nächte in seiner Klinik. Mutter wusste es besser. Er war bei Alisa, seiner langjährigen Mitarbeiterin. Etelka wurde krank, und so peu à peu zerbrach die Familie.

Athen zu verlassen und nach Berlin zu gehen, war für ihn und Damianos das Beste, was sie machen konnten. Endlich konnten sie durchatmen, fühlten sich frei. Die familiäre Situation war weder für ihn noch für Damianos erträglich. Jetzt allerdings, mit Abstand betrachtet, würde er doch gern wieder seine Eltern besuchen. Er nahm sich fest vor, noch in diesem Jahr nach Athen zu fliegen.

5

Nora hatte ich abgesetzt und sah noch im Rückspiegel, wie sie gegen die Eingangstür trat. Bevor ich um die nächste Ecke bog, hielt ich noch mal kurz an, um mich zu vergewissern, dass sie auch im Haus verschwunden war, und genau in diesem Moment bekam sie die Tür auf und war weg. Erleichtert machte ich mich auf den Heimweg.

Die Straßen waren relativ leer und ich kam zügig voran. In Gedanken beschäftigte ich mich noch mit dem heutigen Abend. Ich empfand ihn als ausgesprochen unterhaltsam. Zum Schluss dann noch Edgars Licht-aus-Rauswurf-Nummer und Milans überraschter Blick, als Nora ihm einen Kuss auf die Wange drückte und wie der Blitz in meinem Auto verschwand. Er war vermutlich genauso erstaunt gewesen wie ich. Ich dachte, an solche Spontanaktionen wird er sich bei ihr gewöhnen müssen.

Am Waidmannsluster Damm verließ ich die Autobahn und stand schneller als erwartet im Moorweg vor unserem Haus. Das Licht im Wohnzimmer signalisierte mir, dass Gregor bereits daheim war. Seit er bei der Mordkommission arbeitete, waren gemeinsame Unternehmungen kaum noch möglich. Im ersten Jahr seiner Tätigkeit im Dezernat für Kapitalverbrechen stand unsere Ehe mächtig auf der Kippe. Wir sahen uns kaum noch. Das Telefon klingelte zu jeder Tages- und Nachtzeit und Gregor musste los. Müde und kaputt kam er dann irgendwann nachhause und brauchte natürlich ein paar Stunden Schlaf. Ich fühlte mich vernachlässigt, machte ihm Vorwürfe und hörte ihm einfach nicht mehr zu.

Eines Tages fiel Gregor beim Baumbeschneiden von der Leiter, brach sich zwei Rippen und musste einige Zeit zuhause bleiben. Rückblickend gesehen, haben die gebrochenen Rippen unsere Ehe gerettet. Wir fanden glücklicherweise wieder eine Gesprächsebene und entdeckten unsere Liebe zueinander neu. Das war vor zehn Jahren gewesen.

Gregor saß nicht, wie ich annahm, im Wohnzimmer, sondern am Küchentisch. Zwei, drei Kerzen flackerten, und mein Mann starrte in sein halbvolles Glas. Als ich ihn zur Begrüßung umarmte, stöhnte er nur kurz sorgenvoll auf.

»Oh je, Gregor, sieht nach einem anstrengenden Arbeitstag aus.«

Er nickte nur. Nachdem ich mir ebenfalls ein Glas Rotwein eingegossen hatte, setzte ich mich zu ihm.

Unvermittelt fing er an zu sprechen: »Heute haben sie die Frau gefunden. Die Frauenleiche, zu der der Fuß passt. Auf ihrem Oberschenkel wurden die gleichen Zeichen eingeritzt, die wir auch auf dem Fußrücken entdeckten. Auch sie lag nackt – wie schon das Opfer, der man die Hand abgetrennt hatte – unter einem Busch nahe der Avus. Ein Spaziergänger, der mit seinem Hund unterwegs war, hat sie gefunden.

Sarah, da ist ein Psychopath am Werk. Wenn wir nur wüssten, was diese Zeichen zu bedeuten haben. Unser Pathologe tappt ebenfalls im Dunkeln. Es scheint immer die gleiche Vorgehensweise zu sein. Auch dieses Opfer hat sich, ebenso wie das Opfer davor, nicht gewehrt. Es gab keinerlei Hämatome oder Kratzspuren die auf Gegenwehr schließen ließen. Beide Frauen hatten kurz vor ihrem Tod sexuellen Kontakt. Er benutzte noch nicht mal ein Kondom. Wenn wir ihn fassen, könnte seine DNA ein entscheidendes Beweismittel werden. Es gibt nur eine Erklärung für dieses Verhalten: Er fühlt sich sicher. Aber warum verstümmelt er sie, trennt ihnen Gliedmaßen ab und deponiert sie so, dass man sie innerhalb kürzester Zeit finden muss? Unsere Ermittlung stockt, wir kommen kein Stück voran. Beide Frauenleichen lassen die Vermutung zu, dass er sich vorzugsweise große, schlanke, langhaarige Opfer sucht. Die Haarfarbe ist ihm offensichtlich egal.«

Gregor schaute mich fragend an, als wüsste ich die Lösung.

Inzwischen wusste ich, wie wichtig Gregor diese Momente mit mir waren. Es reichte ihm, wenn ich einfach nur zuhörte und keinen Kommentar abgab. Am nächsten Tag interessierte ihn dann meine Sichtweise auf die Dinge.

»Entschuldige Sarah, jetzt habe ich dich wieder zugetextet. Erzähl mir von deinem Treffen mit Ellen und den anderen.«

Wir gossen uns noch ein zweites Glas Wein ein und ich berichtete ihm von dem Abend. Gregor wollte wissen, welche Musiker heute gespielt haben, wer von unseren Bekannten ebenfalls da war und ob Edgar seine »Licht-aus-Rauswurf-Nummer« abgezogen hat. Ich beantwortete seine Fragen und erwähnte noch, dass ich Nora nachhause gebracht und ihr versprochen hatte, demnächst bei uns ein Treffen zu organisieren.

»Übrigens, Gregor: Nora hat einen neuen Freund. Milan Pagos oder Pagonis, ein Künstler. Um genau zu sein, ein Maler. Ein ausgesprochen attraktiver Mann, aber sehr distanziert. Vielleicht lag es daran, dass er niemand aus unserem Kreis kannte.«

Gregor fand die Idee, ein Treffen zu organisieren, sehr gut und blätterte bereits in seinem Dienstplan. »Am nächsten Wochenende habe ich, wenn alles gut geht, drei Tage frei. Am besten, Sarah, du startest morgen schon mal den ›Rundumruf‹, damit sich unsere Freunde darauf einrichten können.«

Noch während wir bei der Planung waren, klingelte das Telefon. Als Gregor den Hörer abnahm, wurde sein Gesicht ernst. Schweigend hörte er zu und legte dann seufzend den Hörer auf. »Das war mein Kollege Engels. Soeben hat ein Wachmann bei seinem Rundgang eine Frauenleiche gefunden. Das Gelände liegt unweit der Avus. Der Mann hörte ungewöhnliche Geräusche hinter den Müllcontainern. Als er mit der Taschenlampe dahinter leuchtete, sprang ihm ein

Fuchs entgegen und rannte davon. Zwischen den aufgeweichten Kartons und diversen Kabeln entdeckte er dann die Frau. Sie war ebenfalls nackt. Auch sie wurde verstümmelt. Der Täter trennte ihren Kopf vom Rumpf.«

Nach einer kurzen, unruhigen Nacht saßen wir wenige Stunden später am Frühstückstisch, ich mit pochenden Kopfschmerzen und Gregor unausgeschlafen und mürrisch. Er telefonierte noch schnell mit seinem Kollegen und erfuhr von ihm, dass es sich vermutlich um denselben Täter handelte. Auf der Brust des Opfers waren, wie auch bei den beiden anderen, rätselhafte Zeichen eingeritzt worden. Der Kopf blieb verschwunden.

»Ich muss los, Sarah. Zuerst werde ich ins Gerichtsmedizinische Institut fahren, vielleicht gibt es neue Erkenntnisse.«

Gregor umarmte mich und wollte das Haus verlassen als mein Blick auf sein kariertes Hemd fiel. »Stopp, Gregor, so kannst du nicht gehen.«

Er schaute an sich hinunter und bemerkte den riesigen Rotweinfleck auf seinem Hemd. Fluchend rannte er ins Schlafzimmer, zog sich um und wollte an mir vorbeieilen. Das Hemd war zwar sauber, aber schief zu geknöpft. Ungeduldig und mürrisch stand er vor mir, und ich beeilte mich, das Malheur zu beseitigen. Er stürmte danach knurrend an mir vorbei, sprang ins Auto und war weg. Wie immer stand ich am Fenster, aber Gregor schaute sich nicht mehr um. Seine Thermoskanne und die eingewickelten Brote hatte er wieder einmal vergessen.

Sehr oft vergaß er seine Brotzeit mitzunehmen oder zog ein Hemd vom Vortag an, versäumte sich zu rasieren oder lief mit unterschiedlichen Schuhen los. Allerdings hatte diese Schusseligkeit nichts mit seiner Arbeit zu tun. Gregor war schon immer so. Für ihn waren das Nebensächlichkeiten.

Ich war daran gewöhnt und versuchte, diesbezüglich für Schadensbegrenzung zu sorgen. Es gelang mir nicht immer. Allerdings waren das wirklich nur Nebensächlichkeiten. In letzter Zeit machte ich mir eher Gedanken um seinen Gesundheitszustand: Seine Haut war fahl, er schlief schlecht, knirschte neuerdings nachts laut mit den Zähnen und war ständig übermüdet. Diese brutalen Verbrechen setzten ihm gewaltig zu.

Da es noch früh am Tag war, beschloss ich kurzerhand, mich auf die Terrasse zu setzen. Vielleicht halfen mir frische Luft und ein starker Kaffee, endlich wach zu werden. Ich zündete mir eine Zigarette an und kuschelte mich in den bequemen Korbstuhl. Noch lag der größte Teil des Gartens im Schatten. Die Luft war kühl und angenehm. Der gestrige starke Regen hatte dafür gesorgt, dass die Pflanzen nach der langen Hitzeperiode wieder frisch und lebendig wirkten. Einige Vögel suchten emsig den Rasen nach Regenwürmern und sonstigem Getier ab. Über allem lag eine friedliche Stille.

Einen kurzen Moment überlegte ich, ob ich den Ton des Telefons lautlos stellen sollte. Eingewickelt in eine warme Decke wollte ich momentan nicht gestört werden, entschied mich dann aber doch dagegen. Für Gregor wollte ich erreichbar bleiben.

Noch während ich darüber nachdachte, schrillte mein Telefon. Erschrocken fuhr ich hoch. Es war nicht Gregor, sondern Ellen. Sie plapperte ohne Umschweife sofort los.

»Langsam, Ellen, langsam – um deine Fragen zu beantworten: Ja, ich bin gut nachhause gekommen. Nora habe ich auch noch abgesetzt. Ja mir geht's auch gut. Nein, Gregor ist nicht mehr hier, er ist eben zur Arbeit gefahren!«

Ellen bemerkte wohl meine missgelaunte Stimmung, und ich berichtete ihr im Telegrammstil, warum ich etwas verhalten wirkte. »Ich habe sehr schlecht geschlafen und bekomme die Geschehnisse schwer aus meinem Kopf. Aber ich freue mich trotzdem, denn ich wollte dich später ohnehin noch anrufen. Gregor hat nächstes Wochenende frei und wir wollen ein paar Freunde einladen. Schau mal, ob der kommende Samstag terminlich auch für dich und Athanaseos passt. Die anderen werde ich gleich im Anschluss anrufen.«

Das Telefonat mit Ellen dauerte dann noch eine knappe Stunde. Wir unterhielten uns über dies und jenes, lachten zwischendurch herzhaft, und als ich den Hörer auflegte, hatten sich meine nachdenkliche Stimmung sowie meine Kopfschmerzen im wahrsten Sinne des Wortes in Luft aufgelöst.

Da ich nun schon das Telefon in der Hand hielt, rief ich noch Nora an, um sie für das bewusste Wochenende einzuladen. »Übrigens: Du kannst gern Milan mitbringen. Gregor fände es auch spannend, mal einen Künstler in unserer Mitte zu haben.«

Das Telefonat war kurz, da Nora sich mitten in einer Besprechung befand. Sie bedankte sich für die Einladung und sagte spontan zu, ohne mit Milan gesprochen zu haben.

6

Er stand zögernd vor ihrer Wohnungstür. Ihm war klar, dass er im Begriff war, eine lebenslang geltende Abmachung zu ignorieren. Er wusste auch, dass es das Ende, das Ende von allem bedeuten konnte. Schweißperlen bildeten sich auf seiner Stirn. Die Hände wurden feucht. Sein Herz raste. In seinem Kopf fand ein Feuerwerk der Emotionen statt. *Lass es – mach es nicht – es ist der falsche Weg! – Doch, du musst es tun - du musst! – Sie ist eine Gefahr – du musst ihn retten, dich retten! – Nein, tu es nicht – doch, du musst …*

Noch konnte er umdrehen, die vier Stockwerke nach unten rennen und das Haus verlassen. Noch wurde die Abmachung nicht verletzt. Bewegungslos verweilte er vor der verschlossenen Tür. Sein Atem ging schnell und stoßweise, seine Finger zuckten unkontrolliert. Ständig hatte er ihr Bild vor Augen. Sie verfolgte ihn. Er konnte, seit er sie das erste Mal gesehen hatte, keinen klaren Gedanken mehr fassen. *Sie ist schön, wunderschön.* Ihr Lächeln war ihm auf eine unangenehme Weise vertraut. Sie verunsicherte ihn, machte ihn aggressiv, sehr aggressiv, und – sie störte seinen Frieden. Ja, genau so war es: Sie störte seinen Frieden!

Langsam, ganz langsam beruhigte er sich. Seine Atmung wurde leiser, regelmäßiger. Die Finger zuckten nicht mehr. Sein Blick wurde starr, seine Mundwinkel verzogen sich zu einem bösartigen Grinsen. Die Tür schnappte auf.

Es war nicht besonders schwierig, die verschlossene Wohnungstür zu öffnen. Das Risiko war gering. Die Wohnung lag im obersten Stockwerk eines heruntergekommenen Hauses. Die grüne Ölfarbe an den Wänden war zum großen Teil abgeplatzt. Die Stufen waren schief, krumm und ausgelatscht. Es gab auf dieser Etage nur noch einen Nachbarn. Oh ja, er wusste Bescheid. Er überließ nichts dem Zufall. Seit einigen Tagen beobachtete er das Haus. Die ältere, kleine, dicke Frau mit dem ebenso kleinen, dicken Hund – ja, genau sie sollte ihm seine Fragen beantworten. Vor ein paar Tagen war er ihr unauffällig in den Park gefolgt. Er mimte einen Hundebesitzer, der verzweifelt seinen Hund sucht, und sprach sie an. Sie reagierte wie erwartet: mitfühlend und besorgt. Er lief neben ihr durch die Grünanlage, pfiff hin und wieder nach seinem Hund, den es nie gab, und stand schließlich mit ihr abermals vor dem Haus. Bei dem Versuch, freundlich zu sein, wollte er ihren unansehnlichen, dicken Köter streicheln, aber dieses Mistvieh knurrte und fletschte die gelben Zähne.

Die alte Frau reagierte empört über das Verhalten ihres doch sonst so sanften Tieres: »Entschuldigen sie, das hat er wirklich noch nie gemacht. Normalerweise liebt er Streicheleinheiten, auch von Fremden.«

Inzwischen kannte er ihre ganze armselige, uninteressante Lebensgeschichte. Zweimal buchstabierte sie ihm ihren Namen: »Kroel« mit »oe« nicht mit »ö«.

»Wissen Sie, seit zehn Jahren wohne ich im zweiten Hinterhof, Parterre, im Quergebäude. Davor habe ich 39 Jahre im dritten Hinterhof gewohnt. Wissen Sie, Herr – ach, jetzt habe ich ihren Namen wieder vergessen. Na ja, jedenfalls wohnte ich im vierten Stock. Aber die Treppen, wissen sie, die vielen Treppen, das habe ich nicht mehr geschafft.«

Es folgte noch ein Bericht ihrer diversen Krankheiten, bis sie endlich weiter über das sprach, was ihn wirklich interessierte, nämlich die Gepflogenheiten der Mieter im dritten Hinterhof: »Die junge Frau, die jetzt in meiner ehemaligen Wohnung lebt, hat natürlich noch kein Problem damit, Treppen zu steigen. Die nimmt manchmal sogar zwei Stufen auf einmal. Na ja – und sie wohnt doch ruhig da oben.«

Und dann erzählte sie ihm von dem älteren Herrn, der auch im vierten Stock wohnte: »Er ist schwerhörig, und auch nicht mehr in der Lage, das Haus zu verlassen. Dreimal in der Woche, immer montags, donnerstags und sonntags, kommt der Sohn vorbei. Ein freundlicher junger Mann.

Er würde nie an mir vorbei gehen, ohne mich zu grüßen. Er schaut nach dem Rechten und deckt seinen Vater mit Lebensmitteln ein. Wirklich ein reizender junger Mann …«

Er hörte ihr aufmerksam zu und dachte dabei: Es ist ja so einfach, Menschen auszufragen. Sie gaben, wenn sie Vertrauen gefasst hatten, bereitwillig über ihre Lebenssituation, über ihren Tagesablauf und – wenn man es geschickt anstellte – sogar über ihre aktuelle finanzielle Situation Auskunft. Einsamkeit macht unvorsichtig.

Er musste lächeln. Sie sind alle gleich. Die Alten schwatzen, die Jungen kokettieren, setzen ihre Schönheit ein, versuchen zu manipulieren und verwechseln Sex mit Liebe. Mit der weiblichen Anatomie kannte er sich bestens aus. Hatten sie es erst einmal in sein Bett geschafft, wurden sie zu bettelnden, winselnden Kreaturen. Sie wollten mehr und immer mehr, sie stöhnten, schwitzten, faselten von Liebe, während seine Abscheu, sein Ekel immer größer wurde.

Er hatte sich gut vorbereitet, oh ja, das hatte er – und Frau Kroel mit »oe« war die richtige Wahl. Auf seine Menschenkenntnis hatte er sich schon immer verlassen können.

Während er die Gummihandschuhe überzog, schloss er leise die Tür von innen. Systematisch durchsuchte er die Wohnung, öffnete Schränke, blätterte in Ordnern, las Briefe und durchwühlte ihre Wäsche, immer darauf bedacht, die Dinge wieder an ihren Platz zu legen. Alles entsprach ihrer Persönlichkeit: die helle, extravagant eingerichtete Wohnung; der Duft ihres Parfüms, den man dezent in jedem Raum wahrnahm. Er legte sich auf ihr Bett und schloss die Augen, während verzerrte Fratzen, aufgerissene, dunkelrote Münder, aus denen nicht definierbare Geräusche entwichen, seine Gedanken beherrschten. Er atmete tief durch. Bei dem Gedanken an *sie* bekam er eine Erektion.

7

Am Nachmittag kam Gregor auf einen Sprung nachhause. Er sah, wie immer in letzter Zeit, müde aus. Wir tranken auf die Schnelle einen Kaffee, Gregor schlang ein paar Kekse in sich rein und berichtete mir, dass auch diesmal keinerlei Spuren von Gewalt oder Zeichen von Gegenwehr an der Frauenleiche ersichtlich waren. Auch in diesem Fall hatte das Opfer kurz vor seinem Tod sexuellen Kontakt.

»Ich verstehe das nicht Sarah. Sie wurden nicht durch Drogen außer Gefecht gesetzt, sie haben sich nicht gewehrt, sondern hatten offenbar freiwillig sexuellen Kontakt mit ihrem Mörder. Geringe Alkoholspuren waren nachweisbar, aber zu wenig, um einen komatösen Zustand hervorzurufen. Ich hoffe, heute Abend wissen wir mehr, vorausgesetzt, uns liegen inzwischen die Obduktionsberichte vor. Ich werde das Gefühl nicht los, dass uns diese Zeichen, wenn wir sie entschlüsseln könnten, einen wesentlichen Schritt weiterbringen würden.«

»Sag mal, Gregor, wurde bei den beiden anderen Toten nicht zuerst der abgetrennte Körperteil gefunden und dann der Rest des Opfers? Warum ist das diesmal anders?«

Er fand meine Frage berechtigt und meinte: »Das kann reiner Zufall sein. Es gibt bis jetzt keinerlei Erklärung dafür. Diese Morde passen sowieso in kein Schema.«

»Weißt du, Gregor, momentan fehlen mir einfach die Worte. Im Laufe der Jahre habe ich einiges von deiner Arbeit mitbekommen. Ein Mord ist immer ein abscheuliches, für jeden normal empfindenden Menschen unvorstellbares Verbrechen. Es will mir bis heute nicht in den Kopf, dass unter uns derart abartige Kreaturen leben. Ich hoffe inständig, dass dieser Irre bald gefasst wird.«

»Ja, wir auch. Unsere Abteilung steht enorm unter Druck. Drei brutale Morde innerhalb kürzester Zeit und es gibt bisher keinen Anhaltspunkt. Ich muss jetzt los, warte heute nicht mit dem Essen auf mich, es wird vermutlich spät werden.«

Es wurde spät. Gregor arbeitete in den letzten Wochen fast rund um die Uhr. Aber nicht nur Gregor – es betraf alle Kollegen, die unmittelbar mit dem Fall beschäftigt waren. Ich wusste von ihm, dass sein Kollege Engels mitunter gar nicht erst nachhause fuhr. Er legte sich für zwei, drei Stunden auf eine der Pritschen, wusch sich hinterher notdürftig und stürzte sich wieder in die Arbeit. Wenn allerdings Katja Blondczycz (von Engels und Gregor wurde sie nur kurz und bündig »Blondy« genannt) den Raum betrat und demonstrativ die Nase rümpfte, entschwand Engels kommentarlos. Nach einer knappen Stunde tauchte er grinsend, frisch geduscht und mit sauberen Klamotten wieder auf.

Das war nicht immer so. Gregor berichtete mir damals von Endlosdiskussionen der beiden. Engels fand ihre Kritik übertrieben und Katja fühlte sich nicht ernst genommen. Sie fand den Gestank im Büro unerträglich – und Engels riss das Fenster auf, natürlich ungeachtet dessen, dass draußen Minusgrade herrschten. Bis eines Tages Katja der Kragen platzte. Sie baute sich wütend vor Engels auf und meinte: »Werter Herr Kollege, wenn ich in einem Pumakäfig arbeiten wollte, wäre ich Tierpflegerin geworden. In diesem Büro kann ich mich nicht konzentrieren, und ich weigere mich, mit einer Nasenklammer zu arbeiten.«

Nach diesem emotionalen Ausbruch verließ Katja den Raum. Engels folgte ihr, und was dann geschah, bekam Gregor nicht mehr mit. Zumindest kam es diesbezüglich nie wieder zu einer Diskussion zwischen den beiden – Naserümpfen genügte.

Zum Glück war heute Gregors letzter Arbeitstag. Das heißersehnte freie Wochenende stand vor der Tür.

Weit nach Mitternacht, er war offensichtlich gerade erst nachhause gekommen, hörte ich ihn leise in der Küche hantieren. In letzter Zeit hatte ich einen unruhigen, leichten Schlaf und wurde bei dem geringsten Geräusch wach. Ich stand auf und setzte mich zu ihm. Schweigend tranken wir unseren Tee, als er unvermittelt zu sprechen begann.

»Der Kopf der dritten Frauenleiche wurde in einem offen stehenden Schließfach am Bahnhof gefunden. Er war gut verpackt in einer kleinen unauffälligen Reisetasche. Zwei neugierige junge Touristinnen aus Dänemark öffneten die Tasche. Sie erlitten einen Schock und mussten in der Klinik kurzzeitig behandelt werden. Der Urlaub dürfte für die beiden gelaufen sein. So einen Anblick vergisst man nicht.

Übrigens wissen wir jetzt auch, wie die Frauen starben: Er bricht ihnen das Genick. Unmittelbar danach trennt er perfekt die jeweiligen Teile vom Körper. Stark blutende Gefäße werden von ihm fachmännisch mit Gefäßklemmen versehen, und auch der gezielte Griff, der den Genickbruch herbeiführt, lässt die Vermutung zu, dass der Mörder über sehr gute medizinische Kenntnisse verfügt. Was ich allerdings nicht verstehe: Warum die Gefäßklemmen? Was soll das? Was geht im Kopf des Täters vor?«

Gregor schaute mich fragend an und gab sich selbst die Antwort: »Vielleicht sollten sie nicht ausbluten, er wollte einen ›sauberen‹ Tatort. Ja – vermutlich ist das der Grund.«

Mühsam erhob er sich vom Stuhl und verschwand im Bad. Ich begab mich wieder ins Bett, und kurz darauf erschien Gregor im Schlafzimmer, legte sich neben mich, und fiel augenblicklich in einen unruhigen Schlaf.

Am nächsten Morgen stand ich sehr früh auf und begann mit den Vorbereitungen fürs Wochenende. Ich freute mich sehr darauf und versprach mir davon ein paar unbeschwerte Stunden mit unseren Freunden. Vor allem Gregor brauchte dringend etwas Ablenkung.

Den Speiseplan hatte ich bereits ausgearbeitet, die Zutaten notiert und den Einkauf getätigt.

Alles war inzwischen verstaut, und mir wurde wieder einmal bewusst, was für ein angenehmes Leben ich mit Gregor hatte. Nichts musste mühsam herangeschleppt werden. Ich fuhr mit meinen Einkauf in die Garage, von dort gab es eine direkte Verbindungstür zur Küche. Um genau zu sein, zwischen Garage und Küche lag unser großer, kühler Vorratsraum, in dem ich sämtliche Lebensmittel verstauen konnte. Das ganze Drumherum, unser gemütliches Haus, den kleinen, nicht einsehbaren Garten, dessen hinterer Teil ans Fließtal grenzte, und den wunderschönen Teich, in dem sich nicht nur unsere Fische wohl fühlten – all das empfand ich nicht als selbstverständlich.

»Sehe ich da gerade wieder dieses ›Ach-wie-geht's-mir-gut-Lächeln‹ in deinem Gesicht?« Gregor stand neben mir und drückte mir ein Glas Champagner in die Hand. »Lass uns auf das erste gemeinsame Wochenende seit Monaten anstoßen. In ein paar Stunden kommen unsere Gäste und ich freue mich sehr auf dieses Treffen.«

Der Wetterbericht versprach uns nicht nur für den heutigen Tag strahlenden Sonnenschein und einen wolkenlosen Himmel. Wir bereiteten auf der Terrasse alles für unsere Freunde vor. Der Grill wurde startklar gemacht. Für die abendliche Beleuchtung im Garten war Gregor verantwortlich. Ein Knopfdruck – und die zum Teil verborgenen Lichter zauberten eine märchenhafte Atmosphäre. Schneller als gedacht hatten wir alles erledigt und genossen unsere Zweisamkeit, bis die Gäste kamen.

Punkt 17 Uhr, wie sollte es auch anders sein, erschienen Ellen und ihr neuer Freund Athanaseos. Ellen war immer superpünktlich – eine ihrer Stärken, um die ich sie manchmal beneidete. Kurz drauf klingelten Nora und Milan, und fast zeitgleich mit ihnen kamen Hellwig und sein Lebensgefährte Ronny.

Anfangs stockte die Kommunikation untereinander. Milan war sehr zurückhaltend und auch Athanaseos, der ebenfalls relativ neu in unserem Kreis war, blieb etwas einsilbig. Zum Glück änderte sich die Stimmung nach dem zweiten Glas Champagner.

Milan – dicht an seiner Seite Nora – und Athanaseos standen etwas abseits von uns am Teich und plauderten angeregt. Vermutlich war die Tatsache, dass beide griechische Wurzeln hatten, die Grundlage für eine gemeinsame Gesprächsebene.

Später saßen wir alle um unseren großen Tisch auf der Veranda. Bis auf ein paar Fleischstücke, die am Rand des Grills lagen, sowie einige Salatreste wurde glücklicherweise alles verspeist. Die Stimmung war gut. Gregor und Milan waren angeregt in ein Gespräch vertieft. Hin und wieder schnappte ich ein paar Wortfetzen auf: Es ging um die Frauenmorde. Ich hatte gehofft, dass dieses Thema heute Abend nicht zum Gegenstand der Unterhaltung werden würde, und versuchte mehrmals, Gregor unter einem fadenscheinigen Vorwand aus diesem Gespräch zu ziehen. Es gelang mir nicht wirklich. Milan wirkte diesbezüglich sehr interessiert. Allerdings gab Gregor niemals während einer laufenden Ermittlung Details preis. Er bestätigte nur das, was auch in den Zeitungen stand. Die Öffentlichkeit wusste weder von den abgetrennten Körperteilen noch von den geheimnisvollen Zeichen.

Es war ein wunderschöner Abend. Zum Abschluss verteilte Milan noch Einladungskarten für seine Vernissage am nächsten Abend, und wir versprachen ihm, dass wir alle erscheinen werden.

Weit nach Mitternacht, unsere Gäste waren gegangen, saßen Gregor und ich mit einem kleinen Gläschen Wein auf unserer Terrasse und genossen die Stille um uns herum, bevor auch wir zu Bett gingen.

Aufgrund der ungeklärten Mordfälle lagen nicht – wie ursprünglich geplant – noch zwei Urlaubstage vor uns, sondern nur noch der Sonntag. Montag früh musste Gregor wieder zum Dienst.

Sonntagmorgen frühstückten wir ausgiebig und ließen den Abend noch einmal Revue passieren. Wir waren beide sehr angetan von Milan. Er entpuppte sich überraschenderweise als bemerkenswerter Plauderer. Als Sohn eines griechischen Vaters, der eine kleine private Klinik im Herzen Athens leitete, und einer ungarischen Mutter war er in Athen zweisprachig aufgewachsen. Deutsch, Englisch und ein bisschen Französisch kamen dazu. Seine Liebe zur Kunst, insbesondere zur Malerei, wurde ihm mütterlicherseits in die Wiege gelegt.

Gregor gab mir Recht: Auch er fand, dass Milan ein ausgesprochen attraktiver Mann sei; mit seinem langen, lockigen Zopf und den markanten Gesichtszügen mache er schon was her. Allerdings war Gregor mehr von Milans Intellekt als von seinem Äußeren beeindruckt.

Wir fanden beide, dass Nora und Milan ein sehr harmonisches Paar abgaben, und hofften, dass die Verbindung eine Zukunft haben würde.

Nun waren wir wirklich gespannt auf die Vernissage. Die Ausstellung befand sich in einer der größten Galerien unserer Stadt. Offensichtlich waren Milans Bilder alles andere als mittelmäßig.

8

Langsam hatte er es satt. Immer öfter war er unpünktlich und ignorierte die Abmachung. So konnte es nicht weitergehen. Seine Unzuverlässigkeit war nicht nur ärgerlich, sondern auch gefährlich. Seit einer Stunde schaute er immer wieder nervös auf sein Handy. Nichts, keine SMS, die ihm den Schichtwechsel signalisierte. Verdammt, er weiß doch um die Wichtigkeit des heutigen Abends. Mehrmals versuchte er ihn anzurufen und sprach wütend auf die Mailbox. Und ausgerechnet jetzt, bescherte ihm ein Verkehrsunfall auch noch einen Notfall. Der junge Mann, der vor ihm auf dem Operationstisch lag, blutete stark. Stoßweise pumpte das Herz Blut aus der aufgerissenen Oberschenkelarterie.

Eine knappe Stunde später verließ er schwitzend und nervös den Operationssaal. Der Patient war stabil. Die weitere Behandlung lag nun in der Hand seines Kollegen Dr. Moretti. Moretti, dieser Schleimer. Spannung und Vibration erfüllte den Raum, wenn beide denselben Dienstplan hatten. Dieser Kollege war schon immer scharf auf seinen Posten, und: Moretti war argwöhnisch, spionierte ihm nach, immer auf der Suche nach einem Beweis, der sein nicht erklärbares Misstrauen bestätigte.

Mehrmals startete Moretti einen kläglichen Versuch, den einen oder anderen Kollegen auf seine Seite zu ziehen. Vergeblich. Niemand mochte diesen kleinen hektischen Mann, dessen eng zusammenstehenden, tiefliegenden Augen seinem Blick etwas Verschlagenes gaben.

Er wusste von Anfang an, dass nicht Moretti, sondern er den Oberarztposten bekommen würde. Er hatte einfach die besseren Karten. Das war schon immer so. Er war beliebt bei den Kollegen, besonders bei den Kolleginnen. Sie mochten diesen smarten Griechen mit dem langen, gelockten Zopf und ließen keine Gelegenheit aus, mit ihm zu flirten. Einige zogen den frontalen Angriff vor, sagten ihm ins Gesicht, dass sie nichts gegen eine heiße Affäre hätten. Er lächelte nur und ließ alles offen.

Dass die Oberarztstelle nicht Moretti, sondern er bekam, lag also nicht an der Qualifikation. Fachliche Kompetenz konnte man auch »Dr. Schleimer«, wie er ihn insgeheim nannte, nicht absprechen. Als Sympathieträger allerdings kam Moretti nie in die engere Wahl.

Zum Glück war inzwischen die längst fällige SMS eingetroffen: »Schichtwechsel«. Zügig schlüpfte er in seine Zivilkleidung und ärgerte sich, dass er sich gedanklich so viel mit diesem widerlichen Kollegen beschäftigte. Andererseits war auch erhöhte Vorsicht geboten.

Moretti war hartnäckig und könnte ernsthaft gefährlich werden. Wie immer legte er das Diktafon unter den Stapel der weißen Kittel, schloss den Schrank ab und verließ eilig die Klinik.

9

Mit fast zweistündiger Verspätung vollzogen sie heute den Schichtwechsel. Es tat ihm leid, aber es gab aus seiner Sicht keinen Grund, ihn deshalb mit unfreundlichen Mailboxnachrichten zu bombardieren. So ein zusätzlicher Nervenkitzel hatte seiner Ansicht nach auch seinen Reiz.

Mit einem gezielten Griff fischte er das Diktafon zwischen den sauberen Kitteln hervor, vergewisserte sich, das niemand in der Nähe war – und hörte den im Telegrammstil abgefassten Bericht über die letzten Vorkommnisse auf der Station ab. Die Nachricht endete mit dem Satz: »Wir müssen uns unbedingt treffen. Montagabend im Atelier! Übrigens: Sei vorsichtig, Kollege ›Schleimers‹ Neugier wird immer unangenehmer. Er könnte gefährlich werden.«

Plötzlich, ohne ein Geräusch zu verursachen, stand Moretti in der Tür. Ihm gelang es gerade noch, das Gerät auszuschalten. Unauffällig ließ er es im Schrank verschwinden.

»Was machen sie da, Pagonis?« Gleichzeitig musterte er ihn erstaunt von oben bis unten und zog verwundert eine Augenbraue hoch, da der Kollege in ziviler Kleidung vor ihm stand. »Wollten sie jetzt schon gehen? Laut Schichtplan haben wir noch einige Stunden bis zum Feierabend vor uns.«

»Aber sicher, werter Kollege, ich ziehe mich nur um. Es macht sich nicht besonders gut, wenn man mit unsauberer Arbeitskleidung bei den Patienten erscheint.« Im selben Moment wurde ihm klar, wie unsinnig diese Erklärung war. Würde er nur die Arbeitskleidung wechseln, stünde er jetzt in Unterwäsche und nicht in normaler Straßenkleidung vor seinem Schrank.

Sekundenlang starrten sie sich an. Moretti senkte den Blick und verließ mit einem breiten Grinsen den Umkleideraum.

Wie angewurzelt stierte er auf den Türrahmen in dem eben noch »Kollege Schleimer« stand. *Wie lange stand Moretti schon da? – Hatte er was mitgehört? – Mist, das hätte nicht passieren dürfen.*

Er war innerlich aufgewühlt. Seine Gedanken sprangen hin und her: *Und wenn er doch was mitgehört hat? – Und wenn schon, es war nichts, womit er wirklich etwas anfangen könnte. – Oder doch?*

Er atmete stoßweise und schnipste laut mit den Fingern. *Denke – verflucht noch mal – denke!*

In seinem Schädel dröhnte und pochte es, seine Finger zuckten unkontrolliert, und dann hatte er überraschend eine Lösung. Eine geniale Lösung. Mit einem sardonischen Grinsen begann er seinen Dienst.

10

Eine Viertelstunde nach Eröffnung der Vernissage trafen Gregor und ich wie verabredet in der Galerie ein. Nora sah uns sofort, kam uns strahlend entgegen und schob uns zielgerichtet zum Büfett. Dort stand Milan und drückte jedem von uns ein Glas Champagner in die Hand. Milan hätten wir beinahe nicht wiedererkannt. Er trug einen gut geschnittenen weißen Anzug. Die langen Haare hatte er unter einem großen schwarzen Panamahut und seine Augen hinter einer dunklen Sonnenbrille versteckt. Er bemerkte unsere erstaunten Gesichter, lachte und meinte dann: »Das ist heute ein wichtiger Tag für mich, da erwarten die Gäste ›Extravaganz‹.«

Das wurde uns dann auch sehr schnell klar. Milan war natürlich der Mittelpunkt und wurde ständig von einem der anwesenden Pressefotografen belagert.

Gregor und ich verschafften uns mit dem Begrüßungschampagner in der Hand erst mal einen Überblick. Ich war erstaunt, wie unterschiedlich die Bilder waren: schätzungsweise fünfzig Prozent surrealistische Werke, die anderen zeigten mediterrane Landschaften und einige wunderschöne Porträts von Frauen unterschiedlichen Alters.

Ellen lief uns über den Weg, rümpfte die Nase und meinte: »Surrealismus, damit kann ich gar nichts anfangen. Gefällt dir das, Sarah?«

»Und ob mir das gefällt. Man muss nur genau hinsehen, dann entdeckt man immer wieder neue Elemente, die in ihrer Gesamtheit eine wahnsinnige Aussagekraft haben!«

Ellen schien nicht überzeugt und schaute mich zweifelnd an.

Das zarte, aber unüberhörbare Klingeln eines Glöckchens signalisierte uns, dass nun die offizielle Ansprache im vorderen Raum der Galerie bevorstand.

Die Galeristin begrüßte die Gäste und begann dann ausführlich – und für meinen Geschmack etwas zu dick aufgetragen – über die Vita und den künstlerischen Werdegang des Künstlers *Midamis* zu sprechen.

Gregor und ich schauten uns etwas irritiert an. *Midamis*? Vermutlich Milans Künstlername. Wir nahmen uns vor, ihn danach zu fragen.

Nach der Eröffnungsansprache ging ich mit Gregor von Bild zu Bild, redete, erklärte und machte ihn, den Kunst bis dato wenig oder fast gar nicht interessierte, auf diese oder jene Besonderheit eines Bildes aufmerksam. Diesbezüglich hatte ich die Hoffnung noch nicht aufgegeben: Vielleicht gelang es mir doch noch, sein Interesse für die Kunst zu wecken.

Gregor schwieg, er wirkte abwesend und hörte mir offensichtlich gar nicht zu. Er zog die Stirn kraus und meinte dann: »Diese Zeichen – ja genau – diese Zeichen – die habe ich schon mal gesehen.«

»Was für Zeichen, Gregor? Ich sehe keine Zeichen!«

Inzwischen stand Athanaseos neben uns und stellte dieselbe Frage: »Wovon sprichst du, Gregor, was für Zeichen? Ich sehe auch keine!«

Gregor zeigte auf ein paar Pinselstriche, die neben einer feenhaften Frauengestalt im angedeuteten Mauerwerk zu verschwinden schienen.

Athanaseos schob seine Brille hoch und trat dicht an das Bild heran. »›Fuß‹, das ist griechisch und bedeutet ›Fuß‹.«

Gregor starrte Athanaseos an. »Bist du sicher?«

Athanaseos nickte irritiert.

Gregor lächelte mühsam und faselte irgendetwas von: »Ist ja auch nicht wichtig, ich habe auch absolut keine Ahnung von Kunst. Ich finde das Bild aber trotzdem hübsch.«

Athanaseos lachte, zog fragend die Schultern hoch und widmete sich dem nächsten Bild.

»Lächle, Sarah, lächle, ich glaube Milan beobachtet uns.« Gregor vibrierte förmlich und zog mich betont langsam in den nächsten Raum.

Auch dort hatte er Zeichen in einem Bild entdeckt. Wieder eine Frau: Das Bild wirkte so, als wäre sie willkürlich aus vielen Einzelteilen zusammengesetzt worden. Die rechte Hand verschwand unsichtbar hinter den schemenhaft angedeuteten Wolken. Im Sand zwischen Muscheln und Steinen, kaum wahrnehmbar, befanden sich diese Zeichen.

»Sarah, ich wette das bedeutet ›Hand‹.« Unauffällig machte Gregor mit dem Handy ein Foto.

Plötzlich, wie aus dem Nichts, stand Milan dicht hinter uns. Diskret ließ Gregor sein Handy in der Hosentasche verschwinden.

»Sehr interessante Bilder, Milan. Ich habe auch schon ein Lieblingsbild gefunden. ›Zeitlos‹, ich glaube es trägt den Titel ›Zeitlos‹. Wunderschöne Farben und sehr eindrucksvoll. Mir gefällt, wie sich die einzelnen Elemente der Uhr aufzulösen scheinen, um dann im Nirgendwo zu verschwinden.«

»Das freut mich, Sarah, du scheinst wirklich eine Kunstfreundin zu sein.«

So leise, wie Milan gekommen war, verschwand er wieder in der Menschenmenge. Mein Herz schlug bis zum Hals.

Gregor legte seinen Arm um mich und flüsterte mir ins Ohr: »Sarah, an dir ist eine Schauspielerin verloren gegangen. Komm lass uns das dritte Bild suchen, ich bin sicher wir werden es finden.«

Bereits zum vierten Mal machten wir die Runde. Gregor wurde nervös. »Es muss da sein Sarah, wir müssen genauer hinsehen.«

Und dann sahen wir es. Die Zeichen befanden sich in einem außergewöhnlich, dunklen, unruhigen, sehr erotischen Bild.

»Da ist sie, schau hin, Sarah! Die kopflose, nackte Frau im Kreise der wild tanzenden Dämonen.«

Die Zeichen waren im aufsteigenden Rauch nur verzerrt wahrnehmbar, aber sie waren da. Gregor machte auch diesmal ein Foto.

»Gregor, was hat das alles zu bedeuten? Bitte, lass uns gehen, ich habe das Gefühl, wir werden ständig beobachtet!«

Gregor überzeugte mich, dass wir jetzt nicht einfach gehen könnten.

Nora lief uns über den Weg und lotste uns erneut zum Büfett: Leckere Sushi, Kaviar und andere Köstlichkeiten luden zum Schlemmen ein. Sie strahlte und reichte uns zwei neue Gläser mit Champagner. Nora war überglücklich, weil die *Midamis*-Ausstellung ein voller Erfolg zu werden schien.

»Stellt euch vor, Milan hat schon einige Bilder verkauft, die Presse ist ebenfalls anwesend und äußert sich nur lobend über den Künstler *Midamis*.«

»Nora, wieso *Midamis*?« Gregor krauste fragend die Stirn.

So erfuhren wir dann, dass man ihn nicht nur in Künstlerkreisen unter diesen Namen kennt. »Außerdem steht auch *Midamis* auf der Einladungskarte. ›Milan‹ wird er privat nur von wenigen genannt.«

Gregor brummte mir leise ins Ohr: »Die Einladungskarte Sarah, wie peinlich, wir haben keinen Blick darauf geworfen.«

Ich konnte darauf nichts mehr erwidern, denn Milan stand urplötzlich wieder neben uns, lächelte, zog Nora dicht, fast schon besitzergreifend an sich heran und erhob sein Glas. »Liebe Freunde, ich freue mich, dass ihr so zahlreich erschienen seid, und möchte mit euch auf den ausgesprochen gelungenen Abend anstoßen.«

Inzwischen hatte ich immer stärker das Gefühl, ich müsse hier raus. Milan schaute immer wieder zu Gregor und zu mir – zumindest in unsere Richtung. Durch die große dunkle Sonnenbrille konnten wir allerdings nicht erkennen, wen genau er fixierte. Seine Gesichtszüge wirkten weder freundlich noch abweisend. Ich hatte das beklemmende Gefühl, er könne meine Gedanken lesen.

Wir blieben noch ungefähr eine halbe Stunde, lachten, sprachen wohlwollend über dieses und jenes Bild und verabschiedeten uns dann, Müdigkeit vorgebend, von den anderen. Wir hatten Glück und bekamen sehr schnell ein Taxi.

Gregor war aufgewühlt. Die Fotos mit den geheimnisvollen Zeichen hatte er schon von der Toilette aus an seinen Kollegen Engels weitergeleitet. Als wir zuhause ankamen blinkte der Anrufbeantworter: Engels bat um Rückruf.

Während Gregor mit seinem Kollegen telefonierte, machte ich uns einen starken Kaffee. Ich dachte, den könnten wir jetzt beide gut gebrauchen.

Gregors Telefonat mit Engels war kurz. Seit fast vierzehn Stunden war dieser im Dienst und wollte endlich ein paar Stunden schlafen.

Er bedankte sich bei Gregor für das Bildmaterial und teilte ihm mit, dass am Montag in verschiedenen Tageszeitungen Fotos der Opfer erscheinen werden.

»Ich hoffe, dass sich daraufhin jemand meldet, der eins der Opfer gekannt hat. Es ist doch sehr ungewöhnlich, dass bis dato keine dieser Frauen vermisst wurde.

Diesen Künstler, diesen Milan oder *Midamis*, wie immer er sich nennt, den werden wir uns morgen schnappen. Dieser Farbenkleckser ist schließlich griechischer Staatsbürger, und die kyrillischen Worte in seinen Bildern machen ihn momentan zu unserem Hauptverdächtigen.

Übrigens hat Blondy deine Fotos von der Vernissage und die der drei Opfer vor zehn Minuten an Europol weitergeleitet. Die Tatsache, dass der Künstler Grieche ist, rechtfertigt diese Maßnahme. Eigentlich wollte ich erst die Resonanz auf den morgigen Zeitungsartikel abwarten, aber ich denke, es kann nicht schaden, wenn unsere Athener Kollegen so schnell wie möglich von den hiesigen Vorgängen informiert werden. Wer weiß, vielleicht ist dieser *Midamis* auch dort schon auffällig geworden.«

Gregor nickte zustimmend, obwohl Engels dies natürlich nicht sehen konnte. Ein kurzes »na dann, bis später« beendete das Gespräch.

Mit meiner Kaffeetasse in der Hand lehnte ich am Kühlschrank und lauschte neugierig Gregors Kurzbericht das Telefonat betreffend.

Es war bereits Mitternacht, und an einen erholsamen Schlaf war nach den aufwühlenden Ereignissen gar nicht mehr zu denken.

»Sarah, wer ist dieser Milan Pagonis?« Gregor sah mich fragend an.

»Ich weiß es nicht, Gregor. Gestern bei unserem gemeinsamen Grillabend waren wir doch beide total begeistert von ihm. Jetzt eben, bei der Vernissage, fand ich ihn einfach nur bedrohlich. Ständig stand er wie aus dem Nichts plötzlich neben uns. Dann diese abweisende Körperhaltung. Ich hatte fortwährend das Gefühl, als wären seine Augen hinter der dunklen Brille pausenlos auf uns gerichtet. Ich verstehe das nicht. Kann sich die Wesensart eines Menschen von einem Tag zum anderen derart verändern? Sobald er aber neben Nora stand, mit ihr sprach, sie anlächelte, strahlte sein Gesicht, er wirkte wieder warmherzig und sympathisch.«

Gregor schüttete den restlichen Kaffee in den Ausguss und starrte nachdenklich auf die langsam abfließende, braune Flüssigkeit.

»Milan – ein Mörder? Die Vorstellung, dass Milan diese scheußlichen Tötungen begangen haben soll, will nicht in meinen Kopf. – Sarah, das wäre zu einfach. Er war Gast in unserem Haus. Er erkundigte sich zwar nach den Morden, von denen er in der Zeitung gelesen hatte. Er akzeptierte aber auch meine lapidaren Auskünfte und meine Erklärung, weshalb ich über den aktuellen Stand der Ermittlung keine Angaben machen konnte. Dann die Einladung zu seiner Ausstellungseröffnung. Das passt für mein Gefühl nicht zusammen. Andererseits, möglich ist alles. Man sieht niemandem an, wozu er fähig ist. Jetzt hoffe ich nur, dass wir morgen nach der Veröffentlichung der Fotos ein Stück voran kommen.«

Gregor, der noch immer gebückt über dem Ausguss stand, richtete sich langsam auf, nahm mir meine leere Tasse, die ich noch immer krampfhaft festhielt, aus der Hand, knipste das Licht aus und meinte laut gähnend, dass wir uns nach dem aufregenden Tag, ein paar Stunden Schlaf gönnen sollten.

11

So langsam verließen nun auch die letzten Besucher die Galerie. Nora stöhnte erleichtert auf, als sie endlich ihre schicken, aber total unbequemen Pumps gegen ein paar flachere, bequemere Schuhe austauschen konnte.

»Milan, das war zwar ein anstrengender, aber durch und durch schöner Abend. Die Gäste waren begeistert von der Vielseitigkeit deiner Bilder. Und so wie es aussieht, dürfte der Kommentar der Presseleute ebenfalls positiv ausfallen. Übrigens: Monsieur Claude Varell, den ich dir als alten Freund vorstellte, ist unter anderem auch für den kulturellen Teil der französischen Zeitung ›Le Figaro‹ zuständig. Ich hoffe du verzeihst mir, dass ich ihn und seine Frau Juliette ohne dein Wissen eingeladen habe. Das Risiko, das Claude dir eine negative Presse beschert, war gering. Er kann zwar ein ekelhafter Nörgler sein, wenn ihm ein Künstler nicht gefällt, aber ich kenne ihn lange genug, um einschätzen zu können, bei welcher Art Malerei er den Künstler gnadenlos in die Tonne tritt. Wenn man Claude aber begeistern kann, wird er dafür sorgen, dass seinem Schützling Tür und Tor geöffnet wird. Und weißt du, was er zu mir gesagt hat? ›Nora, um deinen *Midamis* kommt man nicht herum!‹ – Milan, wo bist du mit deinen Gedanken? Hast du gehört was ich gesagt habe?«

»Ja, ja – und was bedeutet das jetzt?«

»Claude wird dafür sorgen, dass man auch in Frankreich, und nicht nur dort, auf dich aufmerksam wird.«

»Sehr schön. Entschuldige, Nora, ich denke gerade über Gregor und Sarah nach. Sie waren heute sehr merkwürdig. Anders als gestern. Sie wirkten nervös und unruhig. Jedes Mal wenn ich mich neben sie stellte, während sie ein Bild betrachteten, reagierten sie erschrocken, so als fühlten sie sich ertappt, einfach sonderbar. Ihre Müdigkeit nehme ich ihnen auch nicht ab, ich hatte eher den Eindruck, sie seien auf der Flucht.«

»Warum sollten sie nicht müde sein, gestern war ein anstrengender Tag für sie, und sie waren exzellente Gastgeber. Allerdings, so ganz unrecht hast du nicht. Irgendwie fand ich die beiden auch – wie soll ich sagen – verkrampft, angespannt. Vielleicht hat es ihnen doch nicht so gut gefallen. Ich habe keine Ahnung, möglicherweise sind sie nur höflichkeitshalber geblieben. Ich möchte jetzt aber nicht darüber nachdenken. Lass uns gehen und nach einem Taxi Ausschau halten.«

Eine Viertelstunde später fuhren sie gemeinsam nach Neukölln, schlenderten engumschlungen durch die drei Hinterhöfe, ließen den Verlauf der Vernissage Revue passieren und küssten sich auf jeder Etage ausgiebig. Mehrmals ging das Licht aus und beide suchten lachend den Schalter.

Oben angekommen blieb Nora wie angewurzelt stehen. Am Türknauf hing eine langstielige rote Rose mit einem Kärtchen. Darauf stand:

Ich verzehre mich nach Dir, meine Schöne.
Bald gehörst du mir!

Nora wich zurück. »Milan, ich dachte, es ist vorbei, was soll das?«

Milan nahm ihr den Wohnungsschlüssel aus der Hand und öffnete die Tür. Vorsichtig inspizierte er jeden Raum. Nichts, absolut nichts ließ darauf schließen, dass jemand in der Wohnung war. Um irgendetwas zu tun, zündete Nora ein paar Kerzen an. Milan öffnete eine Flasche Wein.

Beide tranken schweigend – und dann erzählte Nora ihm, dass sie schon öfter eine Rose mit einem Kärtchen am Türknauf vorgefunden hatte. »Vor einiger Zeit hatte ich den Eindruck, dass auch jemand in meiner Wohnung war. Es war nur ein Gefühl. Nichts war verändert und trotzdem hatte ich das Empfinden, es war jemand hier. Dann hingen aber lange Zeit weder Rose noch Karte am Türknauf, und ich dachte, das Ganze hätte sich damit erledigt. Aus diesem Grund sah ich keine Veranlassung mehr, es dir zu erzählen. Ich wollte dich nicht unnötig beunruhigen.«

Milan war entsetzt. »Nora, Schatz, das ist kein Spaß mehr, der Typ ist brandgefährlich. Du musst zur Polizei gehen. Hast du die anderen Kärtchen aufgehoben?«

»Ja, ich denke schon. Sie müssten zwischen den alten Zeitungen sein.«

Sie sprangen auf, liefen in die Küche und verstreuten den alten Papiermüll auf dem Küchenboden. Jede Zeitung, jeder kleine Karton wurde umgedreht und geschüttelt.

»Hier, ich habe eins gefunden.«

Das zweite entdeckte Nora und reichte es Milan. Sie schaute ihn verunsichert und fragend an. »Und nun, was machen wir damit? Sie sind noch nicht mal handschriftlich verfasst, sondern wurden mit einer Schreibmaschine geschrieben.«

»Das ist egal, du solltest unbedingt morgen zur Polizei gehen, und dann nimmst du diese Karten mit. Die Möglichkeit, dass der Typ momentan noch andere Frauen mit diesem Mist verunsichert, ist vermutlich gering. Vielleicht gab es aber in der Vergangenheit ähnliche Vorkommnisse. Sollte er immer dieselbe Strategie verfolgen, so wird er auch dieselbe Schreibmaschine benutzen. Für die Polizei könnte es ein wertvoller Hinweis sein. Dieser Dreckskerl fühlt sich sicher, und genau das ist der Punkt: Irgendwann wird er unvorsichtig werden, und man kann nur hoffen, dass sie ihn zu fassen bekommen, bevor jemand zu Schaden kommt.«

»Ja, vermutlich hast du Recht.« Nora musste herzhaft gähnen. »Ich bin todmüde, können wir morgen alles Weitere besprechen?«

Auch Milan fühlte sich erschöpft und schlug vor, noch den Wein auszutrinken und dann ins Bett zu gehen. Nora nickte zustimmend, kuschelte sich auf der Couch in seine Arme und schlief augenblicklich ein.

Er nippte nachdenklich an seinem Wein. Anstatt sein Glas auf dem Tisch abzustellen, behielt er es in der Hand, um Nora nicht zu wecken. Eine Bewegung seinerseits hätte diesen besonders schönen Moment zerstört. Er betrachtete ihre entspannten Gesichtszüge, und es schien ihm, als würde sie im Schlaf lächeln. In diesem Augenblick wurde ihm bewusst, wie sehr er diese Frau liebte. Ihm wurde schlagartig klar, dass er sein Leben grundlegend verändern musste, wenn er sie nicht verlieren will. Eine Zukunft ohne Nora war für ihn nicht mehr vorstellbar.

Das allerdings bedeutete, dass er ihr von seinem Doppelleben berichten musste, von den vielen Lügen und von den Betrügereien, die nie jemand bemerkte. Und auch davon, dass es Momente gab, in denen er selbst nicht mehr wusste, wer er wirklich war.

Schon bei dem Gedanken wurde ihm flau im Magen. Er konnte nicht einschätzen, wie sie mit der Wahrheit umgehen würde. Er hoffte aufs Innigste, dass sie den jetzigen Milan erkennen und ihm vertrauen würde. Krampfhaft umklammerte er sein Weinglas. Ihm wurde übel. Mühsam versuchte er, sich auf eine gleichmäßige Atmung zu konzentrieren. Sein Körper vibrierte, zitterte, er verschüttete den Wein – und dann endlich, nach einer gefühlten Ewigkeit, ließ das Zittern nach und die Übelkeit verschwand. In seinem Kopf dröhnte und pochte es. Immer lauter werdend, drangen die Stimmen in sein Hirn: *Milan ist Damianos und Damianos ist Milan … Milan ist Damianos und Damianos ist Milan …*

Wie oft hatten sie als Kinder und als Halbwüchsige gemeinsam vor dem Spiegel gestanden, der immer größer und größer zu werden schien. Sie starrten sich an und murmelten leidenschaftlich und eindringlich, immer lauter werdend, ihre Beschwörungsformel: *Milan ist Damianos und Damianos ist Milan …!*

Sie bewegten ihre Körper im gleichen rhythmischen Takt hin und her – und hin und her. Erschöpft, keuchend und schweißgebadet lagen sie anschließend nebeneinander auf dem Teppich. Nach diesem Ritual wusste er oft nicht mehr, wer er wirklich war.

Momentan hatte er das Gefühl, sein Schädel würde jeden Moment in tausend Teile zerspringen. *Milan ist Damianos und Damianos ist Milan …*

Das konnte so nicht weitergehen. Er musste dem Ganzen ein Ende setzen. Ihm wurde wieder schlecht, seine Atmung war unregelmäßig und sein Herz raste.

Glücklicherweise bekam Nora weder von seiner Verzweiflung noch von der Panikattacke etwas mit. Sie lag entspannt neben ihm, atmete gleichmäßig und hielt seinen linken Arm umschlungen.

Inzwischen war ihm bewusst: Sein Bruder, sein Zwillingsbruder Damianos war – und ist – das eigentliche Problem. *Ich bin Milan und nicht Damianos. Ich bin Milan … Milan … Milan …*

Nach einer unruhigen Nacht beschlossen Nora und Milan, im Café gegenüber zu frühstücken. Als sie auf die Straße traten, kam ihnen Frau Kroel mit ihrem dicken Hund entgegen. Nora grüßte und wollte mit Milan weitergehen.

»Hallo, junger Mann, haben sie den Ausreißer wiedergefunden?«

Milan schaute in alle Richtungen; er fühlte sich nicht angesprochen. »Meinen sie mich? Wovon sprechen sie?«

»Na, von ihrem Hund, der ihnen kürzlich im Park weggelaufen ist!«

Milan erklärte ihr, dass da wohl eine Verwechslung vorliegen müsse, er habe noch nie einen Hund gehabt. Im selben Moment bückte er sich, um den kleinen dicken Pinscher, der sich inzwischen schwanzwedelnd an ihn drückte, zu streicheln.

Frau Kroel starrte ungläubig auf ihren Hund. »Was ist das denn? Letztens hat er sie angeknurrt, wollte sich nicht anfassen lassen.«

Nora und Milan gingen weiter und sahen noch, wie Frau Kroel kopfschüttelnd hinter der Tür verschwand.

Als sie das Café betraten, strömte ihnen schon der Wohlgeruch von frischen Backwaren und aromatischem Kaffee entgegen. Sie steuerten zielsicher auf den Ecktisch am Fenster zu. Beide bestellten sich einen großen Pott Kaffee, ein Croissant, Butter und Marmelade. Sie saßen nebeneinander und schwiegen.

Nora kämpfte mit den Tränen und umklammerte krampfhaft ihre Tasse, so als würde ihr diese Halt geben. »Milan, was hat das alles zu bedeuten? Was soll dieser Unsinn mit der Rose und der Karte? Ich zermartere mir das Hirn. Vielleicht habe ich unbewusst jemanden verletzt, und er will sich mit dieser Aktion an mir rächen, mich in Panik versetzen. Wenn das seine Absicht war, dann ist es ihm allerdings gelungen.«

»Schau mich an Nora, schau mich an«! Mit sanfter Gewalt befreite er die Tasse aus ihrer Umklammerung, stellte sie zur Seite und zog Nora zu sich heran, während er ihr versicherte, dass sie keine Schuld träfe. »Es gibt immer wieder Stalker, einfach Verrückte, die sich einbilden, mit dieser Aktion auf Gegenliebe zu stoßen. Manche belassen es dabei, Blumen, Karten oder was weiß ich für Präsente vor die Tür ihrer platonischen Liebe zu legen. Aber wir wissen nicht, mit wem wir es hier zu tun haben.«

Nora nickte. »Bleibst du heute Abend bei mir?«

»Hör mir zu, Nora! Heute Abend habe ich einen wichtigen Termin, den ich beim besten Willen nicht verschieben kann.« Schon bei dem Gedanken daran, seinen Bruder zu treffen, beschleunigte sich sein Puls und kleine Schweißperlen bildeten sich auf seiner Stirn. »Ich schlage vor, dass du heute bei deiner Schwester Ellen übernachtest. Du fährst nach der Arbeit direkt zu ihr und rufst mich an. Ich will sicher sein, dass du dort angekommen bist. Morgen, am Dienstag, treffen wir uns dann um 17 Uhr in deiner Wohnung. Wir gehen gemeinsam zur Polizei und du erstattest Anzeige.«

Sie schaute ihn verunsichert und zweifelnd an. »Findest du diese Vorsichtsmaßnahme nicht reichlich übertrieben?«

»Nein, ganz und gar nicht. Nora, da ist ein Verrückter unterwegs. Vielleicht nur ein harmloser Spinner, möglicherweise aber auch das genaue Gegenteil. Wir stehen das Ganze gemeinsam durch. Und am Donnerstag fahren wir zum Flughafen und schauen mal, wohin der Wind uns weht. Freu dich einfach auf unseren ersten gemeinsamen Urlaub. Eine Woche nur du und ich.«

Lächelnd stimmte sie seinem Plan zu und dachte: Vielleicht hat Milan ja auch Recht und *ich* schätzte die Situation falsch ein.

12

Montag früh. Gregor lehnte sich erschöpft in seinem Arbeitsstuhl zurück und atmete tief durch. *Nur einen kurzen Moment abschalten ...* Erst seit gut zwei Stunden befand er sich heute im Dienst und fühlte sich schon jetzt völlig ausgelaugt.

»Kaffee gefällig?« Noch bevor er antworten konnte, drückte ihm »Blondy« eine Tasse mit frisch gebrühtem Kaffee in die Hand und lächelte ihm aufmunternd zu.

»Blondy«, ihr richtiger Name war eigentlich Katja Blondczycz. Da aber keiner den Namen korrekt aussprechen konnte, wurde intern »Blondy« daraus. Es war Engels gewesen, der dieser hübschen, rothaarigen Kollegin vor Jahren den Namen aufgedrückt hatte. Engels und Gregor waren auch die einzigen, die sie mit diesem Namen ansprechen durften.

Vielleicht lag es daran, dass sich »Blondy« aus deren Mund niemals diskriminierend und abwertend anhörte. Für alle anderen Kollegen, auch für jene, die schon viele Jahre im Dezernat waren, blieb sie Katja und für die Neuankömmlinge Frau Blondczycz.

Vor einigen Jahren ging das Gerücht um, dass Engels und Blondy mehr waren als nur Kollegen. Wie auch immer. Dem einen oder anderen Mitarbeiter, der sich erfolglos um Blondy bemühte, war das lange ein Dorn im Auge. Sie fragten sich, warum ausgerechnet Engels, der in ihren Augen alles andere als ein Frauentyp war. Engels, mit seiner unmodischen, übergroßen Brille, den zotteligen, halblangen Haaren und seiner ausgebeulten, alten, speckigen Lederjacke, mit der er auch zu schlafen schien. Mit einer Körpergröße von knapp einem Meter vierundsiebzig gehörte er zudem eher zu den kleineren Kollegen. Andererseits kam man aber nicht umhin, ihn zu respektieren. Obwohl er von der Statur her sehr schlank, schon fast hager war, konnte ihm an Schnelligkeit und auch beim Krafttraining kaum einer das Wasser reichen. Zudem war er ein grandioser Ermittler. Die Aufklärungsrate des Dezernats wurde bundesweit selten überboten.

Inzwischen allerdings hatte sich auch das Interesse an dem Thema »Engels/Blondy« erledigt. Lange wurde getuschelt und gemutmaßt, einen Beweis gab es nie. Noch nicht einmal Gregor, der mit den beiden ein Büro teilte, bekam irgendwelche Auffälligkeiten mit, die auf eine nähere Beziehung schließen ließen.

»Was ist das für ein anstrengender, blöder Montag. Die Stunden vor Mitternacht waren relativ entspannt, aber ab 24 Uhr war hier der Teufel los. Wir sind seither ständig im Einsatz.«

Blondy zog wieder eine ihrer witzigen Grimassen. »Gregor, ich hasse Montage! Zum Glück kann ich in ein paar Minuten nachhause gehen. Seit Jahren träume ich von einem normalen Acht-Stunden-Arbeitstag. Aber das wird hier bei uns nie funktionieren. Was soll's, ich liebe trotz allem meinen Job.«

Gregor konnte sich ein Lachen nicht verkneifen. Seitdem Blondy im Team war – und das war sie seit fast sechs Jahren –

hatte sich das Arbeitsklima zum Vorteil verändert. Ihre Sichtweise auf bestimmte Geschehnisse, ihre Fähigkeit, quer zu denken, und ihr Humor brachten neuen Schwung ins Dezernat.

»Übrigens Kollegin, danke für den Kaffee. Ich hoffe, der bringt mich wieder in die Spur.«

»Bitte, bitte, gern geschehen. Ach ja, ehe ich es vergesse, herzlichen Glückwunsch Gregor. Gibt es in deinem Privatleben eigentlich Momente, in denen du kein Kriminalist bist?«

»Wie meinst du das? Ich verstehe nicht, wovon du sprichst.«

»Na ja, du hattest das Wochenende frei, triffst dich mit Freunden und gehörst dann noch zu dem erlesenen Kreis derer, die zur *Midamis*-Ausstellung eingeladen wurden. Dort schaust dir dann die Bilder an – und entdeckst ganz nebenbei die mysteriösen Zeichen, an denen wir uns seit geraumer Zeit die Zähne ausbeißen. Ganz ehrlich, Gregor, mir wären sie vermutlich nicht aufgefallen. Sie wurden verzerrt und kaum erkennbar in den Bildern versteckt.«

»Ach so, das meinst du. Ich denke, du hättest sie auch entdeckt. Die Fotos von meinem Handy, die ich euch rübergeschickt habe, sind nicht besonders gut. Aber auf den Originalbildern, die in der Galerie hängen, sind die Zeichen durchaus wahrnehmbar. Hinsehen muss man aber schon.«

»Gut, Kollege, Frage beantwortet, auch im Privatleben ›Bulle‹.«

Gregor musste unwillkürlich lachen. »Ja, ja, du hast Recht. Ich bin irgendwie immer im Dienst, aber das sind wir doch alle hier.«

»Na ja, das stimmt für mich nicht immer. Es gibt Momente, da hänge ich die Polizistin samt Uniform mit Wonne an den Haken. Nur Katja Blondczycz zu sein, ist mitunter auch sehr angenehm. Übrigens sollten wir, bevor ich gehe, noch kurz die Vorfälle der vergangenen Nacht durchgehen.«

Blondy griff nach der abgewetzten, grauen Mappe, schlug sie auf und berichtete in Kurzform: »Kurz nach Mitternacht eine Messerstecherei in Neukölln zwischen betrunkenen Jugendlichen. Dabei wurde ein Siebzehnjähriger lebensgefährlich verletzt … Unter den Yorkbrücken wurde eine Frau erwürgt aufgefunden. Laut Zeugenaussagen könnte es der Ehemann gewesen sein. Die Fahndung läuft … In der Charité wurde eine männliche Leiche in der Wäschekammer gefunden. Es handelt sich um den stellvertretenden Oberarzt der Chirurgie. Sein Name steht in der Akte, die vor dir liegt. Moretti, Stefano Moretti, ja genau, so heißt er.«

Gregor angelte nach dem Ordner und warf einen Blick auf die geschriebenen Protokolle, während Blondy weitersprach und ihm im Telegrammstil über ihren heutigen, privaten Tagesplan unterrichtete: »Dann Kind bei Oma abholen – in den Zoo gehen – meine Schwiegermutter vergiften und den Reichstag in die Luft sprengen. Danach kündige ich meinen Job beim Morddezernat, da mir hier sowieso niemand zuhört!«

»Ja, in Ordnung, Blondy.«

»Sorry Kollege, ich merke schon, dass dich mein Privatleben nicht im Geringsten interessiert.«

»Doch, doch, entschuldige bitte, aber was lese ich hier? Das Opfer in der Charité, vermutliche Todesursache, Genickbruch?«

Blondy schaute Gregor fragend an. »Du meinst, da könnte ein Zusammenhang bestehen? Du denkst doch auch gerade an die drei verstümmelten Frauen, oder?

Gregor nickte zustimmend. »Aber trotzdem, das passt nicht zusammen. Die Frauen wurden verstümmelt – und denke an die eingeritzten Zeichen, die fehlen ja offensichtlich bei diesem Opfer.«

»Ja, das stimmt, die Zeichen fehlen vermutlich. Diesem Opfer wurde ja offenbar auch kein Körperteil entfernt, was hätte der Täter dann einritzen sollen, seine Telefonnummer?«

»Aber hallo, liebe Kollegin. Sarkasmus steht dir gar nicht.«

»Ich bin nicht sarkastisch. So was nennt man analytisch, aufmerksam, logisch. Egal, nenne es wie du willst, ich habe jetzt Feierabend.«

Schwungvoll schlüpfte sie in ihre Jacke.

»Ach da wäre dann noch was Gregor. Ihr solltet unbedingt jemand zum Klausenerplatz nach Charlottenburg schicken. Die genaue Adresse steht in der Akte. Dort wohnt der Kollege des Opfers aus der Charité. Sie hatten zur selben Zeit Dienst. Vielleicht hat er etwas beobachtet, das uns ein Stück weiterbringt. Wir haben von der Charité zwar die Handynummer des Kollegen, aber es geht niemand ans Telefon, und die Mailbox ist auch ausgeschaltet. Übrigens werden heute die Fotos der Opfer in verschiedenen Tageszeitungen erscheinen. Vielleicht klärt sich dann deren Identität. Merkwürdig ist es schon, dass bisher keins der Opfer vermisst wurde.«

Gregor legte die Akte zur Seite und meinte schulterzuckend: »Das ist wirklich ungewöhnlich. Gestern Abend habe ich noch mit Engels telefoniert. Er informierte mich bereits über das weitere Vorgehen. Übrigens habe ich eben einen Streifenwagen in die Schloßstraße geschickt. Die sollen uns diesen Milan oder *Midamis*, egal wie immer er sich nennt, herschaffen. Bin schon gespannt, wie er uns diese Zeichen in seinen Bildern erklärt.«

Blondy zog überrascht die Augenbrauen hoch. »Ach so, ich wusste nicht, dass du schon mit Engels gesprochen hast. Dann können die beiden Kollegen die Runde starten und auch zum Klausenerplatz fahren. Das ist ganz in der Nähe. So, und nun muss ich aber los. Ich wünsche Dir und ›Engelchen‹ – der müsste übrigens auch jeden Moment erscheinen – viel Spaß bei der Arbeit. Ich werde mich erst morgen wieder damit beschäftigen.«

Sie warf Gregor noch grinsend einen angedeuteten Luftkuss zu, ehe sie aus seinem Blickfeld verschwand.

»Verrücktes Huhn.« Die leise gemurmelte Bemerkung hörte Blondy allerdings nicht mehr.

Seufzend vertiefte sich Gregor in die Akte. Momentan war es ungewöhnlich ruhig im Büro. Ein paar Mal klingelte im Nebenzimmer das Telefon. Der Artikel in der Zeitung zeigte bereits Wirkung. Die Kollegen registrierten jeden Anrufer und fragten nach, in welchem Verhältnis sie zu dem Opfer standen, und so weiter.

Inzwischen hatte Gregor den Kollegen im Streifenwagen Order gegeben, ebenfalls turnusmäßig am Klausenerplatz vorbeizufahren, um diesen Doktor Pagonis aufzuspüren. Vergeblich. Die Kollegen trafen weder den Maler in der Schloßstraße, noch den »Doc« am Klausenerplatz an. Jetzt war er dabei, sich einige Notizen den Fall Moretti betreffend zu machen, als lautstark die Tür aufgerissen wurde. Erschrocken fuhr er hoch.

Dröhnend ertönte Engels Appell: »Kollege Engels meldet sich zum Dienst.«

Zeitgleich schrillte neben Gregor das Telefon.

Als Engels Gregors finstere Mine wahrnahm, schaltete er einen Gang runter. Im Flüsterton kam dann auch noch: »Entschuldige, habe ich dich geweckt?«

Gregors süß-saures, verkrampftes Grinsen ließ Engels ernst werden. »Was ist los, seit wann gehst du zum Lachen in den Keller?«

Statt zu antworten, nahm Gregor den Anruf entgegen und meldete sich mit »Dezernat eins.« Grimmig starrte er auf das Telefon, um dann, lauter als sonst, dem unbekannten Anrufer ein unfreundliches »nein, dafür sind wir nicht zuständig, ich verbinde sie nochmals mit der Zentrale« entgegenzuschleudern. Geräuschvoll knallte er den Hörer auf die Gabel. Dann wandte er sich seinem fröhlichen Kollegen zu: »Mein Bedarf an witzigen Bemerkungen ist für heute gedeckt. Nehmt ihr Stimmungsaufheller, Aufputschmittel oder was weiß ich für Zeug?«

Eine steile Falte bildete sich zwischen Engels Augenbrauen als er fragte: »Wer ist *ihr*?«

Als Gregor die Gesichtszüge seines Kollegen wahrnahm, die in diesem Moment nichts Gutes signalisierten, entschuldigte er sich bei ihm und erklärte ihm kurz, weshalb er heute außergewöhnlich reizbar war: »Nach der Vernissage habe ich kaum geschlafen, weil mir die Bilder nicht aus dem Kopf gingen; am Abend vorher durfte ich den Künstler kennenlernen, der diese Werke fabriziert hat, er ist mit einer Freundin von Sarah liiert – und im Büro überfällt mich auch noch Blondy mit ihrem unwiderstehlichen Humor. Außerdem habe ich das Gefühl, wir kommen trotz allem keinen Schritt voran. Heute Nacht wurde der stellvertretende Oberarzt tot in der Wäschekammer der Charité gefunden. Und nun kommt's: Der Kollege, der mit dem Opfer gleichzeitig Dienst hatte, ist nirgends erreichbar. Sein

Handy ist ausgeschaltet, und auch in seiner Wohnung am Klausenerplatz keine Spur von ihm.«

Engels hörte Gregor aufmerksam zu und meinte dann, dass es doch nicht so ungewöhnlich sei, dass jemand sein Telefon ausschalte, wenn er frei habe. Ebenso gebe es keinen Grund weshalb er sich unbedingt in seiner Wohnung aufhalten müsse. »Vielleicht ist er bei seiner Freundin oder weiß der Teufel wo. Wenn der Typ allerdings nicht zum nächsten Dienst erscheint, sollten wir eine Fahndung rausgeben.«

Gregor wackelte zweifelnd mit dem Kopf hin und her. »Ja, ja, das ist ein logischer Aspekt, würde dieser nicht auffindbare Kollege Müller, Meier oder so ähnlich heißen, aber sein Name ist Pagonis, Damianos Pagonis.«

Engels zog fragend die Schultern hoch. »Na und, was ist so ungewöhnlich daran? Der Typ ist, dem Namen nach zu urteilen, Grieche.«

Gregor nickte zustimmend und erzählte Engels von der *Midamis*-Ausstellung. »Und genau da liegt der Knackpunkt. Der Name des Künstlers ist Milan Pagonis. Nun stellt sich die Frage, wie häufig dieser Name in Berlin vertreten ist und weshalb er diese Zeichen in seine Bilder pinselte.«

Engels Gesichtsausdruck wirkte überrascht. »Na, das ist ja interessant.«

»Ja, allerdings – und jetzt halt dich fest: Vermutlich wurde diesem Moretti aus der Charité ebenfalls das Genick gebrochen. Der offizielle Bericht der Gerichtsmedizin liegt allerdings noch nicht vor.«

Engels zog überrascht eine Augenbraue hoch. »Innerhalb kürzester Zeit haben wir also vier Opfer, die auf die gleiche Art getötet wurden?« Seine gute Laune verflüchtigte sich in Sekundenschnelle. Während er die Tür zum Nebenzimmer aufriss, poltert er lautstark los: »Ich möchte in der nächsten halben Stunde diesen Pinselschwinger und den verschwundenen Skalpellfritzen in meinem Büro haben!«

Gregor erklärte Engels, dass er schon zwei Kollegen dort hingeschickt habe. Bis jetzt allerdings sei weder bei diesem Doktor aus der Charité noch im Atelier in der Schloßstraße jemand anzutreffen gewesen. Die Kollegen seien angewiesen, im regelmäßigen Turnus die Aktion zu wiederholen. Bei Milan oder *Midamis*, wie auch immer er sich nenne, habe er auch mehrmals versucht anzurufen. Das Handy sei zwar an, aber es gehe niemand ans Telefon.

»Das kann doch nicht wahr sein, irgendwann muss doch einer von denen in seiner verdammten Wohnung auftauchen.«

Gregor nickte zustimmend und meinte dann: »Ja, ja, die Kollegen wissen Bescheid und werden diesbezüglich weiter am Ball bleiben. Sollten wir diesen Doktor heute nicht mehr antreffen, erwischen wir ihn vermutlich morgen. Laut Dienstplan erscheint er Dienstag früh in der Charité.«

Engels durchschritt aufgebracht, mit hochrotem Kopf, das Büro und wetterte los. »Ist denn das Wäschekammer-Opfer noch im Besitz aller Körperteile?«

Gregor zog fragend die Schultern hoch. »Das weiß ich nicht, wir warten auf den Gerichtsmedizinischen Befund. Wenn in den nächsten Stunden nichts kommt, werde ich mal anrufen. Hexen können die Kollegen auch nicht. Dessen ungeachtet haben wir trotzdem etwas Neues. Der Zeitungsartikel zeigte bereits Wirkung.«

Gregor reichte Engels einen zerfledderten Ordner, indem die bisherigen Anrufe dokumentiert wurden.

»Es geht um das erste Opfer, dem er die Hand abtrennte. Sie heißt Dorothea Glass, sechsunddreißig Jahre alt. Inzwischen wissen wir, dass sie mit ihrer vierzehnjährigen Tochter in der Danziger Straße wohnte. Nachdem das Foto von ihr veröffentlicht wurde, stand das Telefon kaum noch still. Kurz vor ihrem Tod wurde sie mit einem großen langhaarigen Mann in einem spanischen Restaurant in Berlin-Mitte gesehen. Eine der Angestellten erinnerte sich an sie, als sie das Bild in der Zeitung sah. Sie berichtete, dass diese Frau hin und wieder mit einem circa dreizehnjährigen Mädchen zum Essen kam. Den langhaarigen Begleiter allerdings hatte die Angestellte vorher noch nie gesehen. Er fiel ihr nur auf, weil er auch beim Essen seine große dunkle Sonnenbrille nicht abnahm. Die Zeugin schließt nicht aus, dass es dieser Mann gewesen sein könnte, dessen Foto im heutigen Kulturteil der Zeitung zu sehen ist.«

»Kulturteil? In welchem Kulturteil?« Engels schaute fragend zu Gregor.

»Sie meinte den Bericht über die *Midamis*-Ausstellung. Allerdings ist sie sich nicht ganz sicher, da der Künstler auf dem Foto einen Hut trägt. Inzwischen haben sich noch weitere Zeugen gemeldet, die sich an die Frau erinnern. Überwiegend waren es Anrufe von chirurgischen Praxen oder Kliniken. Das Opfer arbeitete für eine große Firma, die Bedarfsartikel für chirurgische Abteilungen herstellt.«

Während Engels mit einem Ohr Gregors Berichterstattung lauschte, ging er die aufgelisteten Praxen und Kliniken durch und hielt kurz inne. »Das ist ja interessant, die Dame war auch regelmäßig in der Charité.«

Gregors Gesicht hellte sich auf. »Oh ja, aber es kommt noch besser. Es hat sich auch eine Frau gemeldet, die ihren Angaben nach seit Jahren mit dem Opfer eng befreundet war. Kollege Schlüter ist bereits auf dem Weg, um die Zeugin zur Befragung abzuholen. Freundinnen sind immer gut. Sie wissen meist sehr viel voneinander. Vielleicht kommen wir nun endlich ein Stück weiter. Und dann haben wir einige Anrufer die unser letztes Opfer, Adele Sommer, 35 Jahre alt, Psychotherapeutin, betreffen. Ihre Praxis, sowie die Wohnung, befinden sich in der Friedrichstraße. Die Kollegen der Spurensicherung sind bereits dorthin unterwegs.«

Engels runzelte die Stirn. »Es will mir einfach nicht in den Kopf, dass diese vermutlich intelligenten Frauen, die mitten im Leben standen, bis heute von niemand vermisst wurden. Diese Dorothea Glass hat auch noch eine vierzehnjährige Tochter. Mein Gott, dieses Mädchen muss doch ihre Mutter vermisst haben. Es sei denn sie ist daran gewöhnt, dass sich diese tagelang nicht blicken lässt. Wie auch immer, jetzt bin ich gespannt auf die sogenannte enge Freundin. Verdammt, wo bleibt denn Schlüter? Der soll keine Stadtrundfahrt machen, sondern die Zeugin unverzüglich aufs Revier bringen.«

Wenn Engels diesen Ton anschlug, sollte man, wenn möglich, dass Weite suchen. Allerdings beeindruckte Gregor das Verhalten seines Kollegen nicht im Geringsten. Dazu arbeiteten sie schon zu lange zusammen. Im Laufe der Jahre wusste jeder, was er vom anderen zu halten hatte. Die Chemie zwischen den beiden stimmte von Anfang an und als Team waren sie unschlagbar. Engels stand als Erster Hauptkommissar einen Rang über Gregor. Ein Thema war das aber nie.

Gregor grinste nur und schüttelte den Kopf. »Schlüter muss bis nach Bernau, da wohnt die Zeugin, und Bernau liegt nicht um die Ecke. Wir müssen uns also noch etwas gedulden.«

Engels brummelte irgendwas in seinen Bart und verschwand hinter der nächsten Tür.

13

Immer wieder trat Damianos ein paar Schritte zurück, um das entstehende Bild zum wiederholten Male mit Abstand zu betrachten. Irgendetwas fehlte. Es wirkte nicht stimmig. Das verwendete Rot erschien im Kontext zum mystischen Hintergrund des Bildes zu dominant.

Es war Montagnachmittag, später Montagnachmittag. Seit drei Stunden befand er sich im Atelier und wollte die Zeit, während er auf seinen Bruder wartete, kreativ nutzen. Wütend warf er den Pinsel in die Ecke, ungeachtet dessen, dass dieser rote Spuren auf dem alten Sessel und der frisch gestrichenen weißen Wand hinterließ. Er konnte sich nicht konzentrieren. Das Klingeln und Klopfen an der Tür ignorierte er. Beim Blick aus dem Fenster sah er kurz darauf zwei Polizeibeamte in den Streifenwagen steigen. Es berührte ihn nicht im Geringsten. Seine Gedanken kreisten um seinen Bruder. Was wollte Milan von ihm? Weshalb diese Dringlichkeit? Normalerweise würde ein Telefonat ausreichen, um eventuelle Planänderungen zu besprechen. Zurzeit war er ohnedies nicht gut auf ihn zu sprechen. Es störte ihn gewaltig, dass diese Nora soviel Raum im Leben seines Bruders einnahm. Wenn er ihn daraufhin ansprach, wurde Milan einsilbig und wechselte das Thema.

Damianos ging nervös im Atelier auf und ab, setzte sich zwischendurch kurz auf den abgewetzten alten Sessel, um dann wieder aufzuspringen und seinen sinnlosen Weg durch den Raum fortzusetzen.

In seinem Hirn herrschte Chaos. Bilder der Vergangenheit, absurd aneinandergereiht, aufgerissene Augen und Münder, stumme Schreie, ungläubiges Staunen in den verzerrten Gesichtern, als sie begriffen, dass sie in dieser Sekunde sterben würden. Und dann: Morettis, überhebliches, vermeintlich wissendes Grinsen, als er plötzlich in der Wäschekammer stand. Was immer er zu entdecken glaubte, mit Sicherheit rechnete er nicht im Entferntesten mit dem, was ihm jetzt bevorstand. Blitzschnell, noch bevor Moretti einen Laut von sich geben konnte, hatte er ihm einen Knebel in den Rachen gestopft und ihn wie ein lästiges Bündel zu den Wäschesäcken geworfen. Er genoss das Entsetzen und die Panik in Morettis Gesicht. Der Knebel sorgte dafür, dass Kollege »Schleimers« Schreie ungehört blieben.

»Ganz ruhig Kollege, schön gleichmäßig durch die Nase atmen, sie müssen sich auf ihre Atmung konzentrieren. Panik verschlimmert unnötig ihren momentanen Zustand. Aber das muss ich Ihnen ja nicht erklären. – Ja, so ist es gut, regelmäßig ein- und ausatmen. Na bitte, es geht doch. Wissen sie Moretti, es ist wirklich schade, dass sie ihre penetrante Neugier nicht zügeln konnten. Wir hätten uns die momentane Situation ersparen können. Sie waren nur einen kleinen Tick, wirklich nur einen klitzekleinen Tick zu neugierig!«

Und dann rutschte er ganz nah an Moretti heran. So nah, dass er dessen Angstschweiß, der dem armen Kerl in Bächen über das aschfahle Gesicht lief, riechen konnte.

»Aber, sie hatten Recht, Moretti, ihr Misstrauen war – und ist – mit Sicherheit berechtigt. Und wissen sie, warum? Ich bin zwar ich, das heißt, es gibt mich zweimal. Ich bin Milan oder auch Damianos. Milan oder Damianos. – Ja, ja, ich weiß, das ist kompliziert. Soweit ich mich erinnere, steht Damianos Pagonis in der Personalakte – aber es könnte dort ebenso Milan stehen. Letztendlich kann es ihnen egal sein. Oh, sie möchten wissen mit wem von beiden sie momentan die Wäschekammer teilen?«

Mit einem unterschwelligen, kaum wahrnehmbaren Grinsen schaute er über Moretti hinweg. »Milan, sag ihm, wer wir sind!«

Moretti folgte Damianos' irrem Blick, schaute hinter sich, schaute nach rechts, nach links – und konnte keine andere Person entdecken. Seine Panik wuchs ins Unermessliche. Er schlug um sich und zitterte am ganzen Körper.

»Beruhigen sie sich Kollege, ganz ruhig.«

Moretti versuchte verzweifelt, etwas Abstand zu Milan oder Damianos, einfach Abstand von dem Irren zu bekommen, der sich inzwischen noch näher an ihn herangeschoben hatte, so nah, dass er dessen Atem im Gesicht spürte. Es gelang ihm nicht. Er lag bewegungsunfähig zwischen den Säcken eingepfercht.

»Ich werde ihnen jetzt eine spannende Geschichte erzählen, Moretti, und danach werden wir uns trennen. Das hört sich doch gut an, oder?«

Den Bruchteil einer Sekunde hatte er den Eindruck, als würde bei dem Wort »trennen« ein Hoffnungsschimmer in Morettis Augen aufblitzen. Vielleicht hatte er sich aber auch geirrt.

Damianos erzählte ihm von Dorothea Glass und von den beiden anderen Frauen. Ausführlich beschrieb er den Moment, als sie in sein Bett durften und wie ihn diese fordernden, winselnden kleinen Nutten anwiderten.

»Ja – und dann, genau in dem Moment, als sie sich ekstatisch dem Höhepunkt näherten, trennte ich mich von ihnen – löschte sie aus … Knack – ein kurzes, leises – Knack.«

Damianos sprach langsam, sehr langsam, nur unterbrochen von einem leisen, kehligen, boshaften Kichern. Er beschrieb ihm jedes Detail. Welche Dame sich von welchem Körperteil trennen musste, vom fachmännischen Gebrauch der Arterienklemmen, von den Zeichen, die er ihnen in die Haut ritzte, und – wo er sie anschließend deponierte.

Moretti starrte ihn weiterhin ungläubig und mit weit aufgerissenen Augen an und wich entsetzt zurück, versuchte verzweifelt sich hinter die Wäschesäcke zu schieben – vergeblich.

Es ging sehr schnell. Plötzlich, ohne Vorwarnung, mit einer blitzschnellen Bewegung wurde er hochgerissen, spürte noch kurz einen Arm um seinen Hals und einen festen Druck auf seiner rechten Gesichtshälfte …

»Knack – nur ein zartes, leises – Knack.«

Inzwischen hatte Damianos seinen unsinnigen Weg durch das Atelier beendet. Das Gesicht unnatürlich entstellt, stand er am Fenster, schnipste laut mit den Fingern und starrte auf das gegenüberliegende Charlottenburger Schloss, ohne es wirklich wahrzunehmen. Sein Atem ging stoßweise. Die Erinnerung an Morettis panischen Blick, als ihm bewusst wurde, dass sein Leben jeden Moment zu Ende sein würde, hatte ihn voll im Griff.

»Knack – was meinst du mit ›Knack‹?«

Damianos wirbelte erschrocken herum. Unbemerkt von ihm, stand plötzlich Milan im Atelier und schaute besorgt auf seinen Bruder, dessen Gesicht unnatürlich verzerrt wirkte. Die Pupillen waren winzig klein und das Weiße in den Augen schimmerte rötlich.

»Bist du krank Damianos, geht es dir nicht gut?«

Noch während er die Frage an ihn richtete, beschlich ihn in Sekundenschnelle ein unangenehmes, unerträgliches Gefühl. Den Ausdruck im Gesicht seines Bruders, diesen abwesenden Blick, diese kleinen Pupillen, das hatte er schon einmal gesehen. Aber wann? Bildfetzen, irreal zusammengestückelt, glasige Augen, Felle, Skalpelle, Eimer, viele Eimer – beißender Geruch – rot, die einzelnen Bildfragmente ertranken im Rot …

»Oh doch Milan, mir geht's gut. Du hast mich erschreckt, ich habe dich nicht kommen hören. – Hallo, Milan, was ist los, hörst du mir zu?«

»Ja, Damianos, ja, ich höre dir zu.« Gedankenverloren murmelte er vor sich hin. »Ein Déjà-vu, Damianos, nur ein Déjà-vu.«

Bilder, Farbe und Geruch waren verschwunden. Milan fühlte sich unwohl. Damianos' verzerrte Gesichtszüge, sein merkwürdiger Blick, als er Milan plötzlich im Atelier bemerkte – und dann das Déjà-vu. Er konnte diese beunruhigenden Bilder nicht einordnen. Andererseits wusste er auch, dass man diesen Sinnestäuschungen nicht unbedingt viel Bedeutung beimessen sollte.

Inzwischen wirkte Damianos wieder vollkommen entspannt. Zumindest glaubte er, einen entspannten Eindruck zu machen.

Milan aber spürte fast körperlich, wie unausgeglichen und verkrampft ihm sein Bruder gegenübersaß.

Sie schwiegen sich an. Milan schaute auf das unfertige Bild seines Bruders, bemerkte die roten Farbspuren auf dem Sessel und der weißen Wand, sagte aber nichts.

Es war Damianos, der das Schweigen brach. »Weshalb hast du mich ins Atelier bestellt? Was ist so wichtig, dass wir es nicht am Telefon besprechen könnten? Was willst du? Die *Midamis*-Ausstellung war ein großer Erfolg. Wir sind richtig gut. Ach was, wir sind genial. Egal, was wir getan haben, egal, was wir momentan tun, wir sind immer die Gewinner. Und weißt du warum? Weil wir *EINS* sind. Gut, ich habe mich ein paar Mal verspätet. Bist du deshalb noch immer sauer? Entschuldige, ich werde mich bessern.

Andererseits, so ein bisschen Nervenkitzel hat doch auch was für sich, liebster Bruder.«

»Stopp, Damianos, stopp – wir sind nicht *eins*. Ich bin Milan und du bist Damianos. Ich will damit sagen, es ist vorbei. Es muss endlich ein Ende haben. Du hast Recht, ich bin verärgert, weil du in letzter Zeit des Öfteren unpünktlich warst. Es war riskant, denn Moretti ist ein gefährlicher Spürhund und wird auch in Zukunft nicht locker lassen.«

Als Milan Moretti erwähnte, wurde Damianos kurzatmig. Sein Puls schoss in die Höhe, und das Schnipsen seiner Finger konnte er nur unterdrücken, indem er die Hände unter seine Oberschenkel schob. Er versuchte, gelassen zu bleiben. Es gelang ihm nicht wirklich. Milan schaute ihn prüfend an.

»Ist was Damianos, du wirkst angespannt?«

Damianos schüttelt den Kopf. »Nein, nein, es ist alles in Ordnung!«

So fuhr dann Milan fort: »Deine Unpünktlichkeit war der Grund, weshalb ich mit dir reden wollte. Allerdings geht es mir jetzt nicht mehr um pünktlich oder unpünktlich. Es geht um Nora. Damianos, wir, du und ich, hatten, als wir Kinder waren, eine Abmachung getroffen. Niemand von uns beiden wird jemals eigenmächtig eine Entscheidung treffen, die auch das Leben des anderen beeinträchtigen könnte. Wenn dieser Fall eintreten sollte, muss man das Gespräch suchen. Und genau das tue ich gerade.

Du kennst Nora von dem Portrait das ich von ihr gemalt habe. Nora bedeutet mir sehr viel, und wir werden zusammenbleiben. Das heißt, ich hoffe, sie will das auch noch, wenn ich ihr von meinem Leben berichtet habe. Und deshalb, Damianos, muss Schluss sein. Ich werde ihren Fragen unsere Familie betreffend nicht mehr ausweichen. Sie soll wissen, wo ich herkomme und dass ich einen Zwillingsbruder habe. Ich möchte ihr von meiner Kindheit, von unseren Eltern und unserer Schwester erzählen. Von unserem Doppelleben werde ich ihr berichten müssen, und ich hoffe inständig, dass sie trotz allem bei mir bleibt.«

Bewegungslos saß Damianos Milan gegenüber. Misstrauisch, lauernd schaute er seinen Bruder an. Sein Hirn weigerte sich, das Gesagte aufzunehmen. »Wieso Milan? Ich verstehe dich nicht. Warum willst du ihr alles erzählen? Du kannst doch mit ihr weiterhin zusammensein, ohne eine herzerweichende Beichte abzulegen. Du würdest uns verraten, du vergisst unseren Schwur. Milan, erinnere dich an unser Ritual, an unser Versprechen, dass es niemals geschehen darf, dass sich ein anderer Mensch zwischen uns stellt. Das geht nicht. Du kannst unser Leben nicht zerstören.«

»Doch, Damianos. Erstens zerstöre ich unser Leben nicht, ich gebe uns beiden die Chance, ein normales Leben zu führen. Das Versteckspiel macht für mich keinen Sinn mehr. Das wurde mir gestern nach der Ausstellung klar. Nora und ich gingen danach in ihre Wohnung. An ihrer Wohnungstür hing eine Rose mit einem Kärtchen versehen. Wie sich herausstellte, war es bereits das dritte Mal. Sie unterschätzt die Gefahr, in der sie unter Umständen schwebt. Vielleicht ist dieser Stalker ein harmloser Spinner. Ebenso könnte der Typ auch brandgefährlich werden.

Zumindest wurde mir gestern Nacht klar, wie viel sie mir bedeutet. Ich habe ihr geraten, heute Nacht bei ihrer Schwester zu übernachten. Das ist für sie kein Problem, Nora hat seit heute Urlaub. Morgen treffe ich sie um 17 Uhr in ihrer Wohnung und dann gehen wir gemeinsam zur Polizei. Das heißt, dass ich den morgigen Frühdienst in der Charité das letzte Mal antrete. Ab Donnerstag wäre ich sowieso nicht im Dienst. Du weißt, dass ich eine Woche Urlaub mache. Ich habe Nora eine Überraschungsreise versprochen. Das Ziel kennen wir beide noch nicht. Allerdings werde ich ihr morgen Abend reinen Wein einschenken und hoffe, dass sie dann trotzdem noch mit mir verreisen möchte.

Weißt du, Damianos, sobald ich darüber nachdenke, wird mir kotzübel. Ich habe Angst, Nora zu verlieren. Aber es muss sein, sie soll wissen wer ich bin, und wenn ich ehrlich bin, hatte ich genauso viel Angst vor dem jetzigen Gespräch mit dir.«

Schweigend starrte Damianos seinen Bruder an. Inzwischen hatte sich seine Anspannung gelegt. Die Finger zuckten nicht mehr, sein Puls befand sich im Normbereich. Die Worte, die Milan von sich gab, trafen leise, verzerrt, abgehackt, begleitet von einem Echo, einem in Watte gehüllten Echo auf sein Trommelfell. *Weshalb spricht er so leise? Weshalb wiederholt er jedes Wort mehrmals? Weshalb bildet er keine vollständigen Sätze?*

»Damianos, Damianos, nun sage doch was. Kannst du wenigstens versuchen, mich zu verstehen? Dann hört auch endlich das Versteckspiel in der Charité auf. Dir hat die Medizin schon immer mehr bedeutet als mir. Somit wirst du auch keine finanziellen Nachteile haben. Und das Atelier nutzen wir weiterhin beide – und dann solltest du Nora kennenlernen, und dann …« Milan brach mitten im Satz ab.

Damianos hatte sich inzwischen aus dem Sessel erhoben, griff nach seiner Jacke und ging wortlos zur Tür.

Milan sprang auf und starrte seinem Bruder hinterher. »Damianos, bitte lass uns miteinander reden. Du kannst jetzt nicht einfach gehen.«

Damianos, der schon fast die Tür von außen ins Schloss gezogen hatte, drehte sich abrupt um, ging auf seinen Bruder zu und blieb erst stehen, als sich ihre Körper berührten.

Unkontrolliert schnipste er wieder mit den Fingern, als er Milan in die Augen schaute. Langsam und leise, sehr leise, jedes Wort mehrmals wiederholend, zischte er Milan die Worte entgegen: »Vergiss es nie, Milan, niemals, niemals … Wir sind *EINS* – untrennbar – *EINS* – Damianos ist Milan und Milan ist Damianos.«

Dann drehte er sich um und verließ endgültig das Atelier. Er nahm nicht den Aufzug, sondern entschied sich, die fünf Stockwerke nach unten zu laufen. Es fiel ihm schwer, einen klaren Gedanken zu fassen. *Was war das soeben? Das kann mein Bruder nicht ernst gemeint haben. Er will dieser Schlampe Nora alles erzählen.* Leise kicherte er vor sich hin. *Das geht doch gar nicht. Wir haben einen Pakt geschlossen. Aber was hat Milan noch gesagt? Merkwürdig, ich kann mich kaum daran erinnern.*

Als er im ersten Stockwerk angekommen war, wurde er aus seinen Gedanken gerissen. Er hörte Stimmen. Unten stand jemand und wartete auf den Aufzug. Einige Wortfetzen drangen an sein Ohr: »Atelier – ganz oben – Pagonis – ist bestimmt wieder keiner da.«

Damianos blieb stehen und wartete, bis sich der Aufzug in Bewegung setzte. Dann verließ er zügig das Haus. Vor der Tür bemerkt er einen leeren Streifenwagen. Es regnete in Strömen. Er zog seine Jacke bis zu den Ohren und überquerte eilig die Schloßstraße, bog dann in den Spandauer Damm ein und rannte im Dauerlauf Richtung Klausenerplatz. Kurz bevor er diesen erreichte, verlangsamte er unbewusst sein Tempo. Das Gewitter erreichte momentan seinen Höhepunkt. Er bog links ab, nahm aber nicht den direkten Weg zu seiner Wohnung. Er schlenderte durch die kleine Grünanlage und suchte sich einen Punkt, von dem er einen guten Blick auf seinen Hauseingang hatte.

Es war alles ruhig, er entdeckte nichts Außergewöhnliches. Als er im Begriff war, auf sein Haus zuzugehen, bemerkte er aus dem Augenwinkel ein langsam fahrendes Auto. Er blieb stehen und verfolgte dessen Fahrtrichtung. Als der Wagen vom Lichtkegel einer Laterne erfasst wurde, erkannte er den Streifenwagen, der im Schritttempo abbog und genau vor seiner Haustür parkte. Zwei Beamte stiegen aus und betätigen die Klingelanlage. Ihre Blicke gingen immer wieder suchend nach oben. Gerade als die Beamten wieder auf ihr Fahrzeug zulaufen wollten, wurde die Tür von innen geöffnet. Ein junger Mann hielt sie ihnen freundlich auf – und sie verschwanden im Inneren des Gebäudes.

Damianos hatte genug gesehen. Inzwischen war er nass bis auf die Haut. Er beschloss, um die Ecke ins »Efta Piges« zu gehen. Er wird sich ein Bier bestellen und über die nächsten Schritte nachdenken. Vielleicht kann ihm Costa, der Wirt, erst mal mit trockenen Klamotten aushelfen. Der wird ihn verständnislos anschauen und ihn fragen, warum er nicht die paar Schritte in seine Wohnung gehe, um sich umzuziehen. Damianos wird ihm erklären, dass er den Schlüssel vergessen habe, aber heute Abend noch seine Freundin erwarte, die glücklicherweise ebenfalls einen Schlüssel zu seiner Wohnung besitze. Mit dieser unbedingt glaubhaften Erklärung wird sich Costa zufriedengeben.

Grinsend betrat er die Kneipe.

14

Milan starrte wie paralysiert auf die Tür, die Damianos von außen ins Schloss zog. Er konnte nicht glauben, dass sein Bruder an diesem Doppelspiel weiterhin festhalten wollte.

Unruhig ging er, wie davor sein Bruder, im Atelier auf und ab, setzte sich zwischendurch auf den abgewetzten alten Sessel, um sofort wieder aufzuspringen und den sinnlosen Weg fortzusetzen.

Es gelang ihn nicht, seine Gedanken zu sortieren. Dann fiel ihm Nora ein. Sie hat noch nicht angerufen. Sie sollte doch heute bei ihrer Schwester Ellen übernachten. Er sah auf die Uhr und stellte fest, dass sie stehengeblieben war.

Inzwischen stand er am Fenster und schaute auf das gegenüberliegende Schloss, das durch den starken Regen nur schemenhaft erkennbar war. Erschrocken zuckte er zusammen, als es an der Tür läutete. Einmal – zweimal – kurze Pause – dann wieder lang und eindringlich. Milan rührte sich nicht vom Fleck. Er erwartete keinen Besuch.

Bald darauf wurde laut und fordernd an seine Tür geklopft. »Herr Pagonis, sind sie da? Bitte öffnen sie, hier ist die Polizei.«

Milan verharrte bewegungslos am Fenster. Der Schein seiner Lampe drang durch die Ritzen der alten, krummen Wohnungstür nach draußen und ließ vermuten, dass er zuhause war.

Nach einer gefühlten Ewigkeit zogen die ungebetenen Besucher ab. Als er wieder aus dem Fenster schaute, sah er gerade noch, wie ein Streifenwagen in den Spandauer Damm einbog.

Er konnte sich nicht erklären, weshalb die Polizei vor seiner Tür stand. Ein falsch geparktes Auto wäre kein Grund, ihn persönlich aufzusuchen. Ihm fiel beim besten Willen nichts ein, was das Erscheinen von zwei Polizisten rechtfertigte. Schließlich war er auch telefonisch erreichbar. Er fischte sein Handy aus der Tasche und stellte erschrocken fest, dass er das Telefon auf lautlos gestellt hatte.

Auf dem Display wurden fünf nicht angenommene Anrufe angezeigt. Dreimal erschien Noras Name, zweimal ein unbekannter Anrufer. Während er den Ton auf laut stellte, überlegte er, ob er die unbekannte Nummer einfach mal anrufen sollte.

Genau in diesem Moment klingelte sein Telefon und ließ ihn erschrocken zusammenzucken. Es war Nora. Erleichtert nahm er den Anruf entgegen.

»Na endlich, Milan. Ich habe mir schon Sorgen gemacht, weil ich dich nicht erreicht habe.«

Milan erklärte ihr, dass er dummerweise vergessen hatte, sein Telefon auf laut zu stellen. »Ich hoffe, du bist jetzt bei Ellen.«

»Ja, ja, alles läuft wie besprochen.«

Sie erzählte ihm, dass sie gut bei ihrer Schwester angekommen sei und dass diese sie nach allen Regeln der Kunst verwöhne. »Stell dir vor Milan, Ellen hat mir mein Lieblingsessen gekocht, obwohl sie sich selbst noch nie etwas aus Chili con Carne gemacht hat. Inzwischen sitzen wir auf der Couch und trinken bereits das zweite Glas Rotwein. Übrigens habe ich Ellen von diesem mysteriösen Rosenkavalier erzählt. Sie ist ganz deiner Meinung und denkt auch, dass man diese Aktion nicht auf die leichte Schulter nehmen darf. Jedenfalls bin ich bei ihr bestens aufgehoben. Du brauchst dir also keine Sorgen machen. Morgen treffen wir uns dann wie verabredet um 17 Uhr bei mir. Ich freue mich auf dich. Und dann ist da noch was. Ich wollte es dir eigentlich schon gestern sagen …«

»Was wolltest du mir sagen?«

»Na ja – dass ich mich, wenn ich mit dir zusammen bin, richtig gut fühle, sehr, sehr gut. Und dass ich mir mit dir mehr vorstellen könnte. Sehr viel mehr. So, jetzt ist es raus.

Denk jetzt bloß nicht, ich hätte schon zu viel Wein getrunken und wüsste nicht mehr was ich sage.«

Er presste das Telefon an sein Ohr und war unfähig, etwas zu erwidern. Eben noch das unangenehme Gespräch mit seinem Bruder und nun Noras Worte, die ihn unendlich glücklich machten.

»Milan, bist du noch dran? Habe ich etwas Falsches gesagt?«

»Nein – nein bestimmt nicht. Es geht mir doch wie dir. Es ist mein größter Wunsch, mein weiteres Leben mit dir zu verbringen. Ich freue mich auf morgen.«

Obwohl beide das Gespräch längst beendet hatten, presste er das Telefon noch immer an sein Ohr. Langsam, ganz langsam, setzte er sich auf seinen Sessel und starrte auf sein stummes Handy.

Ich muss einen klaren Kopf behalten. Morgen, nur noch morgen werde ich den Dienst in der Charité antreten, und danach ist ein für alle Mal Schluss. Ich werde das Diktafon löschen, meinen Bruder anrufen und ihn über die wichtigsten Ereignisse der Schicht informieren. Dann ist es vorbei, endgültig vorbei.

Erschrocken zuckte er zusammen. Laut schrillte abermals die Klingel an der Wohnungstür. »Herr Pagonis, öffnen sie die Tür.« Anhaltendes Klingeln, dann wieder energisches Klopfen. Leises Gemurmel drang an sein Ohr.

Milan rührte sich nicht, stellte sich tot. *Was soll das? Was wollen die von mir?*

Er hörte noch wie einer der Beamten sagte: »Der ist wirklich nicht zuhause, hat wohl vergessen, sein Licht auszuschalten.«

Kurz darauf drang das Geräusch des sich nach unten bewegenden Fahrstuhls an sein Ohr.

Sie waren weg.

Milan atmete tief durch, erhob sich fast lautlos und begab sich zielstrebig in die Küche. Er öffnete den alten, klobigen Kühlschrank und musterte angestrengt den dürftigen Inhalt: ein paar Flaschen Bier, eine angebrochene Flasche Weißwein, drei bis vier Scheiben vertrocknete Salami und ein Stück ausgedörrter Käse.

Angewidert schloss er die Kühlschranktür. Sein Blick tastete suchend das daneben hängende Regal ab, auf dem einige Flaschen Rotwein standen. Er wusste nicht genau, was er wollte, bis er die Flasche mit dem alten schottischen Whisky entdeckte. Unwillkürlich musste er lächeln. Genau das war es, was er jetzt brauchte.

Mit dem randvoll gefüllten Glas begab er sich in sein spärlich eingerichtetes Schlafzimmer. Schon auf dem Weg dorthin entledigte er sich, ohne etwas zu verschütten, seiner Kleidung, die er achtlos auf den Dielen liegen ließ.

Er verzichtete darauf, das Licht anzumachen. Die Dunkelheit und die Stille, die ihn umgab, empfand er als wohltuend und beruhigend. Während er an seinem Whisky nippte, beobachtete er die letzen Regentropfen, die zaghaft an der Fensterscheibe abwärts glitten.

Das Gespräch mit seinem Bruder fiel ihm ein und vermischte sich mit den letzten Worten Noras. Dass er in diesen Moment qualvoll aufstöhnte, wurde ihm nicht bewusst. *Ich will jetzt nicht mehr denken, es muss aufhören. Morgen, nur noch morgen, und dann beginnt mein neues Leben.*

Das noch halbvolle Glas leerte er in einem Zug.

15

Damianos war etwas überrascht, als er das Lokal betrat. Montags verirrten sich für gewöhnlich nur wenige Gäste ins »Efta Piges«. Heute allerdings war der Laden gut gefüllt und Costa hatte alle Hände voll zu tun. Vermutlich hatte der starke Regen den einen oder anderen dazu veranlasst, dort einzukehren. Damianos versuchte, Costa auf sich aufmerksam zu machen.

Als dieser ihn endlich bemerkte, kam er kopfschüttelnd auf ihn zu. »Was willst du hier? Du bist nass bis auf die Knochen, willst du dir den Tod holen?«

Auf Damianos Erklärung – Schlüssel vergessen, Freundin kommt später – reagierte Costa wie erwartet.

Er drückte ihm seinen Wohnungsschlüssel in die Hand und bat ihn, sich selbst zu bedienen, da er jetzt unmöglich seinen Laden verlassen konnte. »Du wirst vermutlich nichts Passendes finden. Uns trennen viele Zentimeter und auch etliche Kilos. Aber versuch dein Glück.« Damit ließ er Damianos stehen und verschwand wieder hinter seinem Tresen.

Costas kleine Wohnung lag direkt über der Kneipe. Damianos war schon einige Male dort gewesen. Zuletzt vor ein paar Monaten, als Costa ihn verzweifelt, weinend und fluchend anrief und drohte, sich das Leben zu nehmen, weil seine Frau ihn von heute auf morgen verlassen hatte.

Als Damianos kurze Zeit später bei Costa eintraf, hatte dieser bereits anderen Trost gefunden. Die Flasche Ouzo war fast leer, und inzwischen wollte er sich auch nicht mehr selbst umbringen, sondern seine Frau, wenn er sie zu fassen bekäme. Am Ende nahm er, nachdem er bereits den Inhalt einer neuen Flasche großzügig in sich reingeschüttet hatte, auch davon Abstand und beteuerte, wie froh er doch sei, diese Xanthippe endlich los zu sein.

Als Damianos jetzt die Wohnung betrat, war er überrascht wie sich alles verändert hatte. Seine Befürchtung, dass Costas Wohnung nach dem Auszug seiner Frau zu einer Müllhalde verkommen würde, war unbegründet. Im Gegenteil, hier wehte ein frischer Wind. Sehr schnell sah er den offensichtlichen Grund dieser Veränderung: Die kurze Wand im Schlafzimmer schien tapeziert mit den Fotos einer jungen, dunkelhäutigen Frau. In allen erdenklichen, nicht immer geschmackvollen Posen, räkelte sie sich vor dem Fotografen. Auf einigen Bildern war sie strahlend in Costas Armen zu sehen, und in seinem Schrank hing die extravagante, exotische Kleidung seiner neuen Eroberung.

Damianos schaute sich die Bilder an, während er die Kleidung wechselte, und verzog angewidert das Gesicht. Er würde nie verstehen, dass es Männer gab, die sich immer wieder in die Abhängigkeit einer Frau begaben und für die körperliche Nähe das höchste Glück bedeutete.

Er verließ die Wohnung und ließ sich am Tresen von Costa ein frisches Bier zapfen. Gelangweilt griff er nach einer der Tageszeitungen und blätterte, ohne wirklich zu lesen, die Seiten um.

Als er die Zeitung wieder zusammenfaltete, fiel sein Blick auf die fettgedruckte Überschrift: »Wer kennt diese Frauen?« Den weiteren Text las er nicht mehr. Wie paralysiert starrte er auf die drei Gesichter. Er griff nach seinem Bier und leerte es in einem Zug. Nur mit äußerster Konzentration bekam er das Zittern seiner Hände unter Kontrolle.

»Noch ein Bier?«

Costa stand hinter dem Tresen und schaute fragend zu Damianos, der keine Anstalten machte zu antworten.

»Keine Antwort ist auch eine Antwort.« Unaufgefordert nahm Costa das leere Glas und stellte ihm ein weiteres Bier vor die Nase. »Alles in Ordnung mit dir?«

Damianos zuckte unmerklich zusammen, legte betont langsam die Zeitung zur Seite und lächelte Costa freundlich an. »Ja, sicher, es ist alles in Ordnung. Habe gerade überlegt, ob ich noch was trinke, aber diese Entscheidung hast du mir jetzt abgenommen.«

Langsam, in kleinen Schlucken, trank er das Bier. Innerlich aufgewühlt versuchte er sich, wie schon so oft, auf eine gleichmäßige Atmung zu konzentrieren. Seine Gedanken sprangen hin und her. Er verstand sich selber nicht. Die Frauen waren tot, mausetot, na und? Es war nur eine Frage der Zeit, bis die Polizei damit an die Öffentlichkeit gehen würde. Eigentlich hatte er damit schon viel früher gerechnet. Keine der Frauen hatte Papiere dabei. Nichts, gar nichts hatten sie dabei. Es war mitunter nicht einfach gewesen, ihnen den einen oder anderen Ring vom Finger zu zerren. Jetzt ärgerte er sich, dass er den Artikel nicht gelesen hatte. Wurden die Zeichen erwähnt, die Zeichen, die er ihnen mühevoll in die Haut ritzte? Er beschloss, die Zeitung unauffällig mitzunehmen. Das Glas war nun fast leer. Aus dem Augenwinkel sah er, wie eine Hand nach der Zeitung griff. Sie verschwand aus seinem Blickfeld. Ärgerlich erhob er sich, legte das Geld auf den Tresen und verließ grußlos das Lokal. Costa schaute ihm kopfschüttelnd hinterher.

Inzwischen regnete es nicht mehr. Damianos wählte wieder den Weg durch den kleinen Park. Sein Blick tastete aufmerksam die Umgebung ab. Er konnte nichts Auffälliges entdecken. Langsam begab er sich zu seinem Hauseingang, steckte den Schlüssel ins Schloss und zuckte erschrocken

zusammen, als im selben Moment die Tür von innen geöffnet wurde. Eine junge Frau eilte freundlich grüßend an
ihm vorbei.

Er sprang in den Fahrstuhl, dessen Tür schon im Begriff
war zu schließen, und fuhr erleichtert nach oben. Er verzichtete darauf, die große Lampe anzumachen. Das gedämpfte
Licht der kleinen alten Tischlampe, die neben seinem abgewetzten Sessel stand, reichte ihm vollkommen.

Der erste Weg führte ihn zum Kühlschrank. Die gut ge-
kühlte Flasche Retsina öffnete er auf dem Weg ins Wohnzimmer, verzichtete auf ein Glas und leerte, ohne einmal
abzusetzen, die halbe Flasche in einem Zug. Erschöpft ließ
er sich in den Sessel fallen. Seine Hände betasteten den
abgewetzten, ehemals flaschengrünen, samtigen Stoff. Er
liebte dieses Möbelstück. Bei Milan im Atelier standen das
Pendant und die gleiche kleine Lampe. Beides, Sessel und
Lampe, begleitete sie seit Kindertagen.

Er lehnte sich zurück und verspürte in diesem Moment
einen nie gekannten Schmerz. Er dachte an seinen Bruder
und fing hemmungslos an zu weinen.

16

Gegen 18 Uhr erschien Schlüter endlich mit der Zeugin
aus Bernau. »Verdammt, dieser Stau auf der Autobahn
macht mich verrückt. Hinfahrt im Stau, dann warten, weil
sich die Zeugin ebenfalls verspätete, dann das Gleiche auf
der Rücktour. Stau, nichts als Stau.«

Engels schnaufte einmal tief durch die Nase und donner-
te dann lautstark los: »Kollege, sie haben mein vollstes Mit-
gefühl. Wenn ihnen dieser Job zu anstrengend wird, würde

ich ihnen empfehlen, ihre Versetzung zu beantragen. Streifendienst oder Nachtwächter, suchen sie sich was aus. Und nun möchte ich wissen, wo sich unsere Zeugin befindet.«

Schlüter stand mit hochrotem Kopf mitten im Raum. Es dauerte einen Moment, bis er nach dieser Ansage seine Sprache wiederfand. »Sie ... sie sitzt im Büro, im Büro nebenan. Das ist doch in Ordnung, oder? – Und, äh, ich habe ihr Kaffee angeboten, den besorge ich jetzt.« Stolpernd verließ er das Zimmer.

Gregor grinste nur und meinte dann zu Engels: »Mannomann, du bist heute wirklich gut drauf. Armer Schlüter.«

Engels ging darauf nicht mehr ein und fragte: »Kümmerst du dich um die Zeugin oder soll ich das übernehmen?«

Gregor erhob sich von seinem Stuhl, klopfte seinem Kollegen freundlich auf die Schulter und empfahl ihm, sich eine kleine Pause zu gönnen.

Kurz darauf saß er der Zeugin gegenüber. »Ich bin Hauptkommissar Gregor Bär. Ich werde unser Gespräch aufzeichnen und hoffe, Sie sind damit einverstanden.

Mirja Bosel strahlte ihn an. »Natürlich, ich habe nichts zu verbergen.«

Die Befragung zog sich hin. Mirja Bosel, ihren Angaben nach beste und langjährigste Freundin von Dorothea Glass, tat sich schwer, kurz und bündig zu antworten. Immer wieder beteuerte sie, wie aufregend es doch sei, von einem Polizeiauto zur Vernehmung abgeholt zu werden – um dann urplötzlich in Tränen auszubrechen, weil doch ihre Freundin nun tot sei, für immer und ewig tot.

Gregor brachte so schnell nichts aus der Ruhe, aber bei *dieser* Dame stieß er an seine Grenzen. Einige Male versuchte er ihr zu erklären, dass dies hier keine Vernehmung, sondern eine Anhörung sei. Irgendwann gab er auf.

Nach quälenden eineinhalb Stunden bedankte er sich bei Mirja Bosel. »Sollten sich noch Fragen ergeben, werden wir uns mit ihnen in Verbindung setzen.«

Mirja Bosel schenkte ihm ein huldvolles Lächeln, das perfekt in eine Heimatschnulze gepasst hätte.

Er griff zum Telefon und signalisierte Schlüter, dass er die Dame nun wieder nach Bernau fahren dürfe.

Obwohl die Befragung auf Band aufgenommen wurde, hatte Gregor aus alter Gewohnheit die wichtigsten Punkte mitgeschrieben. Er setzte sich zu Engels an den Schreibtisch und meinte dann übertrieben aktiv: »Na, dann wollen wir das mal durchgehen. Besonders ergiebig war die Befragung allerdings nicht. Unter einer besten Freundin verstehe ich etwas anderes. Wenn ich darüber nachdenke, wie gut Sarah über das Leben ihrer besten Freundin informiert ist und vermutlich auch umgekehrt, dann ist das hier sehr mager.

Mirja Bosel und Dorothea Glass kannten sich seit acht Jahren. Sie waren damals Nachbarn. Die Tochter des Opfers wurde zu jener Zeit eingeschult, und Frau Bosel betreute das Mädchen nach der Schule, wenn deren Mutter beruflich unterwegs war. Gelegentlich schauten sie abends gemeinsam Fernsehen oder Frau Glass lud die Nachbarin zum Essen ein. Vor drei Jahren zog diese mit ihrer Tochter in die Danziger Straße. Von da an wurde der Kontakt spärlicher.

So weit, so gut. Über eventuelle Männerbekanntschaften ihrer Freundin konnte uns die Zeugin keine verwendbaren Angaben machen. Allerdings, wurde sie in jüngster Vergangenheit wieder häufiger von Frau Glass kontaktiert. Diese hatte seit einiger Zeit einen neuen Freund. ›Den muss ich unbedingt festhalten, den lasse ich nicht mehr vom Haken‹, ungefähr so hat sie sich Frau Bosel gegenüber geäußert.

Somit kümmerte sich Frau Bosel in Abwesenheit ihrer Freundin um das minderjährige Mädchen. Seit Ferienanfang befindet sich die Tochter von Frau Glass allerdings bei ihrem Vater in Italien. Das erklärt, weshalb das Mädchen ihre Mutter nicht als vermisst gemeldet hat. Glücklicherweise konnte uns Frau Bosel die Telefonnummer des Vaters geben. Unser Opfer hatte die Absicht, zu verreisen, und wollte sichergehen, dass ihre Tochter Ende nächster Woche von Frau Bosel vom Flughafen abgeholt wird.«

Engels hörte Gregor aufmerksam zu und meinte dann: »Wenn ich das richtig verstehe, aktivierte Frau Glass diese Freundin nach Bedarf. Wunderbar, wenn man Verantwortung so perfekt delegieren kann. Aber was soll's, dazu gehören immer zwei. Der Vater des Mädchens sollte umgehend über den Tod der Mutter seines Kindes informiert werden. Ich denke aber, das hat Zeit bis morgen. Blondy kann das übernehmen. Erstens spricht sie, sollte es erforderlich sein, Italienisch, und sie verfügt über ein großes Maß an Empathie.«

Gregor nickte zustimmend und konnte ein Gähnen kaum noch unterdrücken. »Ich denke, das war's dann für heute. Dienstag wird ein anstrengender Tag. Wenn es für dich okay ist, werde ich morgen früh mit Schlüter in die Charité fahren und diesen Doktor Pagonis befragen. Immerhin hatten er und dieser Moretti zur selben Zeit Dienst. Vielleicht bringt uns die Befragung ein Stück weiter.«

Engels erklärte sich damit einverstanden. »Grüße Sarah von mir. Übrigens, Hut ab, klasse Frau, deine Sarah. Kein Genöle und Gezeter weil ihr Mann kaum noch zuhause ist.«

Gregor grinste. »Oh ja, ich weiß. Wäre sie anders, würde es auch nicht funktionieren.«

In dem Moment, als sich Gregor die Jacke anzog, brachte der Kollege aus dem Nebenzimmer den eben eingetroffenen Bericht der Gerichtsmedizin.

Gregor überflog kurz die Blätter. »Also doch, wie vermutet – Genickbruch. Fachmännisch ausgeführt. Die gleiche Vorgehensweise, wie bei unseren weiblichen Opfern. Allerdings sind bei diesem Moretti noch alle Körperteile vorhanden.« Er legte die Papiere auf seinen Schreibtisch, nuschelte noch ein kurzes »Tschüss, bis morgen« und verließ eilig das Gebäude. Er freute sich auf sein bequemes Bett. Drei, vier Stunden Schlaf, mehr würde auch diesmal nicht drin sein.

Engels blieb noch und nahm sich die Anrufprotokolle vor. Was sollte er auch zuhause? Niemand war da, der auf ihn wartete. Niemand, der sich für ihn und seinen Job interessierte. Zwei Ehen waren gescheitert. Jedes Mal ging es um seinen Beruf. Er musste sich eingestehen, dass die Art und Weise, wie und wo er seine Prioritäten setzte, für ein Eheleben tödlich waren. Erst seit einem knappen Jahr fand eine zaghafte Annäherung zu Alex, seinem Sohn aus erster Ehe, statt. Als dieser vier Jahre alt war, zog seine geschiedene Frau mit ihm an den Bodensee. Ein Jahr später heiratete sie erneut und ließ ihn wissen, dass sein Erscheinen dort nicht sonderlich erwünscht war. Anfangs schickte sie ihm hin und wieder Fotos, auf denen ihm ein offensichtlich glückliches Kind entgegenlachte. Das letzte Foto war ein Einschulungsbild von Alex – und dann brach der Kontakt ab. Briefe und Telefonanrufe blieben unbeantwortet. Er verzichtete auf sein Besuchsrecht und ertränkte seinen Kummer fast täglich im Alkohol. Dann lernte er seine zweite Frau kennen, die ihn mit viel Geduld wieder in die Spur brachte. Gehalten hat die Ehe trotzdem nicht.

Von seinem Sohn hörte er erst wieder, als dieser sich nach seinem Studium an der Polizeischule in Berlin bewarb.

Engels erfuhr es von einem ehemaligen Kollegen, der im Prüfungsausschuss saß. So kam er auch an die Telefonnummer seines Sohnes und rief ihn – nachdem er tagelang zaudernd ums Telefon geschlichen war – kurzerhand an.

Am anderen Ende ertönte nur ein kurzes »Ja«.

»Ja, hallo, spreche ich mit Alex Engels?«

Wieder nur ein kurzes »Ja, und wer sind sie?«

»Ähm – ich … ich bin dein Vater. Ich weiß – ähm, ich habe erfahren, na ja, dass du eine Polizisten-Laufbahn anstrebst – und ich wollte dich fragen – ähm, ob wir uns mal sehen könnten. Ich würde mich sehr freuen, Alex. Bitte sage nicht gleich nein – überlege es dir …«

Am anderen Ende hörte er nur ein lautes Schnaufen. Endlose Sekunden vergingen, in denen er dachte: Gleich wird die Verbindung unterbrochen, dein Sohn will nichts mit dir zu tun haben.

Dann endlich kam: »Okay, ich denke darüber nach. Ich rufe dich an.«

Engels gab ihm sämtliche Telefonnummern: die vom Handy, die Büronummer und seine private Festnetznummer. »Da gibt es auch einen Anrufbeantworter, bin aber selten zuhause. Bitte lass von dir hören.«

Alex sagte nichts mehr, sondern unterbrach mit einem leisen »Tschüss« die Verbindung.

Und Alex rief an. Sie verabredeten sich in einem Café in der Friedrichstraße. Anfangs war es verdammt schwer, eine Gesprächsebene zu finden. Sie saßen sich wie Fremde gegenüber. Das letzte Mal, als er Alex besuchen durfte, war dieser vier Jahre alt. Das war kurz bevor seine Ex-Frau mit ihm zum Bodensee zog. Und jetzt saß er seinem jüngeren Ebenbild gegenüber: Alex war zwar mehr als einen Kopf größer als er, aber genauso drahtig und schlank. Die gleichen dunkelbraunen Haare, hohe Wangenknochen und einen breiten Kiefer. Allerdings hatte er nicht die schwarzen Augen seines Vaters, sondern die meergrünen seiner Mutter geerbt.

Inzwischen sahen sie sich regelmäßig, und beim letzten Treffen umarmte ihn Alex spontan bei der Verabschiedung. Dann kam noch ein kurzes »mach's gut, Engelbert.« Engels war so überrascht, dass ihm nur noch ein krächzendes »Ja, du auch« über die Lippen kam. Er war überglücklich, seinen Sohn wiedergefunden zu haben, und es machte ihm auch nichts aus, dass dieser ihn Engelbert nannte. Engels hasste seinen Vornamen wie die Pest. Niemand durfte ihn bisher so ansprechen. Alex durfte.

Noch immer im Gedanken, holte er sich ein Bier aus dem Kühlschrank, zündete sich, das Rauchverbot ignorierend, eine Zigarette an, legte entspannt die Füße auf den Schreibtisch, und vertiefte sich in die Protokolle. Kopfschüttelnd sortierte er den Müll aus: Anrufprotokolle von Wichtigtuern, von Einsamen und von denen, die namentlich schon bekannt waren, deren Hobby es zu sein schien, der Polizei erfundene Geschichten aufzutischen. Jeder Anrufer musste namentlich erfasst und seine Aussage protokolliert werden. So war die Vorschrift. Aber es war auch Vorschrift, zumindest in seinem Dezernat, ihm den zeitraubenden Müll zu ersparen. Schlüter sortierte nichts aus. Er hatte einfach kein Gespür für die Dinge. Engels nahm sich vor, die Versetzung Schlüters zu beschleunigen.

Ungewöhnlich viele Hinweise betrafen das letzte Opfer. Er stutzte. Erstaunlicherweise handelte es sich bei den Anrufern fast nur um Männer. Adele Sommer war Psychotherapeutin gewesen, und diese Herren gaben sich als momentane oder ehemalige Patienten aus. Aber weshalb fast nur Männer?

Eine Dame allerdings erschien ihm interessant. Sie gab an, fünf Jahre bei Frau Sommer gearbeitet zu haben: Zuerst sei sie für den Haushalt zuständig gewesen, später habe sie in der Praxis geholfen. Die Randnotiz auf dem Protokoll verriet Engels, dass die Zeugin am Dienstag um 14 Uhr zur Befragung ins Dezernat kommen würde. Ebenfalls für Dienstag hatten die Kollegen zwei ehemalige Patienten des Opfers einbestellt.

Engels nahm sich vor, die Zeugin um 14 Uhr selbst zu befragen. Plötzlich rutschte ihm der Ordner aus der Hand und fiel zu Boden. Das Bier zeigte so langsam Wirkung. Er schielte zur Uhr: Die Zeiger standen auf zehn vor drei. Gähnend erhob er sich und steuerte, wie schon so oft, die schmale Pritsche in der Ecke an. In voller Montur ließ er sich auf die Liege fallen und schlief augenblicklich ein.

17

Dienstag 5 Uhr 30. Milan tastete nach dem Wecker, der unbarmherzig und schrill die Nachtruhe unterbrach. Endlich fand er den Knopf und schaltete das unangenehme Geräusch ab. Stöhnend drehte er sich auf den Rücken und starrte an die Decke. Er fühlte sich müde und zerschlagen. Im Zeitlupentempo setzte er sich auf die Bettkante. Pochende Kopfschmerzen und ein unangenehmes Ziehen in der Magengegend erinnerten ihn brutal an sein heutiges Vorhaben. Der Gedanke, einfach liegen zu bleiben, die Decke über den Kopf zu ziehen und den heutigen Tag zu ignorieren, erschien ihm sehr verlockend. Schwerfällig erhob er sich und begab sich unter die Dusche. Länger als gewöhnlich ließ er das heiße Wasser über seinen verspannten Körper rieseln. Nur sehr langsam verschwand der schmerzhafte Druck in seinem Kopf. Eine halbe Stunde später knabberte er ohne besonderen Appetit an einem Toast und schlürfte widerwillig einen ekelhaften, aber magenfreundlichen Tee.

Seine Gedanken sprangen hin und her. Er dachte an Nora, dann wieder sah er Damianos vor sich. Damianos, der nicht einmal versucht hatte, seine Beweggründe zu verstehen. Ihm wurde klar, dass der heutige Tag eine entscheidende Veränderung herbeiführen würde, obwohl er sich das so nicht vorgestellt hatte. Die ablehnende Haltung seines Bruders machte ihm sehr zu schaffen.

Während er in sein Jackett schlüpfte, griff er nach dem Handy und dem Autoschlüssel. Beides ließ er in die Seitentasche gleiten. Er überprüfte seine Papiere, stieg über die Klamotten vom Vorabend, die noch verstreut im Flur lagen, und verließ zügig die Wohnung.

Die Fahrt zur Charité verlief schneller als gewöhnlich. Die Ferienzeit machte sich positiv bemerkbar.

Milan fuhr auf seinen Parkplatz und betrat wie immer die Klinik durch einen Nebeneingang. Über diesen Umweg erreichte er ungesehen seinen Umkleideraum. Er schloss den Schrank auf und schaltete das Diktafon ein. Im Telegrammstil informierte ihn sein Bruder über die Vorkommnisse der Sonntagsschicht: kurze Zeitangaben, wann wer wen und weshalb operierte, wichtige Therapieänderungen, Hinweise zu Krankenblättern usw. Diese Art der Übermittlung hatten beide perfektioniert. Sie erfanden eigene Kürzel und bis jetzt gab es noch nie ein Problem.

Während Milan seine weiße Arbeitskleidung anzog, hörte er das Band ab. Die Nachricht endete mit dem Satz: »23 Uhr 15 – gehe jetzt.«

Milan löschte die Aufnahme und legte das Diktiergerät in den Schrank zurück. Informationen, die diesen – seinen letzten – Arbeitstag betrafen, würde er Damianos später am Telefon übermitteln.

Er atmete tief durch, straffte seinen Körper und begab sich zielsicher zur Station. Als er in den Fahrstuhl steigen wollte, kam ihm aufgeregt Schwester Sonja entgegen.

»Moment, Dr. Pagonis, halt, nehmen sie mich mit!«

Während er sich zu ihr umdrehte, setzte sich der Lift ohne ihn in Bewegung.

Aufgeregt und kurzatmig stand sie vor ihm. Im Flüsterton stammelte sie vor sich hin.

Er verstand kein Wort. »Langsam, langsam, Schwester Sonja. Ich habe nichts verstanden.«

Sie atmete einmal tief durch und erzählte ihm nun, jedes Wort betonend, dass die Polizei im Haus sei und auf ihn warten würde.

Milan schaute sie fragend an.

Nun flüsterte sie wieder. »Dr. Moretti, bestimmt wegen Dr. Moretti.«

»Wieso Moretti, was ist mit ihm?«

»Na, der ist tot, ermordet. Er wurde am Montag, ein, zwei Stunden nach Mitternacht in der Wäschekammer entdeckt.«

Inzwischen standen beide im Lift, der sie ins sechste Stockwerk brachte.

Schwester Sonja plapperte und plapperte. »Der arme Dr. Moretti. Gut, wir mochten ihn alle nicht besonders, aber deshalb bringt man doch niemand um. Sie hatten doch zu der Zeit gemeinsam Dienst – oder? Ich denke, die Polizei ist deswegen ...« Abrupt stoppte sie ihren Redefluss.

Die Fahrstuhltür ging auf und in diesem Moment kamen ihnen zwei Polizisten in Zivil entgegen. »Dr. Pagonis, Damianos Pagonis?«

Milan antwortet nicht. Vor ihm stand Gregor mit einem jüngeren Kollegen.

Als die Fahrstuhltür aufging, dachte Gregor, er träume und Milan stehe vor ihm. *Zwillinge, der Maler und der Arzt sind eineiige Zwillinge. Das wird ja immer verrückter.*

Gregor war Profi genug, sich nichts anmerken zu lassen: »Dr. Pagonis, ich bin Kriminal-Hauptkommissar Gregor Bär und das mein Kollege Max Schlüter. Wir hätten ein paar Fragen, die ihren letzten Dienst betreffen. Wo können wir uns ungestört unterhalten?«

Milan lotste die beiden in eins der leeren Behandlungszimmer. Innerlich war er total aufgewühlt. Gregor gegenüberzusitzen, der ihn für Damianos hielt, verunsicherte ihn.

Die Fragen bezogen sich ausschließlich auf die gemeinsame Schicht mit Moretti. Minutiös wurde der Schichtplan abgefragt. Sein Hirn arbeitete auf Hochtouren. Er versuchte, sich haargenau die Info vom Diktiergerät ins Gedächtnis zu rufen, und wurde panisch. Er musste unbedingt mit Damianos sprechen. Vielleicht hatte er etwas Verdächtiges mitbekommen. Okay, Moretti war nicht beliebt, aber wer sollte ihn deshalb ermorden? Nur ganz kurz beschlich ihn ein unangenehmes Gefühl, er dachte an seinen Bruder und verwarf diesen schlimmen Gedanken. *Niemals, das würde Damianos niemals tun ...*

Gregor erhob sich und Milan stand ebenfalls erleichtert auf. Gregor bedankte sich für die Informationen und steuerte auf den Ausgang zu. Kurz bevor er das Zimmer verließ, drehte er sich noch einmal um. »Ach ja, ich hätte da noch eine Frage: Sagt ihnen der Name Milan Pagonis etwas?«

Milan starrte Gregor an.

»Ja, das ist mein Bruder. Warum fragen sie?«

Gregor kratzte sich hinter dem Ohr und meinte: »Die *Midamis*-Ausstellung – ich war da – hatte eine Einladung – war hochinteressant. Ich finde, der Maler und Sie sehen sich sehr ähnlich. Sind sie Zwillinge?« Gregor wartete die Antwort gar nicht erst ab und stellte schon die nächste Frage: »Kennen sie die Bilder ihres Bruders?«

Milan wurde immer nervöser. Die Atmosphäre war angespannt. Er konnte nicht einschätzen, was Gregor mit diesen Fragen wirklich bezweckte. »Ja sicher kenne ich die Bilder meines Bruders, aber weshalb fragen sie?«

Gregor ignorierte die Gegenfrage und bat Damianos, zur weiteren Befragung mit zum Revier zu kommen. »Vermutlich können sie uns weiterhelfen.«

Milan startete einen hilflosen Versuch, der Bitte nicht nachkommen zu müssen.

»Oh, das geht gar nicht. Die Patienten warten – eine nicht verschiebbare OP ist in Kürze angesetzt – und …«

Gregor unterbrach ihn und bat ihn, die Dinge zu regeln. Der Tonfall Gregors ließ ihm keine andere Wahl.

Eine halbe Stunde später saß Milan im Polizeiwagen. Seine Gedanken sprangen hin und her. Er wusste nicht, worum es hier ging. Offensichtlich hatten die Bilder damit zu tun. Aber was? Kleine Schweißperlen bildeten sich auf seiner Stirn. Niemand wusste, dass die Bilder von ihm *und* seinen Bruder stammten. Offiziell war er der Künstler und Damianos der Chirurg.

Die Fahrt zum Dezernat nach Schöneberg erschien ihm endlos lang. Der Blick auf seine Uhr belehrte ihn eines

Besseren: Gerade mal eine halbe Stunde war vergangen. Schweigend stiegen sie aus und fuhren in den zweiten Stock des Gebäudes. Zielsicher steuerte Gregor auf eine Tür zu, öffnete sie und bat ihn höflich, auf dem linken Stuhl Platz zu nehmen und sich einen kleinen Moment zu gedulden. Während Milan sich im Raum umschaute, zog Gregor die Tür von außen zu und begab sich in sein Büro. Schlüter wurde gebeten, vor der Tür stehen zu bleiben, bis Gregor zurückkam.

Ein Tisch, drei Stühle, leere, schmucklose Wände und vergitterte Fenster. Wie in Trance setzte sich Milan auf den ihm zugewiesenen Stuhl und wartete.

Als Gregor das Büro betrat, war nur Blondy anwesend. Sie telefonierte und sah, wie Gregor fragend die Schultern hochzog. In der Annahme, dass er Engels suchte, deutete sie pantomimisch mit den Armen eine Flatterbewegung an und zeigte mit dem Finger auf das Büro nebenan. Er musste grinsen. Als er zu Engels rüberging, hörte er noch wie Blondy dem Gesprächspartner am anderen Ende der Leitung anbot: »Wenn es Ihnen lieber ist, können wir auch Italienisch sprechen.«

Ihm war in dem Moment klar, dass sie mit dem italienischen Expartner der ermordeten Dorothea Glass sprach. *Mannomann, der arme Kerl hat nun die schwere Aufgabe, seiner Tochter beizubringen, dass ihre Mutter tot ist.*

Engels schaute neugierig hoch, als Gregor, offensichtlich im Gedanken versunken, den Raum betrat. »Was machst du für ein Gesicht, hat dich Sarah verlassen?«

Gregor griente. »Sarah mich verlassen? Den besten Mann, den sie kriegen konnte? Niemals! Aber ich habe eine interessante Neuigkeit: Der ›Doc‹ und der Maler sind Zwillinge. Eineiige Zwillinge.«

»Was?« Engels war außer sich. »Die beiden sind Zwillinge? Na super. Und wo ist der andere?«

Gregor zog die Stirn in Falten und sah Engels an. »Tja, das würde ich auch gerne wissen. Die Kollegen fuhren regelmäßig in die Schloßstraße, trafen aber nie jemand an. Ich bin schon zufrieden, dass wir wenigstens die eine Hälfte erwischt haben.«

Während er sprach, fischte er die Akte, in der sich die Fotos der drei ermordeten Frauen sowie die der abgetrennten Körperteile befanden, aus der Schublade. Er kontrollierte den Inhalt der Mappe und stellte zufrieden fest, dass auch seine vergrößerten Handybilder, die er bei der *Midamis*-Ausstellung gemacht hatte, vorhanden waren.

Plötzlich stutzte Gregor. »Das darf jetzt nicht wahr sein, wie kann mir das passieren. Da beauftrage ich unsere Kollegen, in regelmäßigen Abständen bei diesem Maler vorbei zu schauen und komme nicht auf die logischste Erklärung. Der wird bei seiner Freundin sein, bei Nora. Genau so wird es sein.«

Er griff zum Telefon und rief Sarah an. »Ich brauche unbedingt die Telefonnummer von Nora. – Gut, dann gib mir die von Ellen.«

Gregor wurde nervös. Erst nach dem fünften Klingelzeichen ging Ellen ans Telefon. Ohne Umschweife kam er auf den Punkt. »Hallo Ellen, Sarah sagte mir, dass Nora heute bei dir ist. Kannst du sie mir kurz geben?«

Ellen wirkte etwas überrascht und meinte, dass Nora zwar da war, aber später mit Milan verabredet sei. Sie wüsste auch nicht, was die beiden vorhätten. Nora habe überstürzt die Wohnung verlassen und wolle sich später nochmals telefonisch melden.

»Gut Ellen, dann gib mir die Handynummer von Nora.«

»Kann ich gerne machen, aber ihr Handy ist ausgeschaltet.«

»Dann sage ihr bitte, wenn sie bei dir anruft, dass sich Milan umgehend bei mir im Dezernat melden soll. Es ist dringend. Danke.« Ohne eine weitere Erklärung abzugeben, legte er den Hörer auf. »Mist, dann werde ich jetzt erst mal unserem Doktor auf den Zahn fühlen.«

»Ja, okay, fang schon an, ich erledige noch schnell den Papierkram und komme dann nach.«

»Na dann bis gleich.«

Gregor eilte an Blondy vorbei und war schon fast auf dem Flur, als sie ihn grob am Ärmel zurückzog. »Moment Gregor, was ist los, habe ich etwas verpasst?«

»Ja, der ›Doc‹ muss gleich die Hosen runterlassen. Ich bin auf dem Weg zu Ihm.«

»Wow.« Blondy zog überrascht die Stirn in Falten. »Das lasse ich mir nicht entgehen, ich komme gleich nach.«

Gregor eilte den Flur entlang, bedankte sich bei Schlüter, der vor der Tür Wache schob, und betrat den Raum, in dem Milan auf ihn wartete. Er setzte sich ihm gegenüber und klärte ihn kurz und prägnant über seine Rechte auf.

Stocksteif und kerzengerade saß Milan auf dem ihm zugewiesenen Stuhl.

Nichts in diesem emotionslosen Blick verriet Gregor etwas über den momentanen Gemütszustand seines Gegenübers. Einen kurzen Moment dachte er an die Vernissage und an den kühlen, abschätzenden Blick Milans. Dem gleichen Blick fühlte er sich nun wieder ausgesetzt und dachte: *Unheimlich, wie sich Zwillinge ähneln können.* Schnell schob er den Gedanken beiseite und besann sich auf die momentane Situation. »Übrigens, Dr. Pagonis, ich möchte sie darüber in Kenntnis setzten, dass dieses Gespräch aufgezeichnet wird. Na dann wollen wir mal.«

Vor Gregor lagen Ausweis, Führerschein und einige Versicherungskarten, die auf den Namen Damianos Pagonis ausgestellt waren. Er schaute Milan direkt in die Augen als er ihn fragte: »Sie sind Damianos Pagonis, geboren am 09.05.1979 in Athen, und dies sind ihre Papiere?«

Milan bejahte die Frage und hatte Mühe, dem Blick Gregors standzuhalten. Seine Hände wurden feucht. Unbewusst verschränkte er die Arme vor der Brust und krallte die Finger so heftig in die Oberarme, dass die Fingerknöchel weiß hervor traten.

Gregor indessen registrierte jede Bewegung seines Gegenübers. »Gut, somit hätten wir die Formalität erledigt.« Er sprach noch das Datum und die Uhrzeit aufs Band und öffnete dabei umständlich die Mappe, in der sich die unterschiedlichen Fotos befanden. Ganz nebenbei erkundigte er sich bei dem »Doc«, ob er sein Medizinstudium in Athen absolviert habe.

Milan bejahte die Frage und wollte von Gregor wissen, inwieweit das wichtig sei.

»Oh, das ist gar nicht wichtig, hat mich nur interessiert. Dr. Pagonis, der Grund, weshalb ich sie hier im Dezernat haben wollte, ist folgender: Womöglich können sie uns bei der Aufklärung einiger Kapitalverbrechen behilflich sein.«

Der Satz war noch nicht zu Ende gesprochen, da legte er dem »Doc« die Fotos von der *Midamis*-Ausstellung vor die Nase. »Ich möchte sie nun bitten, sich diese Bilder genau anzusehen. Da sie die Werke ihres Bruders kennen, werden sie diese drei mit Sicherheit auch schon gesehen haben.«

Milan setzte sich auf die Stuhlkante, starrte auf die Bilder und schaute dann fragend Gregor an. »Ich verstehe nicht, warum ich sie mir anschauen soll. Sicher kenne ich diese Bilder, aber worauf wollen sie hinaus?«

Gregor legte ihm nun die Fotos der drei ermordeten Frauen vor, ebenso Fotos der abgetrennten Körperteile. Die eingeritzten Zeichen waren auf allen sechs Abbildungen bestens zu sehen.

Milan zuckte entsetzt zurück. »Was soll das, was wollen sie von mir, was hat das mit den Bildern meines Bruders zu tun?«

»Kommt ihnen eine dieser Frauen bekannt vor?«

»Nein, ich habe sie noch nie gesehen.«

»Dann schauen sie sich bitte nochmals die Fotos von der Vernissage an. Vielleicht fällt ihnen jetzt etwas auf.«

Milan starrte auf die surrealistischen Werke und zog fragend die Schultern hoch. »Nein, ich verstehe nicht, was sie wollen, was soll ich darauf entdecken?«

»Dr. Pagonis, sagen Ihnen die Zeichen etwas, die man in die Opfer geritzt hat, oder haben sie diese Kleinigkeit gar nicht bemerkt? Ich gehe doch recht in der Annahme, dass sie die kyrillische Schrift beherrschen, oder?«

»Ja, ja – sicher kann ich das entziffern, aber wer tut denn so was? Und was hat das mit den Bildern meines Bruders zu tun?«

»Dann werfen sie doch bitte nochmals einen Blick auf die Kunstwerke.«

Milan fixierte jedes einzelne Bild und wurde plötzlich kreideweiß.

»Dr. Pagonis, können sie mir vorlesen was sie soeben entdeckt haben?«

Milan versagte die Stimme. Er schüttelte mit dem Kopf und starrte auf die Fotos.

Unaufgefordert stellte Gregor ihm ein Glas Wasser hin und ermunterte ihn zu trinken. »Dann kommt auch ihre Stimme wieder, trinken sie!«

Im selben Moment betrat Engels den Raum, stellte sich dem »Doc« als Hauptkommissar Engels vor und setzte sich auf den freien Stuhl, der in der Ecke stand. So hatte er Gregor und den »Doc« im Blickfeld.

Milan räusperte sich, griff dann mit zittriger Hand nach dem Glas und leerte es zaghaft in kleinen Schlucken. Irritiert schaute er zu Gregor. »Wie kommen diese Zeichen in die Bilder meines Bruders? Was hat das alles zu bedeuten?«

»Tja, genau deswegen sind sie hier. Wir hofften, dass sie uns weiterhelfen können. Seit gestern versuchen wir, ihren Bruder zu erreichen. In regelmäßigen Abständen erschienen unsere Kollegen vor dem Atelier. In den letzten 24 Stunden war dort niemand anzutreffen. Wissen sie, wo er sich derzeit aufhält?

»Nein!«

Gregor griff zum Telefonhörer, drückte eine Taste und sprach kurz und bündig: »Fahndung nach Milan Pagonis sofort veranlassen.«

Milan? – Nach Milan wird gefahndet? – Milan bin ich – ich bin doch Milan- oder? Milan ist Damianos und Damianos ist Milan – Milan ist Damianos und Damianos ist Milan – Milan ist Damianos und Damianos ist Milan …

Gregor sprang blitzschnell auf und konnte gerade noch verhindern, dass der »Doc« vom Stuhl kippte.

»Lassen sie mich los, es ist schon gut.« Unwirsch schüttelte Milan den Arm Gregors ab. Ihm war schwindelig und verdammt flau im Magen. Er war verwirrt und versuchte fortwährend, seine Gedanken zu ordnen. Nichts, von all dem, was hier geschah, ergab für ihn einen Sinn.

Gregors Stimme drang wieder in sein Bewusstsein. »Hallo, ›Doc‹ – sind Sie wieder okay oder sollen wir eine Pause machen?«

Milan atmete tief durch und bat nochmals um ein Glas Wasser. »Und wenn es möglich wäre, auch einen starken Kaffee. Dann können wir weitermachen. Obwohl ich nicht verstehe, was das alles mit mir zu tun hat.«

Gregor schaute ihn prüfend an, bevor er zu sprechen begann: »Dr. Pagonis, genau das fragen wir uns auch. Sehen sie sich diese ermordeten Frauen an. Sie sind nicht verblutet, obwohl der Täter ihnen einen Körperteil entfernt hat. Nein, das sind sie nicht. Er tötete sie mit einem fachmännisch ausgeführten Genickbruch. Dann entfernte er ihnen ebenso routiniert den jeweiligen Körperteil und verschloss stark blutende Gefäße überflüssigerweise mit entsprechenden Gefäßklemmen. Die Zeichen – letztlich sind es keine Zeichen, sondern Worte, die den abgetrennten Körperteil benennen – ritzte er ihnen zum Schluss in die Haut. Und genau diese kyrillischen Schriftzüge finden sich nun überraschenderweise in den Kunstwerken ihres Bruders wieder. Verstehen sie nun, weshalb sie hier sitzen? Sie sind der Chirurg, der über die medizinischen Kenntnisse verfügt, und ihr Bruder ist der Künstler, der rein zufällig diese Zeichen in seine Bilder pinselte. Haben sie eine Erklärung dafür?«

Lautlos erschien inzwischen Blondy mit einem starken Kaffee und einem Glas Wasser. Sie stellte beides schweigend vor Milan ab und verschwand genauso unauffällig, wie sie gekommen war, um sich in den Nebenraum zu begeben. Von dort aus konnte sie durch den Einwegspiegel das Geschehen verfolgen, ohne selbst gesehen zu werden. Gregor hatte das Mikrofon eingeschaltet, und so entging ihr kein Detail der Vernehmung.

Gregor schwieg und schaute seinem Gegenüber prüfend ins Gesicht.

Milan schlürfte den Kaffee, stellt die Tasse ab – um sie sofort wieder zu greifen und das geräuschvolle Trinken fortzusetzen.

Gregor ließ ihn gewähren und wartete. Es war bis auf die Schlürfgeräusche totenstill im Raum.

Dann endlich setzte Milan die Tasse ab und meinte: »Nein, ich habe dafür keine Erklärung.«

Gregor atmete tief durch, bevor er wieder zu sprechen begann: »Gut, Dr. Pagonis. Sie kennen weder die Opfer noch können sie sich erklären, weshalb ihr Bruder die gleichen kyrillischen Zeichen, die wir auf den Frauenkörpern fanden, in seine Bilder pinselte. Könnten sie sich vorstellen, dass ihr Bruder mit diesen Morden etwas zu tun hat?«

»Nein – nein! Niemals – niemals …!« Während er es Gregor entgegenschrie, tauchten in Sekundenschnelle wieder diese irren Bilder vor seinem geistigen Auge auf: *Rot, Rot, alles ertrinkt im Rot, Felle, Eimer, Skalpell* … Er hörte einen gurgelnden, röchelnden Laut – und zuckte erschrocken zusammen.

Gregor bemerkte dieses kurze Zucken und stellte fest, dass sich kleine Schweißperlen auf der Stirn seines Gegenübers gebildet hatten. »Dr. Pagonis, eine andere Frage: Kennen sie die Freundin ihres Bruders?

Milan räusperte sich geräuschvoll, rutschte nervös auf seinem Stuhl hin und her und bejahte die Frage, wollte aber von Gregor wissen weshalb das wichtig sei.

Gregor ignorierte abermals die Gegenfrage und bat den »Doc«, nochmals darüber nachzudenken, ob sein Bruder kürzlich von irgendwelchen Reiseplänen gesprochen habe. Denn Nora, seine Freundin, hätte diesbezügliche Andeutungen ihrer Schwester gegenüber gemacht. »Und da ihr Bruder sowie seine Freundin momentan nirgends erreichbar sind, liegt die Vermutung nah, dass beide kurz entschlossen verreist sind. Könnten sie sich vorstellen, in welche Richtung es gegangen sein könnte? Vielleicht hat ihr Bruder es irgendwann zufällig erwähnt. Bitte denken sie nach, es ist verdammt wichtig.«

Milan starrte Gregor an und biss sich nervös auf der Unterlippe rum. »Ich möchte jetzt gehen. Ich möchte jetzt sofort gehen. Sie können mich hier nicht festhalten, es gibt keinen Grund. Ich habe mit dieser ganzen Sache nichts zu tun. – Ich gehe jetzt, sofort.« Milan sprang auf und wollte zur Tür.

»Stopp, stopp, Dr. Pagonis. Das geht so leider nicht. Sie sind vorläufig festgenommen und werden in den nächsten 24 Stunden dem Haftrichter vorgeführt.«

»Nein, nein, das können sie nicht machen. Sie dürfen mich nicht festhalten.«

Gregor erklärte ihm kurz und knapp, dass es durchaus rechtens sei, ihn erst mal hierzubehalten. »Dr. Pagonis, sie stehen unter dem Verdacht der Mittäterschaft. Wenn sie ihren Anwalt anrufen wollen, so können sie das gerne tun.«

Milan stockte der Atem. Kerzengerade stand er vor Gregor, seine Augenlider flatterten, er rang nach Luft.

Gregor ließ ihn abführen.

Nachdem Milan den Raum verlassen hatte, erhob sich Engels schweigend vom Stuhl und verzog nachdenklich sein Gesicht. »Hm, dann lasst uns das mal zusammenfassen.«

Gemeinsam begaben sie sich ins Büro. Blondy folgte ihnen wortlos und griff als erstes zum Telefon, um den Haftrichter zu informieren.

Engels ließ sich in seinen Bürostuhl fallen, legte schwungvoll die Beine auf den Schreibtisch, verschränkte die Arme und polterte los: »Unser ›Doc‹ glaubt doch allen Ernstes, er kann uns für dumm verkaufen. Er hat damit nichts zu tun. Er weiß nicht, was das zu bedeuten hat. Bullshit, die stecken unter einer Decke. Wenn dieser Maler die Absicht hatte, mit seiner Freundin zu verreisen, dann ist er vermutlich über alle Berge.«

Gregor schüttelte nachdenklich den Kopf. »Ich weiß nicht so recht. Es gab bei der Vernehmung Momente, da hatte ich den Eindruck, seine Reaktionen waren echt. Andererseits bin ich mir sicher, dass er Dreck am Stecken hat. Als ich ihn nach seiner Identität befragte, kam er kurz ins Stocken. Er konnte meinem Blick kaum standhalten und veränderte seine Körperhaltung. Ähnlich nervös schien er mir bei der Frage nach der Freundin seines Bruders. Er wirkte plötzlich verkrampft und unsicher. Vielleicht irre ich mich auch.«

Blondy mischte sich ein und meinte zu Gregor: »Nein, nein, du bist ein guter Beobachter, und ich denke, du hast Recht. Ich vermute auch, dass dieser ›Doc‹ nicht direkt mit den Morden zu tun hat, dafür erschien er mir zu betroffen und geschockt, als du ihm die Fotos der Opfer gezeigt hast. Aber irgendetwas verschweigt er. Vielleicht will er seinen Bruder schützen. Es wäre auch wirklich schade, wenn dieser smarte Typ sein restliches Leben nur unter Männern verbringen müsste.«

Engels räusperte sich, schielte zu Blondy hinüber und schnaufte verächtlich durch die Nase. »Smarter Typ, was ist denn an dem smart?«

Gregor konnte nur schwer ein Grinsen unterdrücken und bemerkte aus dem Augenwinkel, dass sich auch Blondys Mundwinkel leicht nach oben verzogen. Einen kurzen Moment lang hatte Gregor das Gefühl, dass zwischen den beiden doch mehr als nur kollegiale Sympathie herrschte.

Mit geschäftsmäßiger Mine fuhr Engels fort: »Okay, momentan haben wir viele Verdachtsmomente, aber keinen stichhaltigen Beweis. Inzwischen liegen uns auch die Ergebnisse der Spurensicherung vor. Fakt ist, dass weder unser erstes Opfer, Dorothea Glass, noch Adele Sommer, die Psychotherapeutin, in ihren Wohnungen bzw. in der Praxis ermordet wurden. Auf dem Anrufbeantworter der Psychologin sind merkwürdigerweise überwiegend Anrufe von Männern verzeichnet. Entweder ging es um einen Termin oder um einen Termin.«

»Wie bitte?« Blondy schaute Engels fragend an.

Er grinste, als er ihren irritierten Gesichtsausdruck wahrnahm.

Langsam kapierte sie, was er mit diesem und jenem Termin meinte – und musste selbst über ihre Begriffsstutzigkeit lachen.

»Zwei der Anrufer konnten noch nicht ermittelt werden. Unsere Technik arbeitet daran. Allerdings war die Befragung der anderen Männer höchst interessant. Vermutlich kommt keiner von ihnen als Täter infrage, aber – wir erfuhren einiges über unser Opfer.« Engels griff nach der Mappe die vor ihm lag, zitierte einige Sätze aus dem Protokoll und warf danach achtlos den Ordner auf den Schreibtisch. »Na, was haltet ihr von der Dame?«

Blondy atmete einmal tief durch, bevor sie das Gehörte kommentierte. »Nicht schlecht, und so was nennt sich Psychotherapeutin? Die war eine perfide Nymphomanin. Erst kam die Gehirnwäsche, und wenn das funktioniert hat, brauchte sie nur noch die entsprechenden Knöpfe zu drücken und die armen Schweine waren ihr zu Diensten. Vermutlich sprangen sie immer wieder gerne in ihr Bett. Sie muss gut gewesen sein. Immerhin befanden sich unter ihren »Patienten« Männer in leitenden Positionen, Männer, die etwas zu verlieren hatten.«

Gregor, der bis jetzt geschwiegen hatte, erhob sich vom Stuhl und meinte nur: »Das stimmt, aber bei einem hat ihre Methode nicht gezündet. Der machte sie kurzerhand einen Kopf kürzer. So – und nun werde ich noch mal den ›Doc‹ aufsuchen. Ich denke, es wird Zeit einen DNA-Test zu veranlassen. Ich bin gespannt, ob unser Kandidat freiwillig mitmacht. Wir sehen uns dann um 14 Uhr, wenn unsere Zeugin aus der Psychopraxis zur Aussage erscheint.«

Engels nickte ihm zu, griff zum Telefon und ließ sich mit Europol verbinden, um die Kollegen über den neuesten Stand der Ermittlung zu informieren. Erfreulicherweise stellte sich heraus, dass die griechische Kripo inzwischen geantwortet hatte. Dieser Bericht würde, so versprach es die Mitarbeiterin am anderen Ende der Leitung, in Kürze auf Engels Schreibtisch landen. Er bedankte sich für die zügige Übermittlung und legte hocherfreut den Hörer auf.

»Warum freust du dich so?« Blondy schaute ihm fragend ins Gesicht.

»Die haben reagiert, die haben sogar sehr schnell reagiert, die Kollegen aus Athen, meine ich. Das lässt vermuten, dass sie ebenfalls großes Interesse an diesem Fall haben. In den nächsten Stunden liegt der Wisch auf unserem Schreibtisch. Bin schon gespannt inwieweit uns das weiterhilft.

18

Geweckt wurde er durch lautes Klingeln an der Wohnungs-tür. Damianos versuchte sich aufzurichten und stöhnte qual-voll. Ärgerlich stellte er fest, dass er die ganze Nacht im

Sessel geschlafen hatte. Sämtliche Knochen taten ihm weh, und in seinem Kopf dröhnte und pochte es. Er versuchte, seine Nackenmuskulatur durch sanftes massieren wieder beweglich zu machen. Irgendwie gelang es ihm, sich gerade hinzusetzen, als das Klingeln ihn erneut nervte. Er ignorierte es. Entsetzt schaute er auf sein Hemd und die Hose – und überlegte, wie er an diese fremden Klamotten gekommen war. So peu à peu kam die Erinnerung.

Costa fiel ihm ein. Stück für Stück bekam er alle Puzzleteile des gestrigen Tages zusammen. *Das Atelier – Milan – der Regen – und dann der Polizeiwagen. Seine nassen Klamotten – Costas Wohnung – dessen Schrank, aus dem er sich mit trockener Kleidung versorgte, und die ekelhaften Fotos an der Wand. Dann die Zeitung, die am Rand des Tresens lag.*

Er vergrub stöhnend sein Gesicht in den Händen, als er an die Abbildungen der drei ermordeten Frauen dachte, denen man kunstvoll mit Make-up den Tod aus den Gesichtern geschminkt hatte. Er ärgerte sich im Nachhinein über seine Blödheit. Warum hatte er die Zeitung noch mal zur Seite gelegt, anstatt sie sofort einzustecken? Der Artikel hätte ihn schon brennend interessiert.

Lautes Rufen und Klopfen an der Tür riss ihn aus seinen Gedanken. Er fluchte leise vor sich hin und bewegte sich geräuschlos zum Fenster. Vor dem Haus stand, wie er schon vermutet hatte, ein Streifenwagen. Lautlos durchquerte er das Zimmer und begab sich in den hinteren Teil der Wohnung. Sein geschundener Körper verlangte nach einer heißen Dusche. Eine halbe Stunde bearbeitete der kräftige Strahl des Wassers seine verkrampfte Muskulatur. Hellwach und schmerzfrei schlüpfte er anschließend in die schwarze Jeans und zog sich das schwarze Seidenhemd über. Unwillkürlich dachte er dabei an Milan. Auch sein Bruder hatte

111

schon immer eine Vorliebe für schwarze Kleidung. Und nicht nur diese Vorliebe verband sie.

Wir sind EINS – und werden es ewig bleiben. Weshalb versuchte Milan, diese Tatsache immer öfter zu ignorieren? Wie war das gestern? Was wollte Milan eigentlich von mir? Ach ja, es ging um diese kleine Nutte Nora …

Bewegungslos stand Damianos vor dem großen Spiegel im Schlafzimmer und starrte mit leerem Blick auf sein Spiegelbild. So nach und nach fielen ihm die Einzelheiten des Gesprächs ein.

… und was sagte er noch? – Was wollte er heute nach dem Dienst in der Charité tun?- Er wollte mit Nora zur Polizei gehen – ja das hat er gesagt. – Um 17 Uhr will er sie treffen – und anschließend wollte er dieser Tussy alles über unser Leben erzählen. – Wie war das noch? – Ach ja, er will mit ihr leben, nur mit ihr – er liebt sie – so, oder so ähnlich drückte er sich aus. – Pah, du Idiot, und dabei wirst du UNS verraten und zerstören …

»Das werde ich verhindern – liebster Bruder. Ich werde es verhindern – ich werde es verhindern … « Seine Stimme überschlug sich, während er immer und immer wieder seinem Spiegelbild diesen Satz entgegenschleuderte: »Ich werde es verhindern – ich werde es verhindern – ich …«

Mit voller Wucht zertrümmerte er mit der Faust den Spiegel. Keuchend, mit wutverzerrtem Gesicht, betrachtete er sein verzerrtes Spiegelbild, während das Blut aus unzähligen Schnittwunden ungehindert auf die weißen Dielen tropfte. Nur sehr langsam beruhigte sich sein Pulsschlag. Er begab sich ins Bad und ließ kaltes Wasser über die mit Schnittwunden übersäte Hand laufen. Danach desinfizierte und versorgte er die Verletzung.

Klar und analytisch plante er anschließend den weiteren Tagesablauf. Als erstes würde er einen Kontrollanruf in der

Klinik starten, um sich zu vergewissern, dass sein Bruder auch wirklich im Dienst war. Die Durchwahl zur Station hatte er im Kopf.

Glücklicherweise nahm Schwester Sonja den Anruf entgegen. Als Krankenschwester war sie unverzichtbar. Pflichtbewusst und zuverlässig versah sie ihren Dienst. Allerdings würde ihr devotes Verhalten – jedem gegenüber, der vermeintlich mehr Autorität besaß als sie – dafür sorgen, dass sie ewig an der untersten Stufe der Erfolgsleiter kleben blieb.

Er meldete sich mit Dr. Spiro Pagonis. »Ich bin der Vater von Dr. Pagonis. Könnte ich bitte meinen Sohn sprechen?«

Ehrfurchtvoll piepste Schwester Sonja in den Hörer: »Oh, äh – das geht nicht. Weil – na ja – ihr Sohn ist bei der Polizei. Er ist dort als Zeuge – äh – glaube ich zumindest.«

Damianos hatte genug gehört. Er bedankte sich und versprach, morgen noch mal anzurufen. Einen kurzen Moment grübelte er: *Wieso Polizei? Zeuge? Was wollen die von ihm? Was sollte Milan bezeugen?* Er verbot sich, weiter darüber nachzudenken. Momentan gab es Wichtigeres.

Ihm wurde nicht bewusst, dass sich sein Gesicht zu einem diabolischen Grinsen verzerrte, als er an seinen nächsten Schritt dachte. *Oh ja – und nun zu Dir, du kleines Flittchen …*

Fast geräuschlos begab er sich in die Küche und stand ratlos inmitten des Raumes. *Was wollte ich hier?*

Irritiert musterte er jedes Möbelstück, bis sein Blick an der Espressomaschine haften blieb. *Genau, das ist es. Ich brauche einen starken Kaffee, einen sehr starken – und dann sehen wir weiter.*

Während er den heißen Espresso schlürfte, dachte er an Milan. Sein Körper reagierte sofort: Der Puls schnellte in die Höhe, ihm wurde übel.

Nein – nein – nein, verschwinde aus meinem Kopf, jetzt nicht, ich will mich jetzt nicht mit dir beschäftigen, ich muss denken – denken – denken ...

Automatisch griff er zum Handy. Noras Handynummer hatte er unter »Schlampe« abgespeichert, ihre Büronummer unter »Flittchen«.

Er kicherte leise vor sich hin, während er die Büronummer wählte. Es meldete sich eine freundliche Männerstimme. Ebenso freundlich bat er, mit Nora Stahl verbunden zu werden.

Die Stimme am anderen Ende bedauerte sehr, seinem Wunsch nicht nachkommen zu können, da sich Frau Stahl im Urlaub befände.

Damianos bedankte sich jetzt weniger freundlich, legte auf und warf wütend das Handy in die Ecke.

Verdammt, wie konnte ich das vergessen. Milan hat gestern erwähnt, dass Nora bereits Urlaub hat und er am Donnerstag mit ihr verreisen wolle. Eine Überraschungsreise. Genau, so hat er sich ausgedrückt, eine Überraschungsreise. Oh ja, liebste Nora, wir machen eine Überraschungsreise, und nicht erst am Donnerstag, sondern heute.

Er sprang vom Sessel auf und sammelte die Einzelteile seines Handys zusammen. Zum Glück lag nur das Gehäuse verstreut im Raum. Die SIM-Karte steckte im Zwischenraum zweier Dielenbretter. Mit einer schmalen Pinzette fummelte er sie heraus – und im Nu war das Telefon wieder betriebsbereit. Jetzt wählte er ihre Handynummer.

Nach dem zweiten Klingelton meldete sie sich kurz und bündig mit »Stahl am Apparat«.

»Hallo, Nora-Schatz, ich bin es, Milan!«

Er bemerkte ein kurzes Zögern am anderen Ende der Leitung.

Etwas verhalten ertönte ihre Stimme: »Milan? Wieso hast du deine Nummer unterdrückt?«

Mit dieser Reaktion Noras hatte Damianos gerechnet. Auch diesmal war er gut vorbereitet. Er erklärte ihr, dass er sein Handy dummerweise im Atelier vergessen habe und jetzt von einem Restaurant aus anrufe.

»Hör zu, Nora: Meine Termine sind geplatzt, und ich dachte, wir könnten schon heute verreisen. Was hältst du davon?« Er wartete ihre Antwort gar nicht erst ab und sprach einfach weiter: »Du könntest kurz in deine Wohnung fahren, ein paar Sachen zusammenpacken, und wir treffen uns in zwei Stunden am Flughafen. Ich freue mich auf dich, auf unsere gemeinsame Zeit. Sag jetzt bloß nicht, das geht dir zu schnell. Wir sind spontan, mein Schatz, jung, verrückt und spontan. Vergiss deine Papiere nicht. Wir treffen uns in der Haupthalle.«

Seine Überrumplungstaktik zeigte Wirkung. Ein leises, glucksendes Lachen drang an sein Ohr. Es hatte geklappt.

»Milan du bist wirklich verrückt. Aber zwei Stunden werden mir nicht reichen.«

»Na gut, dann gebe ich zehn Minuten dazu. Zwei Stunden und zehn Minuten.«

Nora musste herzhaft lachen und versprach ihm, sich zu beeilen.

Damianos lehnte sich entspannt in seinem Sessel zurück und wählte die Nummer der Flughafenauskunft. Zügig wurde er weiterverbunden, und ebenso schnell gelang ihm die Buchung für den Flug nach Athen um 13 Uhr 30.

19

Geräuschvoll schloss sich die Zellentür hinter Milan.

Untersuchungshaft, das glaube ich jetzt nicht. Ich sitze im Knast. Milan Pagonis sitzt im Knast.

Im Zeitlupentempo setzte er sich auf die schmale Liege und versuchte verzweifelt seine Gedanken zu ordnen. *Die Vernissage – Damianos – Moretti – und Nora …*

Nora, er wollte mit ihr ein neues Leben beginnen. Heute, am heutigen Tag wollte er ihr alles erzählen. Dann die Fotos, die Fotos der drei Opfer, sie gingen ihm nicht aus dem Kopf. Er kannte diese Frauen nicht. Obwohl ihm die eine davon bekannt vorkam. Aber woher? Vor seinem geistigen Auge sah er sie in weißer Kleidung.

Charité? Eine Kollegin? – Nein, nicht in der Charité – es ist länger her. Aber wann und wo? Seine Gedanken sprangen hin und her, er konnte sich einfach nicht konzentrieren.

Laut fluchend sprang er auf und schlug wütend immer und immer wieder gegen die Zellentür. Erschöpft und mutlos ließ er sich auf die Pritsche fallen und hörte dumpfe Schritte, die immer näher zu kommen schienen. Der Riegel seiner Zelle wurde lautstark bewegt, die Tür öffnete sich und Gregor stand groß und breit vor ihm. Mit seiner massigen Statur füllte er fast den ganzen Türrahmen aus. Milan würdigte ihn keines Blickes.

»Dr. Pagonis, die Umstände die zum Tod der drei Frauen führten, machen einen DNA-Test erforderlich. Ich denke, es wäre auch in ihrem Interesse, dem Test freiwillig zuzustimmen.«

»Und wenn nicht, wenn ich nicht zustimme? Ich habe nichts mit den Morden zu tun, ich kenne auch diese Frauen nicht.«

Gregor blieb ruhig und erklärte ihm, dass er dann einen richterlichen Beschluss besorgen würde – und letztlich gehe dann alles trotzdem seinen Gang. Zwar ein paar Stündchen später, aber unausweichlich. »Machen sie freiwillig mit, sparen wir uns diesen Umweg. Und wenn sie mit diesen Verbrechen nichts zu tun haben, wird der Test sie entlasten.«

Milan zog hilflos die Schultern hoch und erklärte sich zähneknirschend dazu bereit.

Bevor Gregor mit den Proben die Zelle verließ, fragte er den »Doc« nochmals, ob er seinen Anwalt anrufen möchte.

Milan lehnte dankend ab.

»Gut, wie sie meinen. Sollten sie sich das doch noch anders überlegen, machen sie sich bemerkbar. – Und vielleicht fällt ihnen auch noch etwas zu den Vorfällen ein. Ihr letzter gemeinsamer Dienst mit Dr. Moretti zum Beispiel. Gab es in dieser Schicht eine Situation, in der sich der Kollege merkwürdig verhielt? War er anders als sonst? Nervös, ängstlich oder so? Denken sie in Ruhe darüber nach, Doktor. Jedes Detail ist wichtig.«

Während Gregor sprach, sah er Milan an sich vorbeistarren. Nichts im Gesicht des »Doc« ließ auf irgendeine menschliche Regung schließen. Seine Mimik glich einer unbeweglichen Maske. Gregor war sich noch nicht einmal sicher, ob er ihm zugehört hatte. Erst wollte er ihn noch fragen, ob er alles verstanden habe, entschied sich dann aber dagegen. Ihm war klar: Der hat jedes Wort verstanden, aber offensichtlich die Situation, in der er sich befand, noch nicht begriffen.

Gregor verblieb schweigend noch ein paar Sekunden in der Zelle. Irgendwie hoffte er, dass sein Gegenüber doch noch eine Reaktion zeigen würde. – Nichts, Milan gab ihm das Gefühl, bereits gegangen zu sein. Wortlos drehte sich Gregor um und verließ den Raum.

Als er im Büro erschien, war es bereits 13 Uhr 30. Sein Magen knurrte unüberhörbar laut. Als sein Blick auf die Kaffeemaschine fiel, entschloss er sich, eine Pause einzulegen. In kleinen Schlucken schlürfte er den heißen Kaffee, knabberte an einem Croissant vom Vortag und blätterte nebenbei die Protokolle durch.

Die veranlasste Fahndung nach Milan fiel ihm ein. Schlüter sollte das erledigen. Mit seinem Kaffee in der Hand begab er sich in das Büro nebenan. Schlüter telefonierte gerade, und gab Gregor durch Handzeichen zu verstehen, dass er gleich fertig sei. Dieses »Gleich« dauerte dann noch zehn Minuten.

Schlüter schaute seinen Kollegen fragend an. »Und, gibt's was Neues?«

Gregor schüttelte verneinend den Kopf und wollte von ihm wissen, ob er daran gedacht habe, die Fahndung insbesondere auf Bahnhöfe und Flugplätze auszudehnen.

»Ja, ja, das habe ich vor fünfzehn Minuten veranlasst.«

»Wie bitte, vor fünfzehn Minuten? Ich habe das vor einigen Stunden angeordnet.«

Schlüter bekam einen hochroten Kopf und stammelte irgendetwas von vielen Telefonaten. »Bin nicht eher dazu gekommen …«

Gregor winkte ab und gab – wie es bereits Engels am Vortag getan hatte – Schlüter den guten Rat, seine Versetzung zu beantragen. »Ihre Arbeitsweise entspricht nicht im Geringsten unseren Anforderungen, Schlüter, sie denken nicht mit. Sie werden nie lernen, Prioritäten zu setzen. Eine sofortige Fahndung bedeutet auch sofort. Dann gib es kein Telefonat, das wichtiger sein könnte.«

Gregor drehte sich um und begab sich leise fluchend wieder in sein Büro, füllte noch mal seine Tasse mit heißem Kaffee und starrte grimmig vor sich hin.

Aus dem Augenwinkel wurde er von Engels beobachtet. »Was war los? Gab es Ärger mit Schlüter?«

»Ja, der ist aber auch zu blöd. Der kapiert es einfach nicht. Da vergehen wertvolle Stunden, weil dieser Traumtänzer die Anordnung nicht befolgt. Das wird nie was mit dem.«

»Ach was, das ist mir schon lange klar. Übrigens wartet die Zeugin aus der Psychopraxis auf uns.«

20

Scheinbar emotionslos starrte er aus dem Fenster des Flughafengebäudes. Doch in seinem Innersten brodelte es. Wo blieb sie nur? Jedes ankommende Taxi wurde genau beobachtet; es könnte ja jenes sein, in dem diese Nora saß. Seine Hände waren in den Tiefen seines Jacketts vergraben, und er versuchte fortwährend, das Schnipsen seiner Finger zu unterdrücken. Nun sollte sie aber langsam erscheinen. Er wurde zusehends nervöser. Der Check-in am Schalter drei hatte bereits begonnen.

Nun mach schon, du kleine Nutte. Wo bleibst du? Wenn du weiter so trödelst, verpasst du die Überraschungsreise.

Er lief unruhig von einem Gate zum anderen. Zum zigsten Mal wanderte er durch die Haupthalle, als er sie plötzlich rufen hörte: »Milan, Milan!« Er drehte sich um und hatte Mühe, beide Hände aus den Jackentaschen zu ziehen.

Nora flog ihm förmlich in die Arme und küsste ihn innig auf den Mund. »Was ist mit deiner Hand geschehen? Weshalb ist sie verbunden?«

Behutsam schob er sie, seine Abscheu unterdrückend, ein Stück von sich weg. Sie schien es nicht zu bemerken. »Geschnitten – mit dem Messer – ist nicht weiter schlimm. Los, mein Schatz, wir müssen uns beeilen, unsere Maschine startet gleich.«

Eilig zog er sie zum Schalter drei. Nora stolperte lachend neben ihm her und fragte zum wiederholten Male, wohin denn die Reise ginge. Ohne zu antworten, zog er sie so geschickt an den Anzeigetafeln vorbei, dass es ihr nicht gelang, einen Blick darauf zu werfen.

»Überraschung mein Engel, lass dich überraschen.«

Fünf Minuten, nachdem sie ihre Plätze eingenommen hatten, startete die Maschine. Erst als der Flugkapitän seine Gäste begrüßte, bekam Nora mit, wohin die Reise ging.

»Athen? Milan, das ist super. Ich freue mich riesig. Bisher kannte ich den Athener Flughafen nur als Zwischenstation. Und die kurze Strecke, um vom Internationalen auf den Nationalen zu gelangen. Meist war mein Reiseziel eine der kleineren Inseln. Aber stopp, das stimmt nicht ganz: Mit dem Taxi bin ich zwei oder drei Mal nach Piräus gefahren, um mit einer der Fähren mein Urlaubsziel zu erreichen.«

Während sie sprach, lehnte sie ihren Kopf an seine Schulter, umklammerte seinen Arm, ohne zu bemerken, dass er stocksteif neben ihr saß und keinen Ton von sich gab. Freudig erregt begann sie schon, Pläne zu schmieden, was man sich auf jeden Fall alles anschauen sollte: »Wir müssen unbedingt zum Pathenon – und wir müssen in der Plaka bummeln gehen – und …«

Plötzlich ließ sie seinen Arm los und fing herzhaft an zu Lachen.

Er schaute sie verblüfft und fragend von der Seite an. »Was ist so lustig?«

»Milan, neben mir sitzt der beste Reiseführer, den man sich wünschen kann. Ich hatte es vergessen. Nicht ich sollte Pläne machen, sondern du. Es ist deine Stadt. Ich möchte alles kennenlernen, was mit dir zu tun hat. Ich möchte wissen, wo du zur Schule gegangen bist und wo du dich als Kind besonders gerne aufgehalten hast. Ich würde gerne, wenn es für dich in Ordnung wäre, deine Eltern kennenlernen. Dabei fällt mir auf, dass du mir noch nie von deiner Familie erzählt hast. Es gibt doch eine Familie, oder? Gibt es auch einen Bruder oder eine Schwester?«

Nora schaute ihm erwartungsvoll ins Gesicht und erschrak: Er saß kreideweiß neben ihr. Sein Atem ging stoßweise, kleine Schweißperlen hatten sich auf seiner Stirn gebildet. Blicklos starrte er auf die Rückenlehne vor sich. Seine Hände hatte er unter seine Oberschenkel geschoben. Er reagierte nicht auf sie.

Nora drückte den Notknopf, um eine Stewardess auf sich aufmerksam zu machen. Sie bestellte ein Glas Wasser und feuchte Tücher, um seine Stirn zu kühlen. So peu à peu normalisierte sich seine Atmung. Langsam entspannte sich sein Körper. Er lehnte sich erschöpft in seinen Sitz zurück, trank in kleinen Schlucken das Wasser und schloss die Augen.

Die Stewardess brachte unaufgefordert noch ein weiteres Glas Mineralwasser und meinte aufmunternd zu Nora: »Flugangst. Machen sie sich keine Sorgen, ihr Mann leidet unter Flugangst. Jetzt sieht er ja schon wieder viel besser aus. Wenn sie noch etwas benötigen, drücken sie einfach den Knopf.« Freundlich lächelnd verschwand sie in Richtung Cockpit.

Nora hielt besorgt seine Hand, die er ihr im Schlaf entzog. Sie nahm an, dass er schlief, da er auf ihre Frage, wie er sich jetzt fühle, nicht antwortete. Sie drehte sich dem Fenster zu und beobachtete die wunderschönen weißen Wolkenformationen, die an ihr vorüberzogen.

Damianos stellte sich schlafend. Er versuchte, seine Gedanken zu ordnen. Was war das eben? Weshalb sprach sie von seiner Familie? Seinen Eltern, Geschwistern. Er dachte ungewollt an Arjana, an Milan. – *Ich will jetzt nicht an die beiden denken. Sie soll damit aufhören. – Und weshalb war plötzlich alles so leise? – Ihre Stimme – die Geräusche der Turbinen …?* Sämtliche Geräusche hörte er gedämpft und verzerrt, als würden sie durch einen immer dichter werdenden Wattefilter gepresst.

Die außerirdisch klingende Stimme der Stewardess riss ihn aus seinen Gedanken. Seine Augen ließ er geschlossen. Er wollte jetzt nicht angesprochen werden.

»Ja, lassen sie das hier. Vielleicht hat er Hunger, wenn er wach wird.« Nora nahm irgendeine Mahlzeit dankend entgegen.

Er hörte das gluckernde Geräusch einer Flüssigkeit, die in ein Glas gegossen wurde, Klappern, Rascheln und leise Gesprächsfetzen der anderen Fluggäste. Der Servicewagen entfernte sich langsam in den hinteren Teil der Maschine.

»Milan, Milan, werde wach, wir müssen uns anschnallen.«

Zaghaftes Rütteln an seinem Arm holte ihn in die Wirklichkeit zurück.

»Du hast den ganzen Flug verschlafen. Fühlst du dich jetzt besser?«

»Ja, ja, blendend. Mir geht's gut.«

Die freundliche Stimme des Piloten wies darauf hin, dass sie in Kürze landen würden.

Ihm ging es im Moment wirklich gut. Sein Hirn funktionierte wieder. Jetzt hieß es nur: Ruhe bewahren und sich nicht vom Plan abbringen lassen. Um genau zu sein, vom Plan B. Plan A sah anders aus, aber diesen hatte ihm sein Bruder gründlich vermasselt. Nora sollte sterben, oh ja, das hatte er längst beschlossen. Er war sich nur noch nicht schlüssig, wie. Vielleicht wie die anderen, vielleicht aber auch völlig anders. Auf jeden Fall später, um einiges später. Er wollte sie leiden sehen, sie langsam in Panik versetzen: Weitere Rosen – weitere Karten – und ein zerwühltes Bett. Im Laufe der Zeit kam er immer mehr zu der Überzeugung, ihr Ende müsse einer perfekten Inszenierung gleichen. Sein Plan war genial, ja, das war er.

Und nun saß sie arglos neben ihm und freute sich auf den ersten gemeinsamen Urlaub mit ihrem Milan. Nicht eine Sekunde wirkte sie misstrauisch. Er würde dafür sorgen, dass es bis zum Schluss so blieb.

Sie würden nach der Landung direkt zur Metro gehen und mit der Linie drei in die Athener Innenstadt fahren. Perfiderweise hatte er für die erste Übernachtung ein kleines Hotel in der Altstadt im Visier. Nichts Besonderes. Ein Teil des etwas heruntergekommenen Hotels wurde an Billignutten auf Stundenbasis vermietet. Ständig klappte nachts irgendwo eine Tür. Ungestörte Nachtruhe? – Fehlanzeige! Aber er würde ihr das schon schmackhaft machen. Er fand die Idee, in einem Stundenhotel zu übernachten, genial.

Er wird ihr erklären, dass das zur Überraschungsreise gehöre. Dafür werde der nächste Tag, die nächste Nacht, wesentlich luxuriöser. Sie wird fragen: »Wieso, was hast du mit mir vor?« Und er wird wieder antworten: »Lass dich überraschen.«

Am nächsten Tag wird er mit ihr zum Pathenon laufen – und dann, so wie sie es sich gewünscht hatte, durch die Plaka schlendern. Er wird sie durch den großen Markt führen, in dem es nach Fisch und exotischen Kräutern riecht, und in dem lebende Tiere in Käfigen auf ihren Tod warten. Sie wird einen Markt kennenlernen, den sie so schnell nicht mehr vergessen würde. Laut und lebendig. Sie werden in einer versteckten Taverne, am Fuße der Akropolis, eine Kleinigkeit essen, und dann wird er sie fragen, ob sie heute noch seine Mutter kennenlernen möchte.

Ja, so war sein Plan – und nichts, aber auch gar nichts, würde ihn davon abbringen.

Inzwischen war die Maschine gelandet. Einige Passagiere standen startklar mit ihrem Handgepäck im Gang und warteten darauf, dass sich die Türen öffneten. Die ersten Fluggäste setzten sich in Bewegung und dann lief alles wie am Schnürchen.

Er lotste Nora durch die vielen Gänge des Flughafengebäudes Richtung Metro. Immer wieder tat sie ihre Begeisterung kund, drückte seinen Arm und lächelte ihn liebevoll an – und er lächelte zurück.

Die Fahrt in die Innenstadt empfanden beide als kurzweilig. Sie beobachteten die Menschen die ein- und ausstiegen. Nora schaute interessiert aus dem Fenster und erfreute sich an der vorüberziehenden mediterranen Landschaft.

Milan hingegen beschäftigte sich in Gedanken mit seinem Plan. Immer wieder ging er ihn Punkt für Punkt durch, um eine eventuelle Schwachstelle zu entdecken. Es gab keine. Es sei denn, man hatte das Gartenhaus verändert. Andererseits konnte er sich das nicht vorstellen. Seine Mutter war kränklich. Sein Vater lebte seit Jahren mit Alisa zusammen. Wer sollte sich da schon für die alte Hütte interessieren? Niemand. Es galt jetzt nur noch, Nora nicht zu verunsichern.

Ich bin Milan, Milan, Milan und liebe Nora. – Nora will meine Nähe, und die soll sie auch bekommen. Heute etwas redu-

ziert – und morgen bekommst du mich ganz. – Oh ja, du kleines Miststück, so wird es sein ...

Er grinste zufrieden vor sich hin – und dachte einen kurzen Moment lang an seinen Bruder.

Nach ungefähr 45 Minuten hatten sie Athen erreicht. Er legte Nora seinen Arm um die Schulter und lotste sie zum nächsten Taxistand.

Der Taxifahrer stutzte kurz, als ihm das Hotel genannt wurde, sagte aber nichts und dachte: *Ein Grieche, gutaussehend, der Kleidung nach zu urteilen der gehobenen Schicht angehörend, steigt in diesem Hotel ab?* Er konnte nicht begreifen, dass diese bildschöne Frau an seiner Seite damit einverstanden war. Aber was soll's. Es ging ihn nichts an. Er wunderte sich nur, dass es nach jahrzehntelanger Tätigkeit als Taxifahrer noch möglich war, ihn zu überraschen.

Das Fahrziel war schnell erreicht. Damianos entlohnte den Taxifahrer großzügig und betrat mit Nora das Hotel.

Irritiert schaute sie sich in der kleinen Halle um: In der einen Ecke standen drei gelbe, fleckige, alte Sessel. Auf dem Tisch davor befand sich eine angeschlagene, verdreckte Glasvase mit staubigen Plastikblumen. Die Fenster schienen jahrelang nicht geputzt worden zu sein; nur mühsam drang das Tageslicht durch die blinden Scheiben. Der abgetretene, ehemals blaue Teppich, der im Eingangsbereich lag, erweckte den Eindruck, als würden sich Generationen von Motten oder sonstiges Ungeziefer darunter tummeln.

Wie angewurzelt blieb Nora zwei Meter von Milan entfernt stehen. Sie verstand kein Wort von dem, was an der Rezeption gesprochen wurde. Sie sah, dass er einen Schlüssel entgegennahm und der zwielichtigen Empfangsdame freundlich zunickte. Daraufhin schenkte sie ihm ihrerseits ein zweideutiges Lächeln. Er umschlang Noras Taille, drückte ihr einen Kuss auf die Stirn und zog sie zu dem altersschwachen Aufzug.

Der unverschämte Blick des dicken, nuttig geschminkten Weibes an der Rezeption verfolgte sie, bis sich die Tür des Aufzugs hinter ihnen schloss. Nora fühlte sich unwohl, sehr unwohl.

Damianos zog sie dicht an sich heran und meinte nur: »Überraschung mein Engel. Das gehört alles zum Überraschungspaket.«

Er war zufrieden. Alles lief wie geplant. Nora vertraute ihm voll und ganz. Warum auch nicht, er war Milan. *Milan ist Damianos und Damianos ist Milan. Wir sind EINS. Für immer und ewig EINS, liebster Bruder. Nur du vergisst das mitunter. Ich musste jetzt einschreiten, das verstehst du doch, oder? Du würdest sonst unser Leben zerstören …*

Der klapprige Aufzug fuhr im Schneckentempo in den dritten Stock. Knarrend und quietschend öffnete Damianos die Hotelzimmertür. Nora schwieg. Er warf sich lachend auf das Bett, dessen Matratze sich geräuschvoll nach unten wölbte. Mit einem Blick registrierte Nora den Zustand des Zimmers: blinde Fenster und ein ausgeblichener, schmuddeliger Teppich, ähnlich dem in der Eingangshalle. In der Dusche tropfte gleichmäßig ein Wasserhahn. Die Armaturen waren verrostet und in jeder Nische blühte schwarzer Schimmel.

Es dauerte einen Moment, bis sie ihre Sprache wiederfand: »Milan, das kann nicht dein Ernst sein. Es ist unser erster gemeinsamer Urlaub und dann das!«

Damianos griff nach Noras Hand und zog sie zu sich auf das Bett. »Mein Engel, das ist nur für eine Nacht. Vertraue mir. Morgen kommt genau das Gegenteil. Wir werden jetzt unser Gepäck hierlassen und uns ins Getümmel der Athener Altstadt stürzen. Abends gehen wir zu Nikos in die Taverne. Klein, aber gemütlich, und: Er ist der beste Koch Griechenlands. Wir werden am Fuße der Akropolis sitzen und von unten schon mal den Pathenon sehen. Morgen dann, und das verspreche ich dir hoch und heilig, werde ich dir mein Athen zu Füßen legen. Und am Abend wirst du in einem wundervollen Bett schlafen. Du wirst ein Bad nur für dich haben, und wenn du möchtest, kannst du mit mir im Pool schwimmen.«

»Und wo wird das sein?«

»Überraschung, mein Engel, Überraschung.«

Nora zog leicht die Mundwinkel nach oben und meinte dann resignierend: »Na gut, eigentlich kann es nur noch besser werden.«

Wirklich überzeugt war sie nicht. Sie begab sich widerwillig in das schmuddelige Bad, um sich frisch zu machen. Dabei fiel ihr ein, dass sie Ellen noch anrufen wollte. »Milan, erinnere mich bitte daran, dass ich später Ellen anrufe. Meine Schwester wird leicht panisch, wenn sie nichts von mir hört.«

Damianos verzog sein Gesicht zu einem diabolischen Grinsen. Mit einem gezielten Griff fischte er das Handy aus Noras Tasche und entfernte die SIM-Karte. *Du wirst niemand anrufen, absolut niemand. Heute nicht und morgen nicht und übermorgen erst recht nicht – du wirst nie wieder irgendjemand anrufen, Engelchen, nie wieder …*

Seine Finger zuckten unkontrolliert. Das Schnipsen konnte er nicht mehr unterdrücken. Seine Atmung wurde flach. Kleine Schweißperlen bildeten sich auf seiner Stirn. Er schaffte es gerade noch, sich auf das Bett zu legen. Die Hände schob er unter seinen Körper, schloss die Augen und versuchte seine Atmung in den Griff zu bekommen.

Verflucht, die Abstände werden immer kürzer – du musst dich beruhigen, atme tief und gleichmäßig. Jetzt nur keinen Fehler machen, du hast es fast geschafft. Du bist gut, du bist der Beste. Nur noch morgen. Dein Plan ist genial. Nur noch morgen. Milan, du wirst stolz sein, stolz auf deinen Bruder, der uns wieder einmal gerettet hat. Nichts mehr wird uns trennen. Du brauchst mich, so wie ich dich brauche. Wir sind EINS, Milan …

Erschrocken fuhr er hoch.

Nora stand neben dem Bett und schaute fragend zu ihm hinunter. »Milan, was ist mit dir? Du bist kreideweiß!«

Langsam erhob er sich, murmelte leise, unverständliche Worte vor sich hin und verschwand im Bad.

Sie schaute ihm irritiert hinterher. Ein merkwürdiges Gefühl beschlich sie. Irgendetwas war anders. Milan war eigenartig. Vielleicht lag es daran, dass er sich in seiner Heimat befand. Dieses Gefühl, dieses besondere Gefühl, dass sie sonst in seiner Nähe verspürte, war nicht da. Vielleicht war sie einfach zu angespannt. Die Enttäuschung über die Hotelwahl spielte vermutlich auch eine Rolle. Sie zog sich leichte Kleidung über, schlüpfte in die dazu passenden Sandalen, band sich eine dünne Jacke um die Taille und wartete.

Das Wasser in der Duschte rauschte nach wie vor. Beunruhigt klopfte sie an die Tür. »Alles in Ordnung, Milan?«

»Ja, ich bin gleich so weit.«

Dieses »Gleich« dauerte nochmals zehn Minuten. Als er dann wieder vor ihr stand, wirkte er wie ausgewechselt: gesunde Gesichtsfarbe, breites unwiderstehliches Lächeln, eben Milan, so wie sie ihn mochte. Schnell sprang er in die frischen Klamotten, nahm ihre Hand und zog sie lachend aus dem scheußlichen Zimmer.

21

Es war kurz vor 14 Uhr. Gregor und Engels befanden sich gerade auf dem Weg zur ehemaligen Mitarbeiterin der Psychologischen Praxis, die im Büroraum am Ende des Flurs wartete.

»Stopp, einen kleinen Moment.« Blondy kam ihnen hinterhergelaufen. Sie hatte die Berichte der Spurensicherung in der Hand.

»Übrigens ergab weder die Durchsuchung des Ateliers noch die der Wohnung am Klausenerplatz einen Hinweis darauf, dass sich eine der getöteten Frauen jemals dort aufgehalten hat. Als Tatort kommen beide Domizile demnach nicht infrage. Ebenso wenig die Wohnungen der Opfer. Allerdings fand man in der Wohnung von unserem ›Doc‹ die Scherben eines zerschlagenen Spiegels und Blutspuren, die jedoch zu keinem der Opfer passen. Aber, und das ist phänomenal, der Bericht von Europol wurde eben gefaxt. Und ob ihr's glaubt oder nicht: Das dritte Opfer konnte identifiziert werden. Eine Griechin. Ach ja, bevor ich es vergesse: Morgen früh erwartet man uns in Athen.«

»Wie bitte? Die Akte ist schon da?« Engels war hocherfreut. »Das läuft ja wie am Schnürchen, aber lass uns das später in Ruhe durchgehen, wir hören uns jetzt erst mal unsere Zeugin an.«

Als Gregor und Engels den Raum betraten, war Schlüter gerade im Begriff, diesen zu verlassen. »Äh – ich habe der Dame gerade eine Tasse Kaffee gebracht, äh – aber ich bin schon weg …«

Helene Mielke, so stellte sich die Zeugin vor, strahlte übers ganze Gesicht. »Ein reizender Kollege, wirklich sehr freundlich.«

Gregor und Engels warfen sich einen vielsagenden Blick zu. Vermutlich dachten sie das Gleiche: Schlüter sollte ins Gaststättengewerbe wechseln.

Das übliche Procedere folgte. Frau Mielke wurde in Kenntnis gesetzt, wer ihr gegenübersaß. Sie wurde darauf hingewiesen, dass es üblich sei, das Gespräch aufzuzeichnen, und dann bedankte sich Engels schon im Vorfeld für ihre Kooperationsbereitschaft.

»Frau Mielke mit ›ie‹, das ist doch richtig, oder?«

»Ja, ja, mit ›ie‹, Helene Mielke, aber Fräulein bitte, ich bin nicht verheiratet.«

»Gut, dann Fräulein Mielke. Sie sind 40 Jahre alt und wohnen im gleichen Haus, in dem auch Frau Sommer wohnte.« Engels las ihr die Angaben, die sie dem Kollegen am Telefon gemacht hatte, Punkt für Punk vor. »Sie gaben an, in den letzten fünf Jahren bei Frau Sommer in der Praxis gearbeitet zu haben, ist das richtig?«

»Ja.«

»Wie kommt es, dass sie sich erst bei der Polizei gemeldet haben, als sie das Foto ihrer Chefin in der Zeitung entdeckten?«

»Das ist ganz einfach: Sie wollte ein paar Tage Urlaub machen. Ich habe sie erst morgen zurückerwartet.«

»Wie aus dem Protokoll hervorgeht, kannten sie Frau Sommer auch privat ganz gut. Was war sie für ein Mensch? Wer waren ihre Freunde? Hatte sie Feinde, wurde sie bedroht?«

Fräulein Mielke rückte ihre schwarze Brille zurecht, nestelte an den Knöpfen ihrer weißen Spitzenbluse und starrte auf ihren monströsen Faltenrock, bevor sie endlich zu sprechen begann. »Ja – äh – nein, ich meine ja, ich war mit ihr befreundet. Aber nein, ich denke nicht, dass sie bedroht wurde. Die Männer, äh – ich meine die Patienten, mochten

sie. Adele war gut, ach was, sie war eine geniale Psychotherapeutin.«

Engels hakte nach: »Genial? Was war so genial, so besonders an ihr?«

»Na ja, sie konnte, glaube ich, sehr schnell erkennen, wie
jemand gestrickt ist. Sie erkannte Schwachstellen und wusste, wie einer tickt. Niemand konnte ihr etwas vormachen.«

Gregor saß schweigend am Ende des Tisches und schrieb
aus alter Gewohnheit das Gespräch mit, machte sich am
Rand seine kleinen Notizen und registrierte jede Bewegung
und Mimik der Zeugin. »Wie lange kannten sie Frau Sommer?«

Fräulein Mielke schaute nun unsicher zu Gregor. »Wir
kennen uns seit der Grundschule, haben uns dann aber aus
den Augen verloren und vor ungefähr sechs Jahren zufällig
wiedergetroffen.«

»Und wie kommen sie darauf, dass man ihr nichts vormachen konnte? Waren sie bei den Gesprächen dabei oder
hat Ihnen das Frau Sommer erzählt?«

Fräulein Mielke senkte den Blick und nestelte nervös an
ihrem scheußlichen Rock. »Nein, das hat sie mir nicht erzählt, und dabei war ich auch nicht. Aber … na ja … als
wir uns zufällig wiedertrafen, tranken wir Kaffee zusammen,
und sie sagte mir auf den Kopf zu, was sie sieht.«

Gregor schaute ihr direkt in die Augen, als er sie fragte:
»Und, was sah sie?«

»Ich habe nie darüber gesprochen. Aber Helene schaute
mich an und wusste es einfach. Ich wurde wütend, log sie
an, weil es mir so peinlich war, aber sie ließ nicht locker.
Ich hatte das Gefühl, sie konnte in meinen Kopf schauen,
meine Gedanken lesen. Später dann, als ich in ihrer Praxis
arbeitete, bekam ich mit, dass so mancher Mann weinend

oder wütend und empört aus ihrem Behandlungszimmer lief. Sie saß dann selbstgefällig an ihrem Schreibtisch und meinte nur: ›Wieder einer, der es nicht wahrhaben will, Helenchen, aber der kommt bald wieder.‹ Na ja – und sie kamen wieder – immer – und immer wieder.«

»Hm, das waren also immer Männer, und die kamen danach offensichtlich weiterhin gerne zu ihr. Kamen sie als Patienten, oder hatte Frau Sommer zu diesen Männern auch eine private Beziehung?«

Fräulein Mielke schwieg.

Engels hakte nach: »Haben sie meine Frage verstanden?«

»Ja, aber ich werde nichts mehr sagen.«

Engels verdrehte genervt die Augen. Zum Glück bekam die Zeugin das nicht mit. Sie schaute nervös nach unten und zupfte nicht vorhandene Fussel von ihrer Kleidung.

Dann übernahm Gregor Wort. »Um was für ein Geheimnis ging es denn da bei Ihnen?«

Helene Mielke erstarrte förmlich auf ihrem Stuhl. »Das sage ich nicht, das kann ich nicht sagen.«

»Das ist sehr schade, Fräulein Mielke. Würde es ihnen eventuell leichter fallen, mit einer Beamtin zu sprechen?«

»Ja, ja – ich denke schon. Aber ist denn das alles wichtig?«

Nun setzte Engels sein freundlichstes Gesicht auf und meinte dann zu Fräulein »Blaustrumpf«, wie er sie insgeheim nannte: »Alles, was sie uns erzählen, kann uns weiterhelfen. Sie wollen doch auch, dass dieser heimtückische Mord an Ihrer Freundin aufgeklärt wird?«

»Ja, ja, unbedingt, aber könnte ich mit einer Kollegin von Ihnen – na ja – sie wissen schon – es ist mir alles so peinlich.«

»Aber selbstverständlich, Fräulein Mielke, einen kleinen Moment Geduld, unsere Kollegin wird gleich bei Ihnen sein. Möchten sie noch einen Kaffee oder Wasser?«

»Oh ja, Wasser wäre nett, aber bitte ohne Kohlensäure. Am besten Leitungswasser, das trinke ich sonst auch immer. Das mit der Kohlensäure vertrage ich nicht, da rebelliert mein Magen.«

Engels und Gregor standen auf, verabschiedeten sich mit einem wohlwollenden Lächeln und verließen den Raum. Beide begaben sich mit einem breiten Grinsen im Gesicht zu ihrem Büro.

Blondy, die am Computer saß, drehte sich stirnrunzelnd um. »Wie jetzt, das war alles? Ich dachte, die hat uns wirklich was zu erzählen.«

Engels umfasste ihr Gesicht mit beiden Händen. »Aber ja, das hat sie auch. Aber mit Männern spricht sie nicht. Hier geht's um ein Frauengespräch.«

Blondy schob Engels Hände weg, als sie den irritierten Blick Gregors wahrnahm. »Und das heißt, ich darf jetzt weitermachen!«

»Ja, genauso ist es. Bitte sei so nett und nimm für Fräulein Mielke ein Glas Leitungswasser mit.«

»Wieso Leitungswasser? Wir haben auch Selters.«

Engels spitzte die Lippen, als er sprach. »Nein, bitte nur Leitungswasser, sonst rebelliert der Magen.«

Gregor beobachtete seinen Kollegen und grinste in sich hinein.

Blondy zog die Stirn in Falten, schüttelte verständnislos mit dem Kopf, informierte sich kurz über den momentanen Stand der Anhörung und stiefelte dann den Flur entlang zu Fräulein Mielke.

Inzwischen griff sich Engels die Akte mit den Ergebnissen der Spurensicherung und warf sie enttäuscht auf den Schreibtisch zurück. »Mist, nichts, aber auch gar nichts Verwertbares wurde gefunden. Das doppelte Lottchen gibt sich clean. Wenn einer der beiden der Mörder war, wo hat er sie getötet?«

Missmutig stand er auf und starrte auf die an der Wand hängende Karte. Der jeweilige Fundort der Opfer war mit roten Nadeln markiert, der Fundort der dazugehörenden Körperteile mit blauen. Er verband die Fundorte der Opfer mit einem schwarzen Stift. Im Grunde war das überflüssig, denn man erkannte auf den ersten Blick, dass sie alle in der Nähe der Avus gefunden worden waren. Die abgetrennten Körperteile allerdings hatte man weit entfernt davon entdeckt.

»Avus, irgendwo in diesem Areal hat er sie getötet. Er wollte mit den Leichen keine großen Entfernungen zurücklegen. Schwer, unhandlich, genau das wird der Grund sein, weshalb er sie in diesem Territorium deponierte. Die amputierten Gliedmaßen waren dagegen kein Problem. Die konnte er in einer Tasche verstauen. Aber weshalb hat niemand etwas gesehen? Ein Radfahrer oder ein Spaziergänger? Es ist Sommer, die Nächte sind kurz und hell.«

Gregor, der gerade den Bericht der griechischen Polizei las, legte diesen zur Seite und hörte den Ausführungen Engels zu, gab dann aber zu bedenken: »Na ja, zwei seiner Opfer wurden nachts bei starkem Regen am Fundort abgelegt, das erste Opfer in einer sternenklaren Nacht. Vielleicht wurde ihm dabei bewusst, dass es ein unnötiges Risiko darstellt, unter diesen Bedingungen eine Leiche verschwinden zu lassen. Wie auch immer. Wir sollten den ›Doc‹ nochmals in seiner Zelle besuchen.«

»Wieso?« Engels schaute Gregor fragend an.

»Ich denke, es besteht doch die Möglichkeit, dass der ›Doc‹ oder sein Bruder in der Nähe der Avus irgendeine Behausung angemietet haben, von der wir nichts wissen.

Die Befragung der Anwohner hat ja leider auch nichts ergeben. Keiner hat was gesehen oder gehört. Obwohl ich mir von den Kleingärtnern irgendeinen kleinen Hinweis erhofft hatte. Kleingärtner wissen doch immer ganz genau, was beim Nachbarn los ist.«

Während Gregor sprach, wanderte Engels Blick nachdenklich zurück zur Karte. »Entschuldige, Gregor, ich höre dir zu, aber weißt du, was mir gerade durch den Kopf geht? Diese Zeugin aus Bernau zitierte einen Satz, den ihre Freundin Dorothea Glass gesagt haben soll.«

»Welchen Satz meinst du?«

»Frau Glass hatte doch einen Mann kennengelernt und gesagt: ›Den halte ich fest, den lasse ich nicht mehr los.‹ Und was passierte? Der Mörder trennte ihr eine Hand ab. Unsere heutige Zeugin, Helene Mielke, sprach mehrmals davon, dass diese Psychotherapeutin offensichtlich die Gabe hatte, die Gedanken anderer Menschen zu lesen. Sie sagte wortwörtlich: ›Sie konnte in meinen Kopf schauen.‹ Und was tat ihr Mörder? Er trennte ihren Kopf vom Rumpf. Dem dritten Opfer fehlt ein Fuß.«

»He, das ist es!« Gregor angelte aufgeregt nach dem Bericht der griechischen Polizei. »Nun höre dir das mal an, das ist interessant.« Er schlug den Bericht auf und Engels schaute erwartungsvoll zu seinem Kollegen.

»Also, unsere beiden Verdächtigen stammen aus einer gut situierten griechischen Familie. Der Vater, Spiro Pagonis, Chirurg, betreibt eine eigene kleine Privatklinik in Athen. Die Mutter, ehemalige Künstlerin, aus Ungarn stammend, hat Malerei studiert. Die ältere Schwester unserer Zwillinge – und jetzt kommt's – verschwand vor fünfzehn Jahren spurlos. Die Eltern haben sich kurz darauf getrennt. Die Mutter behielt die Athener Villa, der Vater wohnt – warte mal – ach, das ist ja jetzt auch egal. Aber unser fußloses Opfer hat einen Namen bekommen: Sophia Kolidis, ehemalige Krankenschwester. Arbeitete bis März 2010 in der Klinik von diesem Spiro Pagonis. Sie kündigte unerwartet ihren Job und seitdem verlor sich ihre Spur.

Das ist es. Sie kam nach Berlin. Das fußlose Opfer lief seinem Mörder hinterher. Wir wissen zwar nicht, wie lange sie schon hier war und wo sie sich aufgehalten hat, aber die Vermutung liegt nah, dass sie hoffte, ihren Traumtypen wiederzusehen. Das ist jetzt reine Spekulation. Aber andererseits finde ich den Gedanken gar nicht so abwegig. Nur, wen hoffte sie zu treffen? Milan oder Damianos? Sie war längere Zeit Krankenschwester in der Klinik vom Vater der beiden. Da ist es doch nicht unwahrscheinlich, dass sie die Zwillinge kannte. Nur wer war ihr Favorit?

Was sagst du nun? Die Fäden laufen in Griechenland zusammen.«

Engels schaute mit ernstem, nachdenklichem Gesicht zu Gregor. »Da sag mir einer, die beiden sind sauber. Nichts da, es stinkt gewaltig.«

Gregor musste ihm Recht geben und meinte ergänzend: »Da wäre dann noch Moretti: gleiche Todesursache, aber noch im Besitz seiner Körperteile. Ich könnte mir vorstellen, Moretti hat irgendetwas entdeckt – gesehen, gehört oder wie auch immer – und der Täter wurde panisch. Ihm blieb nichts anderes übrig, als ihn zum Schweigen zu bringen. Demnach kommt nur der ›Doc‹ infrage. Außerdem war ich bei der *Midamis*-Ausstellung. Als Sarah und ich gingen, war es ungefähr 23 Uhr 30. Wir waren nicht die letzten Gäste. Es ist also zeitlich unmöglich, dass Milan unbemerkt verschwinden konnte. Dieser Moretti wurde zwar nach Mitternacht gefunden, aber laut Obduktionsbericht vor Mitternacht ermordet. Jetzt müssen wir es nur noch beweisen. Ich denke der DNA-Test wird Klarheit bringen.«

Engels nickte zustimmend und meinte grinsend: »Vorausgesetzt, es war auch wirklich dieser Milan, der bei der Vernissage anwesend war. Diese Brüder sind derart gerissen, denen traue ich alles zu. Sollte sich rausstellen, dass der Skalpellfritze der Täter ist, dann sitzt bereits der Richtige im Loch. Andererseits befinden sich die kyrillischen Zeichen in den Bildern von diesem Milan. Vielleicht haben sie gemeinsame Sache gemacht. Aber schauen wir mal, was uns in Athen erwartet. Apropos Athen: Blondy meinte doch vorhin, Europol hat uns für morgen dort angekündigt. Ging ja diesmal überraschend schnell. Verdammt, wo hat sie den Wisch hingelegt?«

Beide suchten zwischen den Akten nach etwas, von dem sie nicht wussten, wie es aussah. Engels kürzte die Sucherei ab, griff zum Telefon und rief Blondy an.

Sie nahm beim ersten leisen Summen das Gespräch an, entschuldigte sich kurz bei Fräulein Mielke und verließ den Raum. »Ja, was gibt's?« Sie hörte sich die Frage an und meinte dann kurz und bündig zu Engels: »Gibt kein Papier – mündliche Absprache. Du – und nur du – fliegst morgen früh um 5 Uhr 30 vom Airport Tegel. Dein Ticket liegt am Lufthansa-Schalter bereit – wirst in Athen von den dortigen Kollegen abgeholt …« Dann legte sie auf und ging zurück zu Fräulein Mielke.

»Puh«, na super, ab morgen bin ich erst mal in Athen. Hoffentlich haben die einen vernünftigen Dolmetscher, das würde das Ganze zumindest vereinfachen.«

Gregor griente in sich hinein und war froh, dass er nicht fliegen musste. Seine Flugangst war nur mit starken Beruhigungsmitteln zu händeln. Übertrieben freundlich meinte er zu Engels: »Wir werden dich alle hier beneiden. Bezahlter Urlaub, Sonne, Meer, mediterrane Küche – du bist ein Glückskeks. Schreib mal 'ne Karte.«

Diese Frotzelei war es, die diesen Job erträglich machte. Zwischendurch war es einfach wichtig, eine gewisse Leichtigkeit in den Arbeitsablauf zu bringen. Sonst, und da waren sie sich einig, würde es sie alle über kurz oder lang kaputt machen.

Jetzt allerdings waren sie gespannt, was Fräulein Mielke nur Blondy anvertrauen wollte.

Gregor goss gerade zwei Tassen Kaffee ein, als Schlüter aufgeregt im Büro erschien. »Ich habe da was – ich habe mich intensiv dahintergeklemmt und was ganz Wichtiges gefunden. – Das war gar nicht so einfach, die Information zu bekommen – aber ich hatte Glück. – Da war eine nette Angestellte am Flughafen …

Engels platzte der Kragen. »Schlüter, um was geht es? Kommen sie zur Sache.«

»Äh, ja – heute, auf der Passagierliste um 13 Uhr 30 stand ein Milan Pagonis. Den suchen wir doch, dem galt doch die Fahndung, oder?«

»Und wohin ging der Flug?«

»Athen – 13 Uhr 30.« Schlüter stand vor den beiden und grinste, als hätte er den Fall gelöst.

Engels knurrte nur noch ein unfreundliches »Okay, danke. Hätten sie die Fahndung sofort veranlasst, würde unser Vogel jetzt im Käfig sitzen.«

Unbeholfen und schuldbewusst stolperte Schlüter davon und schloss fast geräuschlos die Tür hinter sich.

Schweigend tranken Engels und Gregor den heißen Kaffee. Ihre Gedanken gingen in die gleiche Richtung. Milan war in Athen und morgen würde auch Engels dort sein. Es war zwar nicht sicher, dass Milan seine Eltern besuchen würde, aber die Wahrscheinlichkeit war groß.

»Es müsste doch mit dem Teufel zugehen, wenn wir ihn jetzt nicht erwischen. Den kriegen wir.«

Engels sprach seine Gedanken laut aus und Gregor grinste. »Ja, den kriegen wir …«

Für ein paar Minuten herrschte ungewohnte Stille im Büro. Beide starrten vor sich hin und schwiegen. Kein unangenehmes, eher ein erholsames Schweigen.

Die Ruhe wurde durch Blondys Erscheinen unterbrochen. Lautstark und rücksichtslos, so empfanden es zumindest Engels und Gregor, betrat sie das Büro und wetterte gleich los: »Oh nein, als ich Fräulein Mielke sah, dachte ich, dieser Typ Frau sei ausgestorben. Nach außen Fräulein Rühr-mich-nicht-an, aber hinter den Kulissen ging die Post ab.«

Gregor stand auf, goss Blondy eine Tasse Kaffee ein und legte sogar noch ein paar seiner Lieblingskekse dazu. Gespannt hörten sie der im Telegrammstil verpackten Information Blondys zu.

»Das Geheimnis, über das sie mit euch nicht sprechen wollte, das aber diese Adele Sommer entdeckte, sah, erahnte, wie auch immer – ist schon recht prekär. Um es kurz zu machen: Als Fräulein Mielke dreißig war, lernte sie einen Mann über eine Kontaktanzeige kennen. Sie ging mit ihm in seine Wohnung, die er angeblich mit seiner Mutter bewohnte. Da er doch so höflich und nett war, dachte sie sich nichts dabei. In dieser Wohnung waren nicht seine Mutter, sondern zwei andere Männer. Der erste Sex für Fräulein Mielke, war eine regelrechte Vergewaltigung. Aber – und jetzt kommt's – sie fand Gefallen daran. Und genau diese Tatsache hat ihr Frau Sommer ins Gesicht gesagt. Als dann Fräulein Mielke bei ihr gearbeitet hat, sah die Sommer keine Notwendigkeit, ihr eigenes, abartiges Liebesleben vor ihrer Mitarbeiterin zu verstecken. Hin und wieder sorgte sie dafür, dass auch diese nicht leer ausging. Die Details könnt ihr euch gerne vom Band reinziehen. Kiffen und diverse andere Drogen sorgten dann zusätzlich für den besonderen Kick. Diese Aussage deckt sich mit denen ehemaliger Patienten. Die Sommer hatte die unheimliche Gabe, diesen offensichtlich psychisch kranken Menschen, die sich von ihr Hilfe erhofften, auf brutalste Weise mit ihrem Unterbewusstsein zu konfrontieren, um sie dann so geschickt zu manipulieren, dass sie ihr stets zu Diensten waren. Wozu andere Psychotherapeuten Jahre brauchen, weil sie sich vermutlich behutsam und mit Empathie an das Problem herantasten, geschah bei der Sommer mit der Holzhammer-Hauruck-Schock-Methode. Wow, die hätte zur Kripo gehen sollen.«

Engels schüttelte ungläubig den Kopf. »Okay, Blondy, aber das bringt uns nicht wirklich weiter. Wir suchen ihren Mörder. Gab es jemand, der aus dem Rahmen viel, jemand, der sich nicht manipulieren ließ?«

»Ja, ja, es gab einen Mann, den die Sommer vor ein paar Monaten in einer kleinen griechischen Kneipe kennenlernte. Sie wollte eigentlich ins Berggrün-Museum gehen und kehrte vorher in diesem Lokal ein. Sie war besessen von diesem Mann. ›Der ist eine echte Herausforderung, der ist etwas ganz Besonderes. Der will es einfach nicht wahrhaben, dass ich in die Tiefe seiner schwarzen Seele schauen kann. Und was ich da sehe, ist rabenschwarz‹, so äußerte sie sich der Mielke gegenüber.«

»Und? Hat die Mielke ihn mal gesehen?« Engels wurde ungeduldig. »Nun mach schon Blondy, lass dir nicht alles aus der Nase ziehen.«

»Ja, als die Sommer zu ihm ins Auto stieg, um mit ihm ein paar Tage zu verreisen. Eine Reise, von der sie nicht mehr zurückkam. Aber sie hat ihn nur von der Seite gesehen: groß, langer, lockiger Zopf, Sonnenbrille.«

»Milan, Milan Pagonis. Berggrün-Museum, das ist in der Schloßstraße.« Engels war euphorisch. »Jetzt kriegen wir dich.«

»Oder Damianos.« Gregor zog die Mundwinkel nach unten. »Es sind Zwillinge, eineiige Zwillinge, vergiss das nicht. Außerdem ist die Wohnung von diesem Damianos auch ganz in der Nähe.«

»Wusste die Mielke auch, wo das griechische Restaurant – oder die Kneipe, du sagtest Kneipe –, wo die genau ist?«

Blondy zog fragend die Schultern hoch.

»Nein, genau nicht, aber in der Nähe vom Charlottenburger Schloss und dem Museum.«

Engels griff nach dem Telefonhörer und zitierte zwei Kollegen in sein Büro. Sie wurden mit einem Foto von Milan oder Damianos, so sicher konnte man sich bei den beiden nie sein, und einer Fotografie neueren Datums von Adele Sommer ausgestattet. Helene Mielke hatte das Foto in der Tasche und stellte es bereitwillig zur Verfügung.

Bevor sie das Foto den beiden Mitarbeitern überließen, warfen Engels und Gregor noch einen interessierten Blick darauf. Beide pfiffen anerkennend durch die Zähne. Sie kannten nur die leblose, zweigeteilte Adele Sommer. Was ihnen von diesem Foto lasziv entgegenlächelte, war eine überaus attraktive, erotische Frau.

»Nun ist es genug. Ich sehe doch eure lüsternen Blicke. Sie ist tot, schon vergessen?«

Mit diesen Worten zupfte Blondy mit einer schnellen Bewegung Engels das Foto aus der Hand und übergab es den Kollegen. Sie sollten jedes griechische Lokal in der Nähe der Schloßstraße aufsuchen. Vielleicht erinnerte sich jemand an die beiden.

»Groß, langer Zopf, griechisches Lokal.« Engels sprach leise vor sich hin. »Milan – oder Damianos – oder beide?«

»Mist, verdammter Mist.« Gregor fluchte so laut, dass es vermutlich noch drei Büros weiter zu hören war. »Sie wird mich lynchen, ich hätte es beinahe vergessen.«

Blondy und Engels schauten ratlos zu ihrem Kollegen, der eilig sein Jackett aus dem Spind zerrte und zur Tür spurtete.

»Bin gleich wieder da – muss zum Bauhaus – Zaun kaufen – die Schweine – diese verfluchten Schweine. Sarah wird nie wieder einen Handschlag im Garten machen, wenn ich nicht schleunigst in die Gänge komme und das endlich repariere. Bis später.«

Beide schauten mit gerunzelter Stirn ihrem Kollegen hinterher, der in diesem Moment die Tür von außen zuknallte.

Blondy fand als erste ihre Sprache wieder. »Was war das denn? Schweine, was für Schweine? Der war ja richtig panisch.«

Engels lachte laut los. »Wildschweine, die hatten wieder Wildschweine auf dem Grundstück. An der Rückseite von Gregors Haus liegt das Fließtal. Ich glaube, das ist ein Naturschutzgebiet. Na ja – und da passiert es schon mal, dass die Viecher seinen Zaun zerstören, um dann in aller Ruhe seinen Garten umzupflügen. Er wollte das schon längst reparieren, kam aber nie dazu, weil uns die Arbeit momentan auffrisst. Sarah ist normalerweise eine sehr verständnisvolle Person. Es dauert lange, bis ihr der Kragen platzt, aber offensichtlich war ihre Ansage sehr wirkungsvoll. So habe ich Gregor auch noch nicht erlebt. Wie auch immer, ich muss auch noch mal kurz weg. Termin beim Zahnarzt. Diese verdammten Tabletten helfen nicht mehr. Bin in einer Stunde zurück.«

Engels verließ das Büro und machte sich zu Fuß auf den Weg zu seinem Zahnarzt. Seine Hände wurden jetzt schon feucht. Wenn er auch sonst hart im Nehmen war, ein Zahnarzttermin brachte ihn an seine psychische Belastbarkeitsgrenze. Danach würde er sich den »Doc« vornehmen. Gregor hatte Recht. Die Frage nach einem eventuell weiteren angemieteten Wohnraum sollte man ihm schon stellen. Wobei Engels die Kooperationsbereitschaft des Kandidaten anzweifelte.

So war es dann auch. Eine gute Stunde später wurde die Zellentür aufgeschlossen und Milan würdigte Engels keines Blickes. Er lag auf der Pritsche und starrte an die Decke.

Ohne Umschweife stellte Engels seine Frage. »Dr. Pagonis, gibt es außer der Wohnung am Klausenerplatz und dem Atelier in der Schloßstraße noch weiteren Wohnraum, den sie oder ihr Bruder angemietet haben?«

Milan atmete hörbar ein, schaute weiterhin zur Decke und schwieg.

Engels blieb scheinbar ruhig, obwohl er diesen hochnäsigen, arroganten Mistkerl am liebsten von der Pritsche gezerrt hätte.

In dem Moment, als er die Frage wiederholen wollte, antwortete Milan: »Nein.«

»Nein! Also kein weiterer Wohnraum?«

»Genau.«

Dann zeigte er ihm nochmals das Bild von der ermordeten Griechin. »Schauen sie sich bitte noch mal dieses Foto an. Kommt ihnen die hier abgebildete Person irgendwie bekannt vor? Sie ist Griechin und hat mehrere Jahre in der

Klinik Ihres Vaters gearbeitet. Vielleicht ist sie Ihnen früher schon einmal begegnet?«

Milan warf einen kurzen Blick auf das Bild, ohne seine Liegeposition zu verändern. »Nein, nie gesehen. War's das jetzt?«

Engels verließ wortlos und wütend den Raum.

Milan allerdings blieb nur so lange liegen, bis er alleine in der Zelle war. Danach setzte er sich hin, stütze seinen Kopf in die Hände und kämpfte mit den Tränen.

Was haben diese Fragen zu bedeuten? Wieso fragen sie nach weiterem Wohnraum? Ja, es gab da dieses Gartenhaus, das sein Bruder gemietet hat. Na und? Damianos nutzt es, um ungestört im Freien malen zu können. Im gemeinsamen Atelier wird es ihm neuerdings zu eng. Dann wird er kurzatmig, nervös und muss raus. Er deponiert dort auch einen Teil seiner Bilder. Das ist doch alles nicht verboten. Und dann dieses Foto der Griechin, sie kam ihm bei der Vernehmung schon bekannt vor. Verdammt, wie heißt sie doch gleich? Sophia, ja genau, Sophia Kolidis. Sie ist tot, ermordet in Berlin. Aber weshalb war sie hier? Und was hat das mit ihm und Damianos zu tun?

Die üblichen unangenehmen körperlichen Reaktionen setzten wieder ein. Die Kopfschmerzen wurden immer stärker. Sein Herz raste, es fiel ihm schwer einen klaren Gedanken zu fassen. Die aufsteigende Übelkeit zwang ihn, sich wieder in die Horizontale zu begeben.

Ich halte das nicht mehr lange durch. Damianos wo bist du? Was hat das alles zu bedeuten?

Engels stapfte unüberhörbar den langen Flur entlang, riss die Tür zu seinem Büro auf und ließ erst mal Dampf ab: »Dieser eingebildete Fatzke, was denkt er, wer er ist? Der wird sich noch wundern. Mit Wonne werde ich ihn an die Wand nageln. Oh ja, das wird ein Fest.«

Blondy starrte, ohne sich nach Engels umzudrehen, weiter auf ihren Computer. Einen Lachanfall unterdrückend, versuchte sie sich auf ihre Arbeit zu konzentrieren. In der Vergangenheit hatte es sich bewährt, keinen Kommentar abzugeben, wenn Engels auf hundertachtzig war. In Gedanken bis zehn zählen, bis dahin hatte er sich meistens beruhigt.

Sie war gerade bei acht, als die Tür aufgerissen wurde. Die beiden Kollegen, die nach der griechischen Kneipe suchen sollten, waren fündig geworden und berichteten in Kurzform.

»Efta Piges, so heißt die Kneipe in der Danckelmannstraße. Der Inhaber, Costa Rhodos, betreibt das Lokal seit ungefähr zehn Jahren. Als wir ihm das Bild von unserem Verdächtigen zeigten, identifizierte er ihn sofort als Damianos Pagonis. Er bezeichnet diesen Damianos als seinen Freund. Erst kürzlich, nach dem starken Regen, hat er ihm mit trockenen Klamotten ausgeholfen. An die Frau erinnerte er sich sofort, obwohl sie nur einmal in seiner Kneipe war. Er meinte: ›So ein Feingebäck verirrt sich selten in meinen Laden.‹ Sie kam alleine, und soweit er sich entsinnen konnte, verließ sie mit dem ›Doc‹ die Kneipe.«

Engels und Blondy hörten aufmerksam dem Bericht der Kollegen zu, und Engels wollte wissen, ob dieser Costa den Bruder vom »Doc« kennengelernt hat.

Jonas, kurz Jo genannt, der kleinere der Kollegen, zog bedauernd die Schultern hoch. »Nein, er wusste noch nicht einmal, dass es da einen Bruder gibt.«

Engels schüttelte nur noch den Kopf. »Na super, theoretisch könnte es auch dieser Milan gewesen sein, der in der Kneipe ein- und ausging. Dieser Fall ist wirklich speziell. Diese verdammten Typen sind speziell. Aber, so wahr ich

Engelbert Engels heiße, wir knacken die Nuss. Irgendwo ist eine Schwachstelle und wir werden sie finden.«

Er bedankte sich bei den beiden Kollegen, die gerade im Begriff waren, das Büro zu verlassen. Dann wandte er sich Blondy zu und bat sie, im Labor anzurufen. »Frage doch mal, wie weit die mit dem DNA-Test sind.«

»Das habe ich schon. Morgen, spätestens morgen Mittag, schicken sie uns das Ergebnis zu.«

Engels stand dicht neben ihr, schob ihre langen Haare zur Seite, küsste zärtlich ihren Hals und fuhr mit der Hand in ihren Ausschnitt. »Oh Mann, das musste jetzt sein, es ist ja niemand in der Nähe. Außerdem sehen wir uns jetzt einige Zeit nicht. Du wirst mir verdammt fehlen.«

Blondy unterdrückte ein wohliges Stöhnen und schob ihn ein Stück von sich weg. Sobald er sie berührte oder sie nur mit einem bestimmten Blick ansah, reagierte ihr Körper. Er war der erste Mann, bei dem sie derart heftig reagierte. Der erste, der alles forderte und alles gab. Sie war süchtig, süchtig nach ihm.

Während sie ihn ein Stück von sich wegschob, lächelte sie und meinte: »Ich weiß, es geht mir wie dir, aber du wirst unvorsichtig. Außerdem denke ich, du solltest langsam nachhause gehen und deine Sachen packen. Athen wartet auf dich. Das Ergebnis vom DNA-Test bekommst du sofort, wenn er da ist.«

»Okay, du hast Recht. Ich werde mich auf die Socken machen, meine Klamotten zusammenpacken und mich aufs Ohr legen. Aber du kannst doch später noch zu mir kommen.«

»Ja, würde ich gerne, das klappt aber leider nicht. Meine Mutter sitzt heute bei mir zuhause und beaufsichtigt meine Tochter. Spätestens um 20 Uhr 30 muss ich sie ablösen.«

Engels murmelte noch irgendetwas Unverständliches vor sich hin, holte seine Tasche aus dem Schrank, angelte seine unverzichtbare speckige Lederjacke vom Haken und küsste Blondy derart leidenschaftlich, als wäre es ein Abschied für immer. Ohne sich nochmals umzuschauen, verließ er den Raum. Fast zeitgleich schrillte neben ihr das Telefon.

Gregor war dran und wollte wissen, ob sein Erscheinen an diesem Abend noch vonnöten sei. Wenn nicht, dann würde er gerne die Reparaturarbeiten am Zaun zu Ende bringen.

Sie beruhigte ihn. »Bring das zu Ende. Momentan ist es hier ruhig. Sollte sich da was ändern, dann sind ja nicht nur Schlüter und Jo im Dienst. Ich bin auch gleich weg. Muss spätestens um 20 Uhr 30 meine Mutter ablösen. Engels ging ebenfalls vor fünf Minuten nachhause.«

Gregor schnaufte erleichtert in den Hörer. »Super, Blondy, damit ist der Hausfrieden wieder hergestellt. Sarah hatte schon die rote Karte im Ärmel. Die hätte mich glatt vom Platz gestellt. Und das mit Recht. Noch ungefähr eine Stunde Arbeit und meine Schweineabwehr steht. Ich wünsche dir einen schönen Abend. Tschüss, bis morgen.«

»Wünsche ich dir auch, grüße Sarah von mir.«

Inzwischen war es kurz vor 20 Uhr. Sie räumte noch die Schreibtische auf und begab sich ins Nebenzimmer, um die Kollegen zu fragen, ob was Dringendes vorlag. Jo teilte ihr mit, dass drei Streifenwagen momentan im Einsatz waren. Dabei handelte es sich um die üblichen Vorkommnisse: Einen lautstarken Ehestreit, bei dem ausnahmsweise nicht die Ehefrau verprügelt wurde, sondern der Mann. Und bei einer Schießerei in der Urbanstraße wurde ein Dreißigjähriger Libanese erschossen.

»Okay, ihr zwei, dann verschwinde ich jetzt.« Fünf Minuten später verließ auch sie das Dezernat.

22

Damianos spazierte mit Nora kreuz und quer durch die Athener Altstadt. In den engen Gassen gab es viele kleine Lädchen, manche nur knapp zwei Meter breit. Ob Schneider, Schuster oder Souvenirladen, diese Mini-Unternehmer schienen offensichtlich davon leben zu können.

Vor manchen Türen waren die schiefen, kaputten Rollos heruntergelassen. Nora wollte wissen, was sich dahinter verbarg.

Damianos grinste. »Was sich dahinter verbirgt, willst du wissen? Ein Billigpuff. Später, wenn der große Markt, den ich dir morgen zeigen werde, schließt, öffnen sich hier die Türen. Wir laufen jetzt zu Nikos, mein Engel – und auf dem Rückweg gehen wir hier noch mal vorbei, dann kannst du dir das jämmerliche Treiben anschauen.«

Nora war unangenehm berührt. Es störte sie gewaltig, wie er die Dinge ausdrückte. Außerdem, warum nannte er sie ständig »Engel« oder »Engelchen«? Das hatte er noch nie getan, und irgendwie mochte sie es nicht. Vielleicht lag es daran, wie er »Engel« aussprach.

»Milan, lass es, ich kann dir nicht sagen, warum, aber ich mag es nicht. Lass dieses ›Engel‹ weg. Ich bin Nora.«

Für einen kurzen Moment erstarrte er innerlich. Er widerstand dem Impuls, ihren Arm. der um seine Hüfte geschlungen war, gewaltsam zu entfernen. Er dachte nur: *Du kleine miese Schlampe, du bist ein Nichts, ein Niemand. Spätestens morgen wird dir das klar werden.*

Er atmete tief durch, setzte sein freundlichstes Lächeln auf und meinte dann, Enttäuschung vorgebend: »Oh, das ist schade, für mich bist du mein ›Engelchen‹. Aber gut, vielleicht fällt mir etwas ein, womit du dich anfreunden kannst.

›Nora‹ klingt so hart und wird deinem liebenswerten Wesen nicht gerecht.«

»Oh, Milan, entschuldige, ich wollte dich nicht verletzen. Vielleicht bin ich momentan wirklich überempfindlich.«

Schuldbewusst baute sie sich vor ihm auf, umschlang seinen Hals und versuchte, ihn zu küssen. Damianos kam ihr kein Stück entgegen. Erst als sie von ihm abließ, drückte er ihr einen flüchtigen Kuss auf die Wange.

Schweigend liefen sie nebeneinander her und erreichten kurz vor Sonnenuntergang die kleine Taverne. Es gab nur vier Tische, teilweise mit Blick zum Pathenon. Drei waren bereits besetzt. Zielsicher steuerte Damianos auf den leeren Tisch zu. Dieser stand etwas abseits von den anderen und bot den spektakulärsten Ausblick.

Nora schaute ihn fragend an. »Hast du diesen Tisch für uns reserviert?«

»Ja, setz dich. Ich habe doch nicht zuviel versprochen, oder?«

Nora war gerührt, die unangenehme Atmosphäre und das unsichere Gefühl der letzten halben Stunde waren verschwunden. Und dann lernte sie Nikos kennen. Als er Damianos sah, kam er wieselflink auf ihn zugeschossen. Sie umarmten sich lachend, was gar nicht so einfach war, da Nikos kaum die Ein-Meter-sechzig-Marke erreichte. Sie sprachen gleichzeitig, laut und gestenreich. Nora verstand kein Wort.

Plötzlich und unerwartet kam Nikos auf sie zu und begrüßte sie mit einem übertriebenen Handkuss. »Schöne Dame, Milan hat sehr schöne Frau, sehr schön. Lange ich kenne Milan – Damianos – Familie – Schule …«

Damianos unterbrach den abgehackten Redeschwall seines Freundes und schob ihn sanft Richtung Küche.

Lachend verschwand Nikos im Haus, um kurz darauf mit zwei Speisekarten wiederzukommen. Nora überließ es Damianos, die Gerichte zusammenzustellen. Unaufgefordert brachte Nikos einen Krug Rotwein, füllte die Gläser und entschwand mit einem breiten Grinsen in der Küche.

So langsam fing Nora an, sich wohl zu fühlen. Die Anspannung der letzten Stunden legte sich. Noch war es nicht gänzlich dunkel, und sie genoss die wunderschöne Aussicht, den typischen Geruch mediterraner Kräuter und das Zirpen der Zikaden. Der Wein war mild und so ganz nach ihrem Geschmack. Beide prosteten sich zu und schwiegen.

Nora unterbrach die Stille. »Er ist nett, sehr sympathisch, dein Freund Nikos. Habe ich das richtig verstanden, er kennt deine Familie?«

Damianos kniff kurz die Augen zusammen und überlegte, was er ihr erzählen sollte. Er entschied sich für die Wahrheit – für *seine* Wahrheit. »Ja, ja, ich kenne Nikos seit Kindertagen. Sein Vater war Gärtner und hat so lange ich denken kann bei uns gearbeitet. Nikos war zwei oder drei Jahre in meiner Klasse. Er hatte es nicht so mit der Schule, blieb sitzen, schwänzte. Aber du siehst ja, er hat es geschafft. Eine gut gehende Taverne, eine nette Familie, sein Laden ist ein Geheimtipp.«

»Nikos erwähnte den Namen Damianos. Wer ist das? Ist das dein Vater?«

Damianos musste sich räuspern, seine Finger begannen wieder zu zucken. *Bleibe ruhig, es gibt jetzt keinen Grund nervös zu werden. Trinke einen Schluck Wein. Du bist genial. Bringe es zu Ende. Beantworte ihre Fragen, was soll schon passieren?*

»Nein, das ist nicht mein Vater. Damianos ist mein Bruder, mein Zwillingsbruder.«

»Was? Du hast einen Zwillingsbruder? Warum hast du mir nie davon erzählt? Seht ihr euch ähnlich?«

Damianos wurden die Fragen immer unangenehmer. Er versuchte, dem Gespräch ein Ende zu bereiten, und sagte so freundlich, wie es ihm möglich war: »Ja wir sehen uns ein bisschen ähnlich. Lass uns morgen darüber sprechen. Wenn du möchtest, wirst du morgen auch meine Mutter kennenlernen, und ich werde dir alles über mich und meine Familie erzählen. Das gehörte sowieso zu meinem Überraschungspaket. Ist das für dich in Ordnung?«

Nora nickte, nahm seine Hand und war der Ansicht, dass doch *jetzt* ein schöner Moment wäre, darüber zu sprechen.

Damianos schüttelte verneinend den Kopf und Nora startete einen letzten Versuch: »Milan, aber der Abend ist so schön und ich platze vor Neugier.«

Zum Glück servierte Nikos in diesem Moment die Speisen und sie konzentrierten sich auf das lecker zubereitete Mahl.

Damianos aß schweigend, und auch Nora hatte keine Idee, worüber man sich jetzt unterhalten könnte. Grübelnd stocherte sie im Salat herum, nahm sich lustlos eine Kleinigkeit der diversen Vorspeisen, nippte am Rotwein und fragte sich, wo der Milan sei, mit dem es niemals Kommunikationsschwierigkeiten gab. Irgendwie war alles anders.

Die Unzufriedenheit Noras blieb auch Damianos nicht verborgen. *Tu was, rede mit ihr, erzähle ihr von deiner Familie. Wenn du jetzt nicht sprichst, bringst du deinen Plan in Gefahr. Sie spürt, dass etwas nicht stimmt. Du musst verhindern, dass sie ins Grübeln kommt. Sei Milan, sie will ihren Milan. Dann gib ihn ihr. Du kannst es, du kannst es perfekt – und morgen ist es vorbei, endgültig vorbei. Denke daran – Milan ist Damianos und Damianos ist Milan.*

Sein Besteck hatte er zur Seite gelegt; als er zum Weinglas griff, konnte er das Zucken seiner Finger kaum unterdrücken.

Nora schaute ihn an, sagte aber nichts.

Lässig, so als wäre alles in Ordnung, stellte er das Glas ab und vergrub seine Hände in den Hosentaschen.

»Was ist mit dir Milan? Du wirkst nervös und unkonzentriert. Rede mit mir. Ich möchte verstehen, was in dir vorgeht.«

Damianos atmete tief durch, bevor er zu sprechen begann. »Also gut, es geht um den morgigen Tag. Ich wollte dir deinen Wunsch nicht abschlagen. Du möchtest meine Familie kennenlernen, und das sollst du auch. Das Problem ist meine Mutter. Sie bringt alles durcheinander. Sie verwechselt Namen und Jahreszahlen und wird aggressiv, wenn man ihr widerspricht. Das ist mir sehr unangenehm. Außerdem sind meine Eltern geschieden. Mein Vater betreibt eine kleine Klinik und lebt mit seiner ehemaligen Angestellten zusammen, die er vor ein paar Jahren geheiratet hat. Mutter ist in der Villa geblieben und wird von ihrer langjährigen Freundin versorgt. So, nun ist es raus. Verstehst du nun, warum ich so nervös bin?«

Nora nahm sein Gesicht in beide Hände und küsste ihn liebevoll. »Nein, ich verstehe nicht, warum du so nervös bist. Nun weiß ich, was dich bedrückt. Wir werden beide damit zurechtkommen. Es ist deine Mutter, sie kann nichts dafür. Ich freue mich sehr auf morgen. Bleib gelassen Milan, alles wird gut.«

Das Zucken seiner Finger hatte nachgelassen. Die Situation war gerettet.

Er strich Nora liebevoll eine Haarsträne aus dem Gesicht und bedankte sich für ihr Verständnis.

Inzwischen war es dunkel geworden. Die bunten Lichterketten und die flackernden Kerzen auf den Tischen sorgten für eine romantische Atmosphäre. Sie unterhielten sich den Rest des Abends über Banalitäten. Zwischendurch setzte sich Nikos zu ihnen an den Tisch und überbrückte durch seine Anwesenheit und seinen nicht endenden, abgehackten Redschwall die immer wiederkehrende, unangenehme Sprachlosigkeit zwischen den beiden.

Kurz nach Mitternacht brachen beide auf. Sie schlenderten durch die engen Gassen der Altstadt, und Damianos machte Nora auf die kleinen Läden aufmerksam, deren Türen tagsüber geschlossen waren. In den kaum einen Meter breiten Fluren standen vier oder fünf Stühle an der Wand entlang. Auf jedem saß eine grell geschminkte, nicht mehr ganz junge Frau und wartete auf einen Freier. In der oberen Etage, die man nur über eine hühnerleiterähnliche Treppe erreichen konnte, schimmerte rötliches Licht durch die notdürftig abgehangenen Fenster.

Nora war unangenehm berührt. Ihr taten die Frauen leid. Damianos allerdings sah das anders. Er war der Meinung, sie würden es nicht machen, wenn sie keinen Spaß daran hätten. Nora war über diese Äußerung entsetzt und meinte: »Sie hatten vermutlich keine Wahl.«

Er lachte laut auf. Für Nora schwang in diesem unangenehmen, boshaften Lachen Schadenfreude mit.

»Man hat immer eine Wahl, ich sage dir, die wollen das so, die brauchen das. Es macht ihnen Spaß.«

Nora schwieg. Das unsensible Geschwafel Milans fand sie unerträglich. Sie nahm unbewusst etwas Abstand von ihm. Wieder beschlich sie dieses unangenehme Gefühl. Sollte sie sich derart in Milan getäuscht haben? Der Mann neben ihr sah aus wie Milan, aber er benahm sich nicht wie Milan. Er bemerkte natürlich, wie sie versuchte, etwas Abstand von ihm zu halten, legte seinen Arm um ihre Schulter und zog sie zu sich heran. Seine Berührungen, von denen sie sonst nie genug bekommen konnte, verursachten ihr nur noch Unbehagen, seit sie in Athen waren. Es fehlte die Wärme. Sie empfand seine Gesten, seine vermeintlichen Zärtlichkeiten als aufgesetzt. Vielleicht war diese Spontanreise ein riesengroßer Fehler. Ellen fiel ihr ein.

»Oh Gott, beinahe hätte ich vergessen meine Schwester anzurufen.« Sie kramte ihr Handy aus der Tasche und wollte eine Verbindung herstellen. Auf dem Display suchte sie vergeblich den Ordner, in dem sie ihre Kontakte abgespeichert hatte. »Milan, schau mal, mit meinem Handy stimmt was nicht.«

Er nahm es ihr aus der Hand und mutmaßte, dass während des Flugs gewisse Daten verschwunden waren. »Wenn wir im Hotel sind, schaltest du es am besten ganz aus. Ich denke, morgen funktioniert es wieder.« Er grinste zufrieden. Sein Plan war genial.

Nora zog die Stirn kraus und meinte lapidar, dass sie so etwas noch nie erlebt hätte. Inzwischen war sie aber viel zu müde, um ernsthaft über dieses Problem nachzudenken.

Im Hotelzimmer betrat sie als Erste das schmuddelige Badezimmer, schlüpfte eilig in ihr Schlafshirt und legte sich zusammengekauert auf die äußerste Kante ihres Bettes. Zum ersten Mal, seit sie mit Milan zusammen war, zog sie sich nicht vor ihm aus und kuschelte sich auch nicht in seine Arme. Als er aus dem Bad kam, stellte sie sich schlafend.

Damianos betrachtete lange ihr Gesicht. Innerlich triumphierend legte er sich geräuschlos in sein Bett, verschränkte die Arme hinter dem Kopf und starrte diabolisch grinsend an die Decke. Im Zimmer war es relativ hell. Einige Fenster auf der gegenüberliegenden Seite des schmalen Innenhofes waren ständig beleuchtet. Ging in einem Raum das Licht aus, dauerte es nicht lange, dann wurde es wieder angeschaltet. Türen wurden lautstark zugeschlagen. Begleitet wurde das Szenario von schrillem Gelächter, übertriebenem, wollüstigem Gestöhne oder lautstarken Flüchen. Das Stundenhotel war sehr gefragt.

Er war hellwach. Seine Gedanken sprangen unruhig hin und her. Er dachte an Milan, und er war noch immer sauer auf seinen Bruder. Milan hatte ihm seinen genialen Plan Nora betreffend vermasselt. Er wollte sein grausames Spiel noch einige Zeit weiterspielen, langsam und subtil steigern. Rosen an die Tür hängen, irgendwann unmissverständlich ein Zeichen setzen, indem er klar signalisierte: *Ich war in deiner Wohnung, ich komme dir langsam ein Stückchen näher und du kannst es nicht verhindern.*

Und eines Tages hätte er sie überraschend abgeholt, um einen Ausflug Richtung Potsdam zu unternehmen. Sie hätten die Avus spontan am Hüttenweg verlassen, um in einem idyllischen Restaurant eine Kleinigkeit zu essen. Danach hätte er sie zu einem Spaziergang überredet. Später wäre er alleine zu seinem Auto zurückgelaufen, und alles wäre wie früher gewesen. Nichts und Niemand würde zwischen ihm und seinem Bruder stehen. Alles wäre so gewesen, wie es schon immer war und wie es immer bleiben wird. *Damianos ist Milan und Milan ist Damianos.*

Liebster Bruder, du hast mich zu diesem Umweg gezwungen, aber – und das verspreche ich dir – diesmal wird mein Plan gelingen. Niemand kann ihn verhindern, niemand, niemand. Ich liebe dich, Bruder. Wir brauchen einander, wir können nur gemeinsam überleben.

Damianos wischte seine Tränen weg und flüsterte leise vor sich hin: »In spätestens zwanzig Stunden ist es vorbei.«

Er schaute zu Nora, die noch immer auf der äußersten Kante des Bettes lag.

Ihre Schlafposition ähnelte der eines Embryos. Schutzsuchend umklammerte sie die dünne Decke.

23

Der Wecker hatte auch diesmal bei Engels keine Chance, seiner Aufgabe gerecht zu werden. Er saß schon knapp eine Stunde, bevor der Wecker klingeln sollte, reisefertig vor dem Fernseher.

Mit einem großen Pott heißem, starkem Kaffee in der Hand zappte er sich durch die Programme und blieb bei einer politischen Debatte vom Vortag hängen. Das Geschwafel der politischen Gäste interessierte ihn nicht im Geringsten. Er wunderte sich trotzdem immer wieder darüber, dass es möglich war, Stunde um Stunde inhaltslose Sätze von sich geben. Inzwischen zündete er sich die dritte oder vierte Zigarette an und bekam dabei ein schlechtes Gewissen. Er hatte Blondy versprochen, mit dem Rauchen aufzuhören, oder es wenigsten einzuschränken. Er beschloss für sich, der gute Vorsatz müsse warten. Zumindest so lange, bis der Fall abgeschlossen war.

In Gedanken ließ er die Ermittlungsarbeit der letzten Tage Revue passieren. Er stellte fest, dass er sich an einen derartigen Fall beim besten Willen nicht erinnern konnte. Erfreulicherweise reagierten die griechischen Kollegen ungewöhnlich schnell. So konnte er davon ausgehen, dass die Zusammenarbeit problemlos vonstatten ging, denn auch sie waren an einer schnellen Aufklärung der Kapitalverbrechen interessiert. Immerhin waren der Hauptverdächtige sowie eins der Opfer griechische Staatsbürger. Jetzt hoffte er aufs Innigste, dass ihn ein kompetenter Dolmetscher erwartete. Das würde die gemeinsamen Ermittlungen wesentlich vereinfachen.

Er vergewisserte sich, ob auch der kleine Notizblock plus Kugelschreiber in der Seitentasche seiner Jacke steckten. Ohne diese beiden Dinge fühlte er sich nicht komplett. Mit dem handlichen Diktaphon, womit die meisten seiner Kollegen arbeiteten, konnte er sich partout nicht anfreunden. Es bekam einen Platz ganz unten in der Reisetasche.

Anhaltendes Klingeln signalisierte ihm die Ankunft des bestellten Taxis. Er schaltete den Fernseher aus und kippte den restlichen Kaffee ins Spülbecken.

Fünf Minuten später befand er sich auf dem Weg zum Flughafen. Um diese Zeit brauchte man knapp fünfzehn Minuten von Moabit bis Tegel. Die Straßen waren relativ leer, der Berufsverkehr setzte erst etwas später ein.

Langsam schlenderte er zum Lufthansa-Schalter und besorgte sich sein Ticket, das für ihn bereitlag. Als einer der ersten Passagiere checkte er ein. Nachdem er Blondy noch eine längere SMS geschickt hatte, schaltete er das Handy aus. Kurz darauf wurden die Passagiere gebeten einzusteigen. Die Maschine war erfreulicherweise nicht ausgebucht und so genoss er seinen Fensterplatz und die beiden freien Sitze neben sich. Das monotone Geräusch der Motoren wirkte beruhigend auf ihn. Engels schaute aus dem Fenster und beobachtete die vorbeiziehenden Wolkengebilde. Er überlegte, wann er sich das letzte Mal derart entspannt gefühlt hatte. Es war lange her: knapp acht Jahre – oder mehr. Er konnte sich nicht mehr erinnern.

Blondy, mit Blondy wird er Urlaub machen. Ja, es wird langsam Zeit. Bisher war höchstens ein, zwei Mal im Jahr ein Wochenende an der Ostsee drin.

Wenn wir den momentanen Fall gelöst haben – und das verspreche ich dir meine kleine Füchsin –, dann machen wir eine Woche Urlaub, Urlaub am Mittelmeer. Das muss möglich sein. Eine Woche gemeinsam in der Sonne liegen, oh ja – das wird genial.

Mit geschlossenen Augen träumte Engels vor sich hin, als die nette Stimme der Stewardess in sein Bewusstsein drang. Sie entschuldigte sich bei ihm, da sie ihn vermeintlich geweckt hatte.

»Nein, nein, sie haben mich nicht geweckt. Ja sicher möchte ich etwas essen. Danke! Und einen Tomatensaft bitte.«

Er empfand den Flug angenehm und kurzweilig und war erstaunt, wie schnell sie Athen erreichten.

Da er nur Handgepäck bei sich hatte, begab er sich unverzüglich zum Ausgang. Fragend schaute er sich um und blieb erst mal abwartend stehen. Dann sah er einen graumelierten, untersetzten Mann, der ein Schild in die Höhe hielt, auf dem in Großbuchstaben ENGELS stand. Er steuerte schnurstracks darauf zu.

»Kommissar Engels? Willkommen in Athen. Mein Name ist Christos, Christos Drimakis. Ich bin Ihr Dolmetscher. Bitte kommen sie mit, sie werden dort drüben von zwei weiteren Kollegen erwartet.«

Engels zog die Stirn in Falten. – *Christos, Christos Drimakis? – Verdammt, den kenne ich.* Auf sein Gedächtnis konnte er sich bis dato immer verlassen. Eine seiner überdurchschnittlichen Fähigkeiten waren sein fotografisches und das Namens-Gedächtnis. Aber es dauerte mit zunehmendem Alter immer länger, bis er die Festplatte im Kopf abgescannt hatte. Grübelnd trabte er hinter seinem Dolmetscher her. Erst als dieser sich umdrehte, um ihn zu fragen, ob er einen angenehmen Flug hatte, fiel es ihm ein. Vor ungefähr zweiundzwanzig, dreiundzwanzig Jahren – Polizeischule – ja genau, es war auf der Polizeischule in Berlin.

»Christos, du erkennst mich nicht mehr, oder? Polizeischule – Berlin! Deine Schwester und ich – eine super Zeit – na, fällt der Groschen?«

Christos sah ihm nun direkt ins Gesicht und lachte laut los. »Das gibt's doch nicht, so sieht man sich wieder. Ich habe dich wirklich nicht erkannt. Noch nicht mal der Name Engels machte mich stutzig. Du hattest früher lange Haare, einen Schnauzer und keine Brille. Wie soll ich dich da wiedererkennen?«

»Na ja, kurz sind die übrig gebliebenen Haare jetzt auch nicht. Sicher waren sie früher wesentlich länger. Gut, der Bart ist schon lange ab. Aber du hattest schwarze Locken, richtig schwarz, und nun bist du grau, grau wie ein alter Wolf.«

Beide umarmten sich und bewegten sich grinsend auf das wartende Polizeiauto zu.

Engels war neugierig und fragte Christos, wie es komme, dass er als Dolmetscher eingesetzt werde. Normalerweise ziehe man bei diesen Ermittlungen einen staatlich beeidigten Übersetzer hinzu.

»Ja, Kollege, du hast Recht. Genau das bin ich seit drei Jahren.«

Engels griente zufrieden. Einen besseren Dolmetscher hätte er sich nicht wünschen können.

Die wartenden Kollegen, lässig am Auto lehnend, beobachteten irritiert den vertraut wirkenden Umgang der beiden.

Christos klärte sie grinsend über die gemeinsame Vergangenheit auf.

Die Fahrt Richtung Athen war ein Erlebnis für sich. Christos fädelte sich zügig, laut hupend und wild gestikulierend in den fließenden Verkehr ein. Dabei war es ihm trotzdem noch möglich, den Dolmetscher zu spielen. Engels dagegen saß verkrampft auf dem Rücksitz und schickte zwischendurch ein Stoßgebet gen Himmel. Er war sich nicht sicher, ob er diese Fahrt lebend überstehen würde. Hier wurden die Verkehrsregeln vehement außer Kraft gesetzt. Der Berliner Straßenverkehr erschien ihm im Gegensatz hierzu eher dörflich, beschaulich und leise.

Eine gefühlte Ewigkeit später fuhr Christos mit überhöhter Geschwindigkeit durch eine schmale Straße der Athener Innenstadt. Unerwartet bog er plötzlich rechts ab, um zackig und ohne vom Gas zu gehen durch eine schmale Einfahrt zu brettern. Mit quietschenden Reifen parkte er zwischen zwei anderen Polizeiwagen.

Mit wackeligen Knien, schraubte sich Engels aus dem Wagen.

»Alles okay, Engelbert? Du bist so blass.« Breit grinsend stand Christos vor ihm.

Engels brachte gerade noch ein gequältes Lächeln zustande und meinte dann: »Ja, ja, alles okay. Aber ich möchte dich bitten, mich nie wieder Engelbert zu nennen. Das mag ich heute genauso wenig wie vor über zwanzig Jahren. Engels, bitte nur Engels. Ist das angekommen?«

Christos grinste weiter. »Na klar ist das angekommen. Wollte nur mal testen, ob du darauf immer noch so anspringst wie früher.«

Ein paar Schritte entfernt von den beiden wartete Kommissar Linos Basdekis und sein jüngerer Kollege Ari Solou.

Zusammen betraten sie das Polizeigebäude, um gemeinsam das weitere Vorgehen zu besprechen.

In dem winzigen Büro liefen mindestens drei Ventilatoren auf höchster Stufe. Es wurde dadurch zwar nicht unbedingt kühler, aber schon die Luftbewegung gaukelte einem Frischluft vor. Der Einfachheit halber schlug Linos vor, sich zu duzen und mit dem Vornamen anzusprechen. Engels allerdings blieb »Engels«. Linos und Ari quittierten diesen Wunsch mit einem kurzen Kopfnicken und schienen nicht weiter darüber nachzudenken. Es gab Wichtigeres.

Ungefähr eine Stunde saßen sie zusammen. Engels berichtete vom aktuellen Ermittlungsstand seines Dezernats und erfuhr von den hiesigen Kollegen wichtige Details die Familie Pagonis betreffend. Die Eltern standen damals, vor fünfzehn Jahren, als die Tochter verschwand, im Fokus der Ermittlung. Ein Verbrechen wurde ausgeschlossen, da die Tochter einen kurzen Brief hinterlassen hatte, sehr kurz, für den Geschmack der Kripo *zu* kurz und lapidar. Letztlich musste man die Ermittlung aber einstellen. Gutsituierte, scheinbar intakte Familie. Es gab nie Auffälligkeiten. Die Tochter allerdings blieb bis heute verschwunden.

Linos zog nachdenklich die Stirn kraus und meinte: »Ich war damals bei der Ermittlung dabei. Wir befragten die Eltern. Wir befragten die Haushälterin und die Zwillinge. Diese waren zu jener Zeit ungefähr fünfzehn Jahre alt. Einer der Zwillinge war an diesem Abend, als seine Schwester Arjana verschwand, mit den Eltern bei einem Familienessen in Piräus. Sie kamen erst nach Mitternacht nachhause. Die Eltern nahmen natürlich an, dass Arjana bereits schlief. Vermisst haben sie die Tochter am nächsten Tag um die Mittagszeit herum, weil sie bis dahin noch nicht in der Küche aufgetaucht war, um sich ihren unverzichtbaren Kaffee zu holen. Das war ungewöhnlich. Sonst nahm sie sich den ersten Kaffee kurz nach sieben und verschwand damit wieder in ihrem Zimmer.«

Engels unterbrach ihn kurz: »Welcher Zwilling blieb zuhause?«

Linos überlegte kurz.

»Damianos, ja dieser Damianos blieb zuhause, und die Haushälterin. Allerdings war diese ab dem späten Nachmittag auch unterwegs und kam erst kurz vor Mitternacht zurück. Sie ging ebenfalls sofort schlafen.«

Engels schaute fragend zu Linos. »Dieser Damianos war demnach mit seiner Schwester alleine im Haus?«

»Ja, aber er wusste angeblich gar nicht, dass seine Schwester auch zuhause geblieben war. Er ging davon aus, dass sie wie immer mit der Familie nach Piräus gefahren sei.«

Engels schnaufte laut durch die Nase. »Damianos, das ist der Mistkerl, den wir vorerst eingelocht haben. Inzwischen traue ich dem alles zu.«

Linos nickte zustimmend. »Das sah ich ähnlich. Aber es gab keinen Anhaltspunkt für ein Verbrechen. Niemand, weder die Familie noch ihre Freunde von der Uni, konnten verstehen, weshalb sie von heute auf morgen verschwand. Lediglich eine enge Freundin gab an, dass sie sich schon längere Zeit um sie Sorgen gemacht hätte. Sie fühlte, dass Arjana offensichtlich ein schwerwiegendes Problem mit sich herumtrug. Sie meinte, dass sie zusehends an Gewicht verlor, eine Zigarette nach der anderen rauchte und beim Unterricht abwesend und unkonzentriert wirkte. Sie sprach sie darauf an, aber Arjana meinte nur, dass sie kein Problem hätte und es keinen Grund gäbe, sich Sorgen zu machen.

Ich las mir damals immer und immer wieder die Protokolle durch und habe noch heute das Gefühl, wir haben etwas übersehen. Hin und wieder schaute ich bei Frau Pagonis vorbei und erkundigte mich, ob es Arjana betreffend Neuigkeiten gab. Aber der Grund, weshalb ich wirklich dort vorbeifuhr, war ein anderer. Manchmal schaute ich mich noch mal im Zimmer der Tochter um, öffnete zum zigsten Mal Schubläden und Schranktüren, durchstreifte den parkähnlichen Garten – immer in der Hoffnung, etwas zu entdecken, was damals übersehen wurde.«

Ari nickte bestätigend und meinte: »Der Linos lässt nie locker, und es interessiert ihn auch nicht, wenn die anderen Kollegen sein Vorgehen belächeln.«

Schwungvoll erhob sich Linos und zog Ari gleich mit hoch. »So – aber nun lasst uns keine Zeit verschwenden. Wir fahren zuerst nach Kolonaki, dort wohnt die Mutter der Zwillinge.«

Schweigend liefen sie zum Auto und schweigend stiegen sie ein. Christos fädelte sich, ohne den Blinker zu setzen, ohne abzubremsen, aber laut hupend in den fließenden Verkehr ein. Zügig, sehr zügig erreichten sie den Nobelstadtteil Kolonaki. Man sah auf den ersten Blick: Wer hier wohnte, hatte es geschafft. Christos bog in eine schmale, enge Straße ein, die sich sanft einen kleinen Hügel hochschlängelte. Engels war schleierhaft, wie sie hier jemals wieder zurückfahren sollten. Es gab keine Wendemöglichkeit. Christos hingegen war die Gelassenheit in Person und beruhigte ihn: »Kein Problem Kollege, hinter dem letzten Haus geht der Weg scharf nach links und wir gleiten auf der anderen Seite sanft wieder abwärts.«

Das letzte Grundstück mit der Hausnummer vierzehn war ihr Ziel. Ein Namensschild suchte man hier vergebens. Christos parkte den Wagen ziemlich waghalsig, für Engels Geschmack gefährlich nahe am Abgrund. Er war froh, dass er auf der Fahrerseite aussteigen konnte. Ari und Linos hangelten sich wie Balletttänzer um das Auto herum, ohne Christos Parkweise zu kommentieren. Zumindest – und das erklärte das verwegene Parkmanöver – würde jetzt ein eventuell hier hochfahrendes Auto mit viel Fingerspitzengefühl an dem Wagen vorbeifahren können.

Linos betätigte den Klingelknopf und nichts rührte sich. Er drückte abermals den großen goldenen Knopf – keine Reaktion. Dann nahm er den Daumen erst wieder von der Klingel, als eine unwirsche Stimme aus der Sprechanlage ertönte. Engels verstand zwar nicht den Sinn der Worte, aber wohlwollend klang das nicht. Linos blieb gelassen und sprach freundlich in die Gegensprechanlage. Engels beobachtete ihn und musste grinsen, weil Linos ihn in diesem Moment an Gregor erinnerte. Für griechische Verhältnisse war er sehr groß und bullig. Es waren aber in erster Linie die bedächtigen Bewegungen und diese freundliche Stimme, die er mit Gregor gemeinsam hatte. Diesen Kollegen, so vermutete Engels, konnte wohl so leicht nichts aus der Ruhe bringen. Und mit dieser Einschätzung lag er hundert Prozent richtig.

Summen an der Tür bedeutete: gegendrücken, eintreten – und genau das taten sie jetzt. Von außen war das Haus nur schemenhaft wahrnehmbar. Mediterrane Sträucher und Bäume sorgten erfolgreich dafür, dass neugierige Zaungäste keine Chance hatten, einen Blick auf die Privatsphäre der Bewohner zu werfen.

Im Gänsemarsch trabten die vier den schlangenförmigen, schmalen, leicht nach oben führenden Weg entlang. Erst jetzt bekam man eine Vorstellung von der Größenordnung des Grundstückes. In der offenen Haustür stehend, erwartete sie eine dunkelhäutige, grimmig dreinschauende Frau.

An ihr schien alles rund zu sein. Engels dachte an einen Schneemann. Ein Schneemann in schwarz. Drei übereinander gestapelte Kugeln, große runde Augen. Nur die Nase ähnelte in keinster Weise einer Mohrrübe. Sie war rund und schien aufgepappt.

Linos begrüßte sie freundlich und stellte ihr der Reihe nach seine Kollegen vor.

»Und was wollen sie?« Noch immer stand sie, wie ein unverrückbarer Fels, in der Türöffnung.

»Wir würden gerne mit Frau Pagonis sprechen. Es dauert auch nicht lange.«

Der Hausdrachen zögerte und überlegte vermutlich, wie man die Beamten abwimmeln könnte.

Da ertönte gottlob eine Stimme aus dem Hintergrund: »Nala, nun lass die Herren schon herein!«

Zähneknirschend trat Nala zur Seite und führte die vier durch eine geräumige Halle in den Raum, aus dem die Stimme kam. Obwohl draußen hochsommerliche Temperaturen von über 30 Grad herrschten, empfing sie Frau Pagonis eingehüllt in eine dicke Decke.

Sie nickte ihnen zur Begrüßung nur zu und streckte Linos erwartungsvoll beide Hände entgegen. »Wissen sie wo sie ist? Haben sie meine Tochter gefunden, Herr Basdekis?«

Linos setzte sich zu ihr, nahm ihre Hände und schüttelte verneinend den Kopf. »Nein, leider nicht.« Er dachte nur: *Sie hat noch immer Hoffnung, ihre Tochter wiederzusehen – und das nach sechzehn Jahren.*

»Ja, aber dann verstehe ich nicht, was sie hier wollen?«

Linos zog den Umschlag, in dem sich das Foto von Sophia Kolidis befand, aus der Tasche und zeigte es ihr. »Kennen sie diese Frau auf dem Foto?«

Nala reichte ihr wortlos die Lesebrille.

»Frau Pagonis, kennen sie diese Frau? Haben sie sie irgendwann gesehen?«

Es dauerte eine gefühlte Ewigkeit, bis sie endlich einen Ton von sich gab. »Sophia, das ist doch unsere Sophia. Sie arbeitete lange Zeit in der Klinik meines Mannes. Ach, was erzähle ich da. Sie war schon als Schulmädchen oft bei uns. Ich glaube, sie hat sich später in meinen Damianos verguckt.«

Linos bohrte nach: »Und, hat sich ihr Sohn auch für Sophia interessiert?«

»Nein, der Damianos hatte keine Zeit für so was. Der interessierte sich damals nicht für Mädchen. Sie kam zwar ständig zu uns und saß oft mit mir im Garten. Ich glaube, sie hat auf ihn gewartet. Wenn er dann kam, strahlte sie ihn an. Aber da war nichts. Ich hatte manchmal den Eindruck, sie geht ihm auf die Nerven. Den interessierte nur sein Studium. Der Milan war genauso. Die beiden waren schon immer unzertrennlich. Mädchen hatten damals keine Chance. Ich weiß ja nicht, wie es jetzt ist. Aber warum fragen sie? Was ist mit Sophia? Ich habe sie schon lange nicht mehr gesehen.«

Linos holte tief Luft. »Sophia lebt leider nicht mehr. Sie wurde Opfer eines Kapitalverbrechens.«

Entsetzt schaute sie die Polizisten nun alle der Reihe nach an. »Und deshalb kommen sie zu mir? Sie kommen zu mir, um mir das zu sagen?«

»Nein, Frau Pagonis. Wir haben gehofft, ihren Sohn Milan hier anzutreffen. Sophia wurde in Berlin ermordet. Ihre Söhne leben auch in Berlin. So wäre es doch durchaus möglich, dass sie mit Sophia Kontakt hatten. Die beiden wissen vielleicht, wo sie sich in letzter Zeit aufgehalten hat.« Er erwähnte ihr gegenüber nicht, dass ihr Sohn Damianos in Untersuchungshaft saß, und auch nicht, dass nicht nur Sophia brutal ermordet wurde und alles auf einen Mörder mit medizinischen Kenntnissen hindeutete. Genauso wenig erzählte er ihr von den Bildern ihres Sohnes, in denen sich die kyrillischen Worte befanden.

»Aber warum suchen sie Milan bei mir? Er lebt in Berlin, das wissen sie doch.«

»Ja, ja, das schon. Aber er hat seit zwei Tagen Urlaub und erwähnte Freunden gegenüber, dass er nach Athen fliegen würde.«

Engels musste innerlich grinsen. Diese Lüge ging Linos geschmeidig über die Lippen.

»Hast du gehört Nala, der Milan ist in Athen. Er wird mich besuchen, ganz sicher wird er mich besuchen, das weiß ich.« Plötzlich schaute sie Engels fragend an. »Und Damianos, sie hätten doch auch Damianos befragen können. Sie sind doch von der deutschen Polizei!«

Christos stand die ganze Zeit dicht neben Engels und übersetzte flüssig, fast zeitgleich, das Gesprochene, so als würde er den momentanen Dialog auswendig kennen. Engels erklärte ihr, dass man ihren Sohn Damianos bereits befragt habe. Allerdings habe dieser angegeben, Sophia das letzte Mal in Athen gesehen zu haben.

Sie schüttelte unwirsch den Kopf. »Das verstehe ich nicht.«

»Wenn Damianos sie nicht gesehen hat, dann gilt das auch für Milan.«

Schwungvoll entledigte sie sich ihrer dicken Decke und stand nun klein und zerbrechlich mitten im Raum. »Kann ich sonst noch was für sie tun? Sonst möchte ich sie bitten zu gehen. Milan kommt – und nichts ist vorbereitet.« Als wären die vier bereits gegangen, verließ sie, ohne sie noch eines Blickes zu würdigen, grußlos den Raum.

Nala stapfte wie ein Feldwebel allen voran durch die große Halle und öffnete ihnen schweigend die Tür. Bevor sie diese hinter den ungebetenen Besuchern abschließen konnte, blieb Ari kurz stehen, stellte seinen Fuß in die Tür und fragte die Haushälterin nach ihrem Namen.

»Ihr Name ist Nala, und weiter?«

»Wie weiter?«

»Nala – und ihr Familienname?«

Sie zog genervt die Stirne kraus. »Nala, ich bin nur Nala!«

Ari grinste sie unverschämt an. »Okay, Nala, dann möchte ich sie bitten, dass sie mich anrufen, sobald Milan hier aufkreuzt. Kann ich mich darauf verlassen? Hier ist meine Karte. – Übrigens, sie haben eine tolle Stimme, sie hätten Sängerin werden sollen.«

Nalas Gesichtsausdruck veränderte sich von einer Sekunde zur anderen. Die steile Falte auf der Stirn verschwand, und sie schenkte Ari ein breites Lächeln, ehe sie im Zeitlupentempo die Tür schloss.

Nala blieb einen Moment bewegungslos hinter der geschlossenen Tür stehen und lauschte den sich entfernenden Stimmen. Ein kalter Schauer lief ihr den Rücken hinunter. Ihr war klar, dass der Besuch der Kripobeamten nicht nur mit dem Tod Sophia Kolidis zu tun hatte. Um Milan befragen zu können, ob er in Berlin Sophia begegnet sei, wäre die Anwesenheit des deutschen Kommissars sicherlich nicht erforderlich. Hier ging es um mehr. Kleine Schweißperlen bildeten sich auf ihrer Stirn.

Bevor sie sich zum Auto begaben, wollte Engels noch einen kurzen Blick auf die andere Seite des Anwesens werfen. Wie ein Dieb schlich er mit Christos im Schlepptau den verwilderten Weg an der Rückseite des Hauses entlang. Kurz darauf standen sie vor einem kleinen flachen Häuschen.

Engels spähte durch die Scheibe und pfiff anerkennend durch die Zähne. »Hier scheint diese Nala zu wohnen. Zumindest weist der Wohnstil darauf hin. Oh ja, das hat was.« Engels berichtete Christos, was sich seinem Blick bot, ohne zu bemerken, dass es diesen nicht wirklich interessierte. »Afrikanische Möbel, schwarze Ebenholz-Masken an den Wänden, bunte Teppiche liegen hier scheinbar wahllos im Raum verteilt. Die Dame hat Geschmack.«

Dann bemerkte er die gegenüberliegende alte Hütte. Die eine Seite war vollständig durch eine riesige Kletterrose verdeckt. Die andere schmiegte sich der Länge nach an einen Hügel, offensichtlich die Grenze des Grundstücks.

»Verdammt noch Mal, hier muss es doch irgendwo eine Tür geben.«

»Ja sicher, komm mit.«

Christos eilte zur Stirnseite des windschiefen Gebäudes. Er kannte sich aus. Früher, als er noch als Ermittler tätig gewesen war, hatte er mehrmals mit Linos vor und in der Hütte gestanden. Das Tor war nicht abgeschlossen, ließ sich aber trotzdem nicht problemlos öffnen. Rütteln, zeitgleich die schräge, verwitterte Tür anheben und kraftvoll ziehen – und dann ließ sie sich endlich knarrend öffnen.

Beide standen nun im Inneren der Hütte. Christos drehte sich sofort wieder angewidert um und blieb vor dem Eingang stehen. Der Innenraum glich einem Spinnenparadies.

Engels störte das nicht im Geringsten. Er griff sich einen langen Besenstil, zerstörte die kunstvollen und verstaubten Netze und begab sich in den hinteren Teil der Hütte. In der vorderen Ecke befanden sich ein paar Säcke, verrostete Gartengeräte, sowie zwei alte Fahrräder mit platten Reifen, die offensichtlich jahrelang nicht mehr benutzt worden waren. Sein Interesse galt aber dem überdimensionalen alten Schrank, der den Raum in zwei Hälften teilte. Gerade als er im Begriff war, hinter dieses Ungetüm zu schauen, ertönte vom Eingang her Linos Stimme.

»Engels, das kannst du dir sparen, es gibt hier nichts, aber auch gar nichts, was uns irgendwie weiterhelfen würde. Ich war etliche Male in dieser Hütte, inspizierte das Monstrum von Schrank und drehte jede Kiste mehrmals um, hier ist absolut nichts.«

Engels zog resignierend die Schultern hoch. »Das dachte ich mir schon, aber irgendwie spürte ich, als ich den Raum betrat, undefinierbare Schwingungen. Ich hatte das Empfinden, hier muss ich genauer hinsehen. Vermutlich Quatsch, aber irgendetwas zog mich magisch an. Kennst du dieses Gefühl?«

Linos grinste. »Ja allerdings, deshalb war ich auch, nachdem die Tochter verschwunden war, mehrmals hier drin. Immer zu verschiedenen Tageszeiten und unterschiedlich lange. Manchmal saß ich hier über eine Stunde und hoffte auf eine Imagination. Nichts – gar nichts passierte.«

Sie verschlossen so gut es ging das marode Tor und beeilten sich, das Grundstück zu verlassen.

Als nächstes wollten sie den Vater der Zwillinge aufsuchen. Engels hatte da ein paar Fragen, die nicht nur Sophia Kolidis betrafen.

Ungewöhnlich langsam und zivilisiert fuhr Christos den schlangenförmigen Weg auf der anderen Seite des Hügels hinunter. Die Klimaanlage lief auf Hochtouren und Engels saß zum ersten Mal völlig unverkrampft in diesem Auto. Christos behielt erfreulicherweise bis zum geplanten Ziel den gemäßigten Fahrstil bei. Eine Viertelstunde entspannt durch den Verkehr gleiten, was will man mehr.

Als sie vor dem Haus des Doktors parkten, meinte Engels zu Christos: »Das war wie im Märchen, mein Freund. Du kannst es, du kannst es sogar sehr gut, danke.«

»Was kann ich?«

»Auto fahren.«

Christos schloss den Wagen ab und grinste.

Sie wurden nicht, wie Engels annahm, in der Klinik erwartet, sondern in den bescheidenen privaten Räumen des Doktors. Im Gegensatz zur noblen Villa seiner Exgattin lebte Doktor Pagonis recht schlicht.

Linos drückte kurz den Klingelknopf, und fast zeitgleich, als hätte man die Ankömmlinge gehört, ertönte durch die Sprechanlage eine freundliche weibliche Stimme und bat die Besucher einzutreten. Auch hier führte ein schmaler, aber wesentlich kürzerer Weg hinauf zum Haus. Am Rande des Weges standen übergroße Terrakottatöpfe, in denen wohlriechende, mediterrane Pflanzen um die Wette blühten.

Engels dachte kurz an seine Wohnung mitten in Moabit. Um dorthin zu gelangen, lief man, im Gegensatz zu hier, durch eine fast baumlose, laute Straße. Es roch nach Abgasen, und an besonders heißen Tagen stank es aus jedem Gully erbärmlich nach Abwasser. Letztlich fand er aber sehr schnell einen für ihn tröstlichen Gedanken: Immerhin konnte er von seiner Wohnung aus in ein paar Minuten zu Fuß die Spree erreichen. Mit dem Fahrrad war man ruckzuck im Tiergarten. Und das haben die hier nicht. Außerdem hätte er, wenn er gewollt hätte, längst in einen anderen Bezirk und in eine größere, komfortablere Wohnung ziehen können. Finanzielle Gründe waren nicht ausschlaggebend für seine bescheidene Wohnsituation. Bei ihm griff eher das Trägheitsprinzip.

In Gedanken versunken trabte Engels den schmalen Weg nach oben. Sie liefen wieder im Gänsemarsch. Linos vorneweg und die anderen hinterher.

Die Haustür stand weit offen. Eine schlanke, mittelgroße Dame bat sie einzutreten. »Kommen sie, mein Mann erwartet sie schon.«

Sie folgten ihr bis zum Ende den langen Flurs, bogen rechts ab und standen direkt in einem ungewöhnlich großen Wohnzimmer. Engels schätzte die Größe des Raumes auf fünfzig Quadratmeter. Größer war seine gesamte Wohnung in Moabit nicht. Vielleicht waren seine Räume etwas höher als dieser hier, aber flächenmäßig erschien es gleich. Die Einrichtung ähnelte jener im Hause von Etelka Pagonis. Allerdings strahlte diese Räumlichkeit hier mehr Wärme und Behaglichkeit aus. Lag es an den kleinen Accessoires, an den mediterranen Farben, die geschmackvoll eingesetzt wurden? Engels wusste es nicht. Jedenfalls hatte er das Gefühl, seit ewigen Zeiten keinen Raum mehr betreten zu haben, in dem er sich sofort heimisch fühlte. Ausgenommen natürlich in Blondys Wohnung. Die schrägen Markisen vor den Fenstern waren teilweise heruntergelassen und die Klimaanlage sorgte für eine erträgliche Raumtemperatur.

Linos stellte die Kollegen der Reihe nach vor. Als Doktor Pagonis hörte, Engels sei ein Ermittler aus Berlin, zog er verwundert eine Augenbraue hoch und meinte lakonisch: »Na, da bin ich aber gespannt, wie ich ihnen weiterhelfen kann.« Er bat sie, um den runden Tisch Platz zu nehmen, während seine Frau jedem ein Glas eisgekühltes Wasser vor die Nase stellte und fast lautlos wieder verschwand.

Linos kam zügig zur Sache. Er zeigte dem Doktor das Foto vom Sophia Kolidis, stellte die gleichen Fragen und bekam Antworten, die sich im Wesentlichen nicht von denen der Exfrau unterschieden. Allerdings schilderte Spiro die Beziehung zwischen Sophia und Damianos etwas anders. Demnach hätte es da schon einen intimeren Kontakt gegeben. »Sophia war diesbezüglich wohl etwas distanzlos.« Wirklich interessiert hätte sich Damianos, soweit er das beurteilen könne, aber nicht für sie. »Er verbrachte seine freie Zeit ausschließlich mit seinem Bruder. Da war für Mädchen kein Platz. Ob sich das später änderte, entzieht sich meiner Kenntnis. Wie gesagt, ich trennte mich dann irgendwann endgültig von meiner Frau. Der Kontakt zu den Söhnen war von da an nur noch sporadisch.«

Engels hörte, Dank der perfekten Übersetzung seines Dolmetschers, aufmerksam zu und nutze dabei die Gelegenheit, diesen Spiro Pagonis zu taxieren. Dessen Körperhaltung, sein offener Blick, die Zugewandtheit dem Gesprächspartner gegenüber sowie die sonore Stimme wirkten auf ihn sehr angenehm. Die Ähnlichkeit mit seinem Sohn Damianos, der in Berlin in U-Haft saß, war unverkennbar: Er war groß und stattlich, und das immer noch volle, graumelierte Haar war ebenso wie bei seinem Sohn zu einem Zopf gebunden und gab seiner Erscheinung etwas Dynamisches.

Linos bedankte sich inzwischen bei Spiro und zeigte nun in Engels Richtung. »Alles weitere wird ihnen mein Kollege aus Berlin mitteilen.«

Engels räusperte sich kurz und spürte den erwartungsvollen Blick des Doktors auf sich ruhen. »Dr. Pagonis ich möchte offen zu Ihnen sein. Sie haben es vielleicht schon vermutet: Es geht nicht nur um den Tod von Sophia Kolidis, dann wäre meine Anwesenheit hier nicht erforderlich. Es sind insgesamt drei Frauen, die auf die gleiche Art und Weise getötet wurden. Sie starben, weil man ihnen das Genick gebrochen hat. Danach wurde ihnen ein Körperteil entfernt und stark blutende Gefäße mit Gefäßklemmen verschlossen. Frau Kolidis entfernte der Täter einen Fuß und ritzte das Wort Fuß in ihren Körper. In kyrillischen Buchstaben, damit wir uns recht verstehen. Diese Worte wurden bei der letzten Vernissage ihres Sohnes Milan in dessen Bildern entdeckt, ebenfalls in kyrillischer Schrift. Drei Bilder, drei Zeichen, drei Leichen. Einmal Fuß, einmal Kopf und einmal Hand. Derzeit sitzt ihr Sohn Damianos in Berlin in Untersuchungshaft. Die Perfektion, mit der die Frauen getötet wurden, lässt auf eine medizinische Ausbildung schließen. Ihr Sohn Damianos ist Chirurg. Um herauszufinden, wie die kyrillischen Zeichen in die Bilder ihres Sohnes Milan gekommen sind, brauchen wir eine Erklärung. Und die kann nur er uns geben.«

Engels lehnte sich zurück und schaute sein Gegenüber fragend an.

Es war totenstill im Raum.

Zusammengesunken, aschfahl im Gesicht, saß der Doktor auf seinem Stuhl und starrte ins Leere. Es dauerte eine gefühlte Ewigkeit, bis ein Geräusch den Raum durchdrang. Spiro Pagonis rang um Fassung. Er atmete tief durch, straffte seinen Körper und setzte sich bewusst aufrecht hin. »Und was wollen sie jetzt von mir? Milan lebt in Berlin und nicht hier. Fragen sie ihn.«

Jetzt ergriff Linos das Wort. »Die Kollegen in Berlin würden ihn gerne befragen, aber er soll sich seit gestern in Athen aufhalten. Nun liegt die Vermutung nahe, dass er Ihnen vermutlich einen Besuch abstatten wird.«

Ein leichtes Lächeln glitt über Spiros Gesicht. »Milan? – Ja ganz bestimmt wird er mich besuchen. – Der Milan kommt ganz sicher.«

Engels hakte nach: »Milan besucht sie, da sind sie sicher, würde Damianos das nicht tun?«

Spiro verzog die Mundwinkel zu einem resignierenden Lächeln. »Eher nicht, Damianos war schon immer etwas anders.«

»Inwiefern anders? Worin unterscheiden sich die Zwillinge?«

Spiro schaute aus dem Fenster. Sein Blick verlor sich an irgendeinem imaginären Punkt seines Gartens. Er presste die Kiefer aufeinander und produzierte mit den Zähnen mahlende, knirschende Geräusche. Seine ineinandergeschlungenen Hände quetschte er derart heftig, dass die Fingerknöchel weiß hervorstachen. Dieser große, kräftige Mann bemühte sich so gut es ging um Haltung.

Engels empfand Mitleid mit ihm. Erst verschwand die Tochter auf ungeklärte Weise und nun wurden seine Söhne mit einem dreifachen oder – wenn man Dr. Moretti dazu zählt – vierfachen Mord in Verbindung gebracht.

»Dr. Pagonis, sie müssen mir momentan nicht antworten. Wir wollten sie in erster Linie bitten, uns sofort zu verständigen, wenn sich ihr Sohn bei ihnen meldet.«

Spiro zuckte unmerklich zusammen, so als hätte man ihn geweckt und in die Gegenwart zurückgeholt. Er schaute Engels mit müden Augen an. »Kommissar Engels, bei aller Wertschätzung, aber ich werde sie nicht anrufen. Ich werde meinem Sohn von ihrem Besuch erzählen und werde mir anhören, was er mir zu sagen hat. Nicht mehr und nicht weniger werde ich tun. Aber um ihre Frage umreißend zu beantworten: Der Unterschied der beiden liegt in ihrem Charakter. Äußerlich wird ein Außenstehender sie bis heute nicht unterscheiden können. Wer sie längere Zeit kennt, dem werden die andersgearteten Wesenszüge auffallen. Milan ist der Nachdenklichere. Rücksichtsvoll und Verantwortungsbewusst. Das Wort ›Empathie‹ könnte er erfunden haben. Damianos hingegen ist das genaue Gegenteil. Meine Frau allerdings bevorzugte eher Damianos. Warum auch immer. Vermutlich ist dieses Verhalten nicht ungewöhnlich. Eltern fühlen sich, wenn sie mehrere Kinder haben, möglicherweise immer zu dem einen oder anderen mehr hingezogen. So, und nun würde ich die Unterhaltung gerne beenden. Ich hoffe, ihre Fragen zufriedenstellend beantwortet zu haben und möchte sie nun bitten zu gehen. Das Gespräch hat mich sehr angestrengt.«

Engels räusperte sich verhalten. »Eine Frage noch, wenn sie gestatten. Arjana, ihre Tochter Arjana, wie war sie?«

Spiro lächelte. »Arjana und Milan waren aus dem gleichen Holz geschnitzt.«

Leise erhoben sie sich nun der Reihe nach von ihren Stühlen und bedankten sich bei Doktor Pagonis, der Anstalten machte, sie zum Ausgang zu begleiten.

Engels bremste ihn aus. »Bleiben sie hier, Doktor, wir finden alleine hinaus.«

Zurück blieb ein unglücklicher, seelenwunder älterer Herr, der die Hiobsbotschaft erst einmal verdauen musste.

Noch vom Auto aus ordnete Linos eine Rund-um-die-Uhr-Beschattung an. Unauffällig würden ab sofort zwei Beamte in Zivil das Grundstück des Doktors im Auge behalten. Milan würde ihnen, sollte er hier erscheinen, nicht durch die Lappen gehen.

Die Villa von Frau Pagonis musste nicht beobachtet werden. Ari, der bei dem Gespräch zwischen ihr und Linos nur als Zuhörer und Beobachter fungiert hatte, fand die Mimik und Körperhaltung Nalas höchst interessant. Sie zog oftmals grübelnd die Stirn in Falten, oder schüttelte kaum wahrnehmbar mit dem Kopf, äußerte sich aber mit keinem Wort zu dieser Angelegenheit. Sie vermittelte Ari, der sie nicht eine Sekunde aus den Augen ließ, das Gefühl, sie wisse sehr viel mehr von dem, was in diesem Hause geschehen war, als sie der Polizei Glauben machte.

Er hatte den Eindruck, Nala wollte, in was auch immer, nicht mit reingezogen werden. Er kannte die alte Ermittlungsakte. Nach dem Verschwinden der Tochter begnügte man sich mit den lapidaren Auskünften dieser Nala: Nein, sie hätte keine Auffälligkeiten wahrgenommen – nein, soweit sie das beurteilen könne, gebe es auch keine Unstimmigkeiten in der Familie … Friede, Freude, Eierkuchen, alle schienen nur glücklich und zufrieden gewesen zu sein. Und genau das glaubte Ari jetzt, da er sie im Visier hatte, nicht mehr.

Hin und wieder hatte Nala verärgert zu Ari hinübergeschaut. Sie hatte gespürt, dass er sie ständig beobachtete. Ihren grimmigen Blick hatte er ignoriert und unverschämt freundlich in ihre Richtung gegrinst. Einen kurzen Moment nur hatte er den Eindruck gehabt, ihre Mundwinkel hätten sich leicht nach oben verzogen. Innerlich jubelnd empfand er dieses subluminale Lächeln als Bestätigung dafür, dass er sich noch immer auf sein Gespür verlassen konnte. Seit er ihr seine Visitenkarte in die Hand gedrückt und sie lächelnd die Tür geschlossen hatte, war er überzeugt davon, dass sie anrufen würde, sobald Milan im Haus war. Auf seinen Instinkt und seine Menschenkenntnis konnte er sich bis dato immer verlassen.

Er war selbst überrascht, wie geschmeidig die Kontaktaufnahme zu Nala gelungen war. Wäre es anders gelaufen, hätte er eine andere Karte aus der Trickkiste gezaubert. Ari war ein Terrier. Hatte er sich einmal in eine Sache verbissen, ließ er um nichts in der Welt locker. Sollte dieser Milan im Haus seiner Mutter erscheinen, würde Nala ihn anrufen, darauf hätte Ari zwei Monatsgehälter verwettet.

24

Nora lag schon lange wach, noch immer in der schützenden Embryohaltung, zusammengekauert und bewegungslos, auf der äußersten Ecke ihres Bettes. Der gestrige Abend mit all seinen unangenehmen Begebenheiten ging ihr nicht mehr aus dem Kopf. Ihr kamen, obwohl sie dagegen ankämpfte, die Tränen.

Nein, oh nein, jetzt bloß nicht weinen. Milan liegt neben mir, und er versucht nicht ansatzweise, diese frostige Situation zu durchbrechen. Ich werde ihm nicht die Genugtuung geben, heulenderweise, wie ein Häufchen Elend, um seine Gunst zu betteln. Nein, niemals, niemals.

Sie straffte ihren Körper, setzte sich flink auf die Bettkante, um dann, ohne Milan eines Blickes zu würdigen, im Bad zu verschwinden.

Damianos starrte ihr kopfschüttelnd hinterher. Ihm wurde bewusst: Wenn er jetzt nicht die Kurve kriegt, ist sie weg. *Zieh die Reißleine du Idiot. Wenn du dich jetzt nicht glaubwürdig ins Zeug legst, war's das mit deinem genialen Plan. Los hinterher, lass deinen unwiderstehlichen Charme spielen, ziehe alle Register, du musst sie wieder in die Spur bekommen ...*

Ruckartig schnellte Damianos aus dem Bett und ging ebenfalls im Bad.

Nora wollte ihn hinausschieben, sie fühlte sich durch seine lieblose, kühle Art verletzt und gedemütigt. Bei dem Gerangel im Badezimmer brach sie letztendlich doch noch in

Tränen aus. Damianos zog sie widerwillig in seine Arme, entschuldigte sich und beteuerte, dass es nie seine Absicht gewesen war, sie zu verletzen. Wie auch immer, es gelang ihm durch sein anlagebedingtes Talent, Menschen zu täuschen und zu manipulieren, nun auch Nora – wie er sich auszudrücken pflegte – »gefügig« zu machen. Allerdings kam er nicht drumherum, die Versöhnungsarie im Bett fortzusetzen. Oh ja, er wusste was Frauen mögen. Früh, sehr früh, wurde ihm das beigebracht. Er hatte eine geniale Lehrmeisterin gehabt, und er war, zwar nicht ganz freiwillig, ein gelehriger Schüler gewesen. *Nein – nein – nein, bitte jetzt nicht daran denken – nein, nicht jetzt – nicht jetzt, verschwinde aus meinem Kopf …*

Nora, die ekstatisch stöhnend über ihm war, schrie plötzlich qualvoll auf. »Milan du tust mir weh, was soll das?«

Damianos, den eben noch die widerlichen Bilder seiner Jugend peinigten, reagierte erschrocken. Er lockerte seinen Griff. Seine Hände, die sich eben noch wie Schraubstöcke in ihr Fleisch gruben, hinterließen hässliche Abdrücke auf ihren Oberschenkeln. Er schob sie nun langsam und behutsam in eine andere Position – und verwöhnte sie zärtlich nach allen Regeln der Kunst. Am Ende schliefen beide eng aneinanderliegend ein und erwachten erst kurz vor Mittag.

Damianos wurde als erster wach und rückte angewidert ein Stück von ihr ab. Unsanft weckte er sie, sprang aus dem Bett und trieb sie zur Eile an. »Los, Nora, lass uns duschen und dann frühstücken gehen, der halbe Tag ist schon vorbei.«

Während sie duschte, telefonierte er kurz mit seiner Mutter und kündigte für den Nachmittag sein Kommen an.

Eine halbe Stunde später saßen sie in einer kleinen Taverne, schlürften genussvoll den starken Kaffee und knabberten an einem nicht mehr ganz frischen Sesamkringel. Nora wirkte entspannt, und Damianos versuchte, auf ihre Berührungen wohlwollend einzugehen. Sein Magen rebellierte. Jedes Mal, wenn sie seine Hand oder seinen Arm ergriff, steigerte sich sein Ekel ins Unermessliche. Diese morgendliche Bettszene hatte ihm doch mehr Willenskraft abverlangt, als er wahrhaben wollte. Am liebsten würde er sie auf ellenlangen Abstand halten. Nur die beruhigende Tatsache, dass er sie in wenigen Stunden los sein würde, beflügelte ihn und ließ ihn mit der Situation gelassener umgehen.

Gemeinsam schlenderten sie Richtung Akropolis, stiegen hinauf zum Pathenon und bestaunten die antiken Säulen, auf denen das gewaltige Bauwerk ruhte. Sie suchten sich einen geeigneten Platz, von dem aus man einen malerischen Blick auf das brodelnde Athen hatte. Sie ignorierten beide vehement die vielen Touristen, die mit ihren Fotoapparaten alles ablichteten, was ihrer Meinung nach antik roch.

Damianos war die Liebenswürdigkeit in Person. Lebendig und witzig sprach er über die griechische Mythologie, erklärte Nora den Sinn des Bauwerks und vergaß nicht, sie auf Besonderheiten der einzelnen Fragmente hinzuweisen. Nora hatte sich zwar schon früher mit der griechischen Kultur befasst, aber was ihr jetzt von Milan geboten wurde, ließ jeden Reiseführer überflüssig erscheinen.

Nach einiger Zeit schlenderten sie durch die belebte Plaka. Aufdringliche Händler zogen sich sofort zurück, wenn ihnen klar wurde, dass sie einen Landsmann vor sich hatten. Damianos war zufrieden. Noras Argwohn schien verflogen und alles lief nach Plan. Wegen der ekelhaften, aber notwendigen morgendliche Bettgeschichte war sein zeitlicher Plan etwas durcheinander geraten, aber das würde er beim

Besuch des bunten Marktes einsparen. Ganz so einfach war das dann aber doch nicht. Fast gewaltsam musste er Nora von den wohlriechenden, bunten Gewürzständen wegziehen. Er versprach ihr, den Markt am nächsten Tag nochmals mit ihr aufzusuchen.

»Wir wollten doch meine Mutter besuchen, oder möchtest du das nicht mehr?«

Nora kniff ihm lachend in die Seite. »Doch Milan, natürlich will ich das. Ich freue mich schon darauf.«

Eilig verließen sie den Markt, überquerten im Zickzackkurs, begleitet von einem anschwellenden Hupkonzert, die stark befahrene Straße.

Nora musste lachen. »Einfach so in den fließenden Verkehr reinlaufen und darauf vertrauen, dass gebremst wird, wäre in Berlin undenkbar.«

Damianos erklärte ihr, dass diese Methode die einzige Möglichkeit darstelle, auf die andere Straßenseite zu gelangen. Es sei denn, man latsche brav zur nächsten Ampel. Aber auch dort könne man nie sicher sein, dass die Autos bei Rot anhalten. Plötzlich sprang er wieder auf die Fahrbahn, um aus dem Gewühl der Autoschlangen ein Taxi heranzuwinken. Laut hupend drängelte sich der Taxifahrer quer durch den unüberschaubaren, stinkenden Verkehr. Der Mief erschien undefinierbar. Vom nahen Markt mischten sich Fischgerüche mit denen frischer mediterraner Kräuter, der Süße des Blutes der geschlachteten Tiere, und den Abgasen der Benzin- und Dieselfahrzeuge. Die brütende Hitze tat ihr Übriges.

Beide sprangen flink in den Wagen und Damianos nannte das Ziel. Hupend, im Schneckentempo, denn zügiges Fahren war bei dieser Dichte nicht möglich, fädelte sich der Fahrer in die wabernde Blechlawine ein.

Eine knappe Dreiviertelstunde später erreichten sie Kolonaki. Damianos ließ das Taxi schon am Fuße des Hügels halten. Er wollte sich so unauffällig wie möglich dem Haus nähern. Langsam schlenderte er mit Nora den schmalen, schlangenförmigen Weg nach oben. Sie blieb immer wieder stehen und bewunderte die üppige Bougainvillea mit ihren satten, dunkellila Blüten. Damianos hingegen wurde mit jedem Meter, den sie sich der Villa näherten, einsilbiger. Je näher sie dem Haus seiner Mutter kamen, desto nervöser wurde er. Mechanisch setzte er einen Fuß vor den anderen und bemühte sich, Noras Begeisterung über die mediterrane Blütenwelt mit einem freundlichen Lächeln und zustimmendem Kopfnicken zu kommentieren.

Jetzt nur keinen Fehler machen. Halte dich an deinen Plan. Er ist genial. Denke daran, du musst schnell sein. Nora ist nicht dumm. Momentan sind ihre Sinne geschärft. Sie ist misstrauisch. Du hast sie verunsichert. Lasse dich nicht mehr beirren. Nora ist lebhaft und an vielen Dingen interessiert. Gib ihr keine Gelegenheit, länger mit deiner Mutter zu plaudern. Gut, Mutter spricht kein Deutsch und Nora nicht Griechisch.

Soweit er sich erinnern konnte, sprach seine Mutter auch kein Englisch, aber sicher war er sich da nicht mehr. Dafür sprach sie perfekt Ungarisch und ein bisschen Swahili. Letzteres hatte sie von Nala gelernt. Demnach bestand wohl keine Gefahr, dass sie sich auf einer Sprachebene verständigen konnten. *Trotzdem, das Risiko ist zu groß. Wähle den sicheren Weg. Sieh zu, dass weder deine Mutter noch Nala sie zu Gesicht bekommen. Bringe es zügig und ohne Umwege zu Ende …*

Diese Gedanken beherrschten momentan das Gehirn von Damianos. Ein unmerkliches Grinsen breitete sich auf seinem Gesicht aus. Das Schnipsen seiner Finger konnte er nur mühsam kontrollieren. *Das kriege ich hin. Ich bin genial. Eine halbe Stunde Vorbereitung, länger brauche ich nicht. Diesen einzigen heiklen Moment werde ich im Griff haben. Oh ja, das werde ich …*

Ob Noras Begeisterungsstürme die Bougainvillea betreffend oder ihre anderen Hochgesänge auf diesen wunderschönen Tag, den azurblauen Himmel und das typischen Flair Griechenlands – er nahm all dies nur am Rande wahr. Seine momentane Realität erschien ihm wattig, leise, fast schon geräuscharm. Nora und er schwebten den Hügel hinauf. Sie lachte, stellte quietschvergnügt irgendwelche Fragen, klammerte sich an seinen Arm und schaute ihm übermütig und fordernd ins Gesicht. Er wollte antworten, aber kein hörbarer Ton kam über seine Lippen. Langsam, extrem langsam, schob er sie ein Stück zur Seite.

»Milan was ist mit dir?« Nora schaute ihn beunruhigt ins Gesicht. Kleine Schweißperlen standen auf seiner Stirn, er atmete keuchend, sein Blick verlor sich im Nirgendwo.

Damianos spürte seine körperliche Veränderung, Panik machte sich in seinem Kopf breit. *Nein, nicht jetzt, du musst gegensteuern. Konzentriere dich auf deine Atmung, tief einatmen und langsam ausatmen, weiter so. Ja, perfekt …*

Für einen kurzen Moment setzte er sich in den Schatten einer alten Pinie und schloss die Augen. Glücklicherweise hörte Nora auf zu reden. Schweigend setzte sie sich neben ihn. Zu nah für sein Empfinden, aber er fühlte sich nicht in der Lage, seine Position zu verändern. Mit jedem Atemzug, bekam er seinen Zustand besser in den Griff. Er öffnete die Augen, quälte sich ein Lächeln ab und meinte zu Nora gewand: »Nicht schwächeln, los, los, weiter geht's.«

Das sollte humorvoll klingen, aber Nora empfand es alles andere als lustig. So hatte sie Milan noch nie erlebt. Seine

Kreislaufattacke im Flugzeug steckte ihr noch immer in den Knochen – und nun die Wiederholung kurz vor dem Haus seiner Mutter. Das hatte nichts mit seiner angeblichen Flugangst zu tun. Ihr Gefühl sagte ihr, dass hier etwas ganz und gar nicht stimmte. Milan musste sich untersuchen lassen. Sie nahm sich vor, am heutigen Abend mit ihm darüber zu sprechen. Langsam und schweigend gingen sie weiter den kleinen Berg hoch und standen kurz darauf vor dem großen schmiedeeisernen Tor.

Nora schaute Milan fragend an – und als er keine Anstalten machte, den Klingelknopf zu betätigen, wollte sie das übernehmen.

Unsanft zog er ihren Arm zurück. »Nein, nicht, ich habe einen Schlüssel. Wir werden leise ins Haus gehen, ich möchte meine Mutter überraschen.«

Nora fand diese Idee unsinnig, fügte sich aber und schlich leise mit ihm den gewundenen Weg nach oben. Ihr blieb kaum Zeit, sich umzuschauen. Oben angekommen, verhielt er sich wie ein Dieb. Er lauschte an der Tür und vergewisserte sich, dass sich niemand in der großen Empfangshalle aufhielt. Lautlos öffnete er die Tür und bat Nora, ihm leise zu folgen. Gleich rechts neben dem Eingang befand sich ein kleiner, schmaler Flur, an dessen Ende Damianos mit ihr in einem Raum verschwand.

Er grinste sie erleichtert an. »Geschafft, wir haben es geschafft.«

Er warf sich auf das große Bett und fing hysterisch an zu lachen. Nicht laut, es war kein freudiges Lachen, eher ein Kichern, ein sich steigerndes, irres, kehliges Kichern. Nora schaute ihm irritiert ins Gesicht und wollte sich abwenden, als er plötzlich ihr Handgelenk griff und sie auf das Bett zog.

Sie schrie schmerzhaft auf. »Was soll das Milan, du tust mir weh.«

Er schaute ihr flüchtig, nur ganz flüchtig, in die Augen, ehe er seinen Griff lockerte.

Nora saß wie betäubt auf der Bettkante. Dieser Blick, mit dem er sie nur ganz kurz anschaute, ließ sie für einen Moment erstarren. Sie sah Hass, eiskalten, tödlichen Hass. *Oh Gott, hilf mir, gib das ich mich geirrt habe, bitte …*

Damianos lag ausgestreckt auf seinem Bett und beobachtete Nora. Er hatte sich zwar für seine Grobheit entschuldigt, aber das kam bei ihr nicht an. Sie blieb skeptisch und misstrauisch. Sie wirkte verängstigt. Ihm war klar, wenn er jetzt ihr Vertrauen verspielt hatte, dann war sein Plan in ernster Gefahr. Er erhob sich vom Bett und ging langsam auf Nora zu, die inzwischen mit dem Rücken zu ihm stand und aus dem Fenster schaute. Behutsam schlang er seine Arme um ihren Körper, und behutsam küsste er ihren Hals. Stocksteif stand sie da. Nichts deutete darauf hin, dass sie ihm seine Grobheit verziehen hatte. Leise flüsterte er ihr alle möglichen und unmöglichen Schmeicheleien ins Ohr. Er benahm sich wie ein pubertierender Schüler. Zumindest erreichte er damit, dass sie plötzlich zu glucksen anfing und sich langsam zu ihm umdrehte. Er schaute ihr wie ein reuiger Hund in die Augen und wartete darauf, dass sie ihm ein Zeichen zur Versöhnung gab.

»Milan, ich weiß nicht mehr, was ich von dir halten soll. Du verunsicherst mich maßlos mit deinen Gefühlsschwankungen. So warst du noch nie. Wenn das alles, so wie du sagtest, mit dem heutigen Besuch bei deiner Mutter zu tun hat, dann hätte ich gerne darauf verzichtet.«

Damianos schickte stumm ein Dankgebet zum Himmel. Soeben hatte ihm Nora einen Grund gegeben, mit dem er sein Verhalten rechtfertigen konnte. »Ja, genau so ist es mein Liebling. Aber wir werden das hinter uns bringen. Allerdings erwartet uns meine Mutter erst in einer guten Stunde. Wir haben also noch etwas Zeit und ich würde dir gerne vorher etwas zeigen. Etwas, was bisher noch nie jemand gesehen hat.«

Sie schaute ihn misstrauisch und fragend an. »Und wieso hat das, was du mir zeigen möchtest, noch nie jemand gesehen?«

Damianos konnte ihrem Blick nicht standhalten und schaute nervös aus dem Fenster. »Frage nicht so viel, lass dich überraschen. Allerdings muss ich erst nachsehen, ob alles unverändert ist. Es dauert nicht lange, ich bin in ungefähr einer halben Stunde zurück. Ist das in Ordnung für dich?«

Inzwischen reagierte Nora auf seine Überraschungsmanöver skeptisch. Es war bisher eine Aneinanderreihung unerträglicher Situationen. Sie schüttelte den Kopf und meinte dann, dass ihr Bedarf an unangenehmen Überraschungen gedeckt sei. Ganz vorn rangierte die Übernachtung in diesem widerwärtigen Stundenhotel.

Milan beschwichtigte ihre Bedenken und versprach, dass es diesmal um einen Ort seiner Kindheit ginge. Sie wolle doch wissen, wo er sich früher häufig aufgehalten hätte – und genau diesen Ort würde er ihr jetzt zeigen.

Zögernd erklärte sie sich damit einverstanden und beschloss, in seiner Abwesenheit sein luxuriöses Bad in Beschlag zu nehmen. Während sie Wasser in die übergroße Wanne laufen ließ, eilte er in seine kleine Küche, öffnete eine Flasche Rotwein und stellte ihr das gefüllte Glas auf den breiten Rand der Wanne. Er küsste sie flüchtig auf die Stirn, machte auf dem Absatz kehrt und verschwand aus ihrem Blickfeld. Nora schaute ihm kopfschüttelnd hinterher.

Damianos lief auf Zehenspitzen den kleinen Flur entlang, öffnete leise die große Eingangstür und zog sie geräuschlos ins Schloss. Flink eilte er den schmalen, verwilderten Weg hinter dem Haus entlang. Bevor er am Bungalow Nalas vorbeischlich, blieb er stehen und lauschte. Es war mucksmäuschenstill. Nala befand sich, wie er schon vermutet hatte, offensichtlich in der Villa, um seiner Mutter zur Hand zu gehen. Schnell lief er an den Fenstern vorbei, bog um die Ecke und stand vor dem großen schiefen Eingangstor der Hütte. Er fand es merkwürdig: Alle bezeichneten dieses schiefe Gebäude immer als Hütte, obwohl es wesentlich größer war als Nalas Bungalow.

Damianos hatte Mühe, das Tor zu öffnen. Krumm, schief, in sich verkannten, musste er es auf der einen Seite anheben und gleichzeitig kräftig ziehen. So ganz geräuschlos ging dieses Manöver nicht vonstatten. Er schob sich durch das nur teilweise geöffnete Tor und zog es hinter sich zu.

Schwer atmend blieb er einen Moment stehen und lauschte nach draußen. Nichts rührte sich. Er schaute sich um und bemerkte die Fußspuren, die relativ frisch zu sein schienen. Er folgte ihnen bis zum Schrank, dort waren sie undeutlich und verwischt. Der Eindringling hatte hier offensichtlich kehrtgemacht, denn die Spuren verliefen jetzt wieder in Richtung Ausgang. Die Tür des großen Schranks war nicht geöffnet worden, sonst wären die Spinnweben zerstört gewesen.

Damianos atmete flach und langsam. Jede seiner Bewegungen wirkte mechanisch. Er zog am Griff der großen Schranktür, die sich quietschend und knarrend öffnete, und hob den Kasten mit dem zum Teil verrosteten Werkzeug heraus. Dann trat er in das Schrankinnere, griff sich die leeren, verstaubten Weinkisten und stapelte sie hinter dem Schrank. Einige zusammengerollte alte Teppiche landeten ebenfalls bei den Weinkisten. Zum Schluss hebelte er das Bodenbrett aus seiner Verankerung und legte es vor den Schrank.

Er stieg in das Innere und tastete die linke Seitenwand des Schrankes ab. Seine Finger glitten gefühlvoll über das alte Holz. Er ärgerte sich über seine Nachlässigkeit: Eine kleine Taschenlampe hätte sein momentanes Problem gelöst. Endlich spürte er den kurzen, harten Widerstand des spröden, alten Seils. Er versuchte, das kurze Ende zu greifen, um es langsam in seine Richtung zu ziehen. Ein kurzes, schnarrendes Geräusch, und im selben Moment rutschte ihm das Seil einen halben Meter entgegen. Er zog langsam daran, und die Seitenwand bewegte sich nach oben, bis sie klickend einrastete.

Abgestandener, beißender Geruch schlug ihm aus dem dahinterliegenden Keller entgegen. Er tastete nach dem Lichtschalter und hoffte inbrünstig, dass die Lampe noch intakt war. Es funktionierte. Gedämpftes Licht gab den Blick auf den spärlich eingerichteten Raum frei.

Auf den verstaubten, mit Spinnweben überzogenen Regalen standen in Reih und Glied Präparategläser in verschiedenen Größen. Nur verschwommen konnte man deren Inhalt erkennen. Auf dem großen, massiven Holztisch darunter lagen ordentlich nebeneinander aufgereiht diverse chirurgische Instrumente: Nierenschalen, große dunkle und helle Flaschen, deren Beschriftung auf den jeweiligen Inhalt hinwies. Am Ende des Tisches stand ein verrosteter, großer Waschzuber, dessen breites Abflussrohr in der dahinterliegenden Felswand verschwand.

Damianos versuchte, den Wasserhahn darüber aufzudrehen. Nur mit äußerster Kraftanstrengung ließ sich das verrostete Gewinde bewegen. Gurgelnd und zischend spuckte das Ungetüm Luft und rostiges, brackiges Wasser in den Zuber. Er ließ es laufen und war zufrieden, da auch der Abfluss nicht verstopft war.

Unter der Pritsche an der gegenüberliegenden Wand stapelten sich Schüsseln und diverse kleine und große Zinkwannen. Am Kopfende der Liege befand sich eine Kiste, in der fein säuberlich, wie in einem gut sortierten Werkzeugkasten, verschiedene chirurgische Artikel der Größe nach ihren Platz gefunden hatten. Die Pritsche war fein säuberlich mit einer Plastikplane abgedeckt.

Damianos erfasste den Zustand des Raumes mit einem Blick. Ihm wurde klar, dass er diesen beißenden Geruch niemals in der nächsten halben Stunde wegbekommen würde. Salmiak – ein undichter Salmiakbehälter war die Ursache. Er griff sich einen alten Besen und entfernte so gut wie möglich Spinnweben und Staubschicht, rollte die Plane von der Pritsche und wedelte das Ungeziefer, das panikartig einen anderen Unterschlupf suchte, von der Liege.

Er setzte sich einen kurzen Moment und ließ seinen Blick über jedes Detail dieses Raumes schweifen. Erinnerungssplitter an die glücklichsten Momente seines Lebens entstanden vor seinem geistigen Auge. Seine Finger krallten sich in das harte, brüchige Leder der Liege. Abgrundtiefer Hass raubte ihm fast den klaren Verstand.

Dieses Miststück muss weg, sie wird unser Leben nicht zerstören. Milan, es sind unsere Erinnerungen, unser Leben. Ich sorge dafür, dass es wieder wie früher sein wird, Bruder. – Hörst du, Bruder – hörst du mich? Gleich, gleich ist es vorbei.

Ruckartig erhob er sich, legte Klebeband sowie bereits zugeschnittene Seile, die er aus einem rostigen Behälter fischte, zurecht – und verließ den Raum. Jetzt saß jeder Handgriff. Er brachte die bewegliche Seitenwand in die alte Position. Die dahinter befindliche Treppe war nun nicht mehr sichtbar. Er stellte aus alter Gewohnheit zwei, drei leichte Kisten zurück in den Schrank, klopfte sich den Schmutz so gut es ging von der Kleidung und schlich zurück, um Nora zu holen.

Als er lautlos die Villa betrat, hörte er Schritte, die sich auf die Empfangshalle zubewegten. Nala rief nach Etelka. Sie wollte wissen, wann genau denn Milan kommen wolle.

Etelkas Stimme antwortete aus dem oberen Stockwerk. »Ich denke, in ungefähr dreißig Minuten wird er hier sein.«

Dann wieder Nalas Stimme: »Gut, dann bleibe ich jetzt hier.« Ihre Schritte entfernten sich wieder in entgegengesetzter Richtung.

Damianos stand wie angewurzelt hinter einem kleinen Mauervorsprung. Zwei, drei Schritte weiter und Nala hätte vor ihm gestanden. Er wischte sich den Schweiß von der Stirn und eilte in seine Wohnung.

Nora hatte gerade die Wanne verlassen und war dabei, ein neues Make-up aufzulegen. Sie drehte sich zu ihm um und bemerkte den Zustand seiner Kleidung. »Wo warst du? Hast du einen Keller aufgeräumt? Du bist überall voller Spinnweben.«

Damianos rang sich mühsam ein Lächeln ab und bestätigte grinsend ihren Verdacht. »Ja, einen Keller, einen ganz besonderen Keller. Als mein Bruder und ich Kinder waren, verschwanden wir sehr oft in unserer ›Schatzkammer‹. Ja – wir nannten unseren Keller ›Schatzkammer‹. Niemand durfte uns stören, wenn wir uns dort aufhielten. Allerdings waren wir seit Ewigkeiten nicht mehr dort, du siehst es an meinen Klamotten.«

Nora stand nun lächelnd vor ihm und meinte: »Jetzt bin ich wirklich gespannt. Komm, zeig ihn mir.«

Auch jetzt forderte er sie auf, leise zu sein. Wie Diebe schlichen sie sich aus dem Haus. Gebückt, obwohl es gar nicht nötig gewesen wäre, huschten sie an Nalas Bungalow vorbei. Nora blieb kurz stehen und wollte einen Blick in das Innere des Häuschens werfen, aber Damianos zog sie unsanft weiter.

Unbemerkt zwängten sie sich durch das Tor der Hütte. Damianos fischte flink die beiden Kisten aus dem Schrank und forderte Nora auf, dicht bei ihm zu bleiben. Für sie war es ein amüsantes Spiel. Sie staunte nicht schlecht, als die Seitenwand des Schrankes wegrutschte und den Blick auf eine schmale Leiter freigab, die nach unten führte. Als ihr der beißende, ätzende Geruch in die Nase stieg, wollte sie spontan umdrehen, aber Damianos zog sie unnachgiebig hinter sich her. Angewidert stand sie am Fuße der Leiter, hielt sich die Nase zu und schaute sich in diesem ekelhaften Raum um.

»Was habt ihr hier unten gemacht? Das ist doch kein Ort für Kinder. Milan, das ist widerlich.«

Sie drehte sich um und wollte nun schleunigst diesen ominösen Ort verlassen. Dann ging alles sehr schnell. Wie immer, wenn Damianos eine Entscheidung getroffen hatte. Er schleuderte Nora auf die Pritsche. Ihren Schrei erstickte er, indem er ihr gewaltsam die Hand auf den Mund presste. Nora starrte ihn mit weit aufgerissenen Augen an. Kein Ton kam über ihre Lippen. Er zerrte am Klebeband, zog es brutal mehrmals um ihren Kopf und verschloss dabei ihren Mund. Schmerzhaft verzog sie das Gesicht und versuchte sich strampelnd von seinem Gewicht zu befreien. Vergeblich: Sie lag verschnürt, zur Unbeweglichkeit verurteilt, auf der schmuddeligen Pritsche.

Eiskalt schaute er auf sie herab. Sein Atem ging stoßweise und er schnipste unentwegt mit den Fingern. Sein Gesicht näherte sich dem ihren. Dicht an ihrem Ohr zischte er fast lautlos, mehrmals wiederholend: »Du kleine miese Schlampe, hör mir gut zu, niemand stellt sich zwischen uns, niemand, hast du das verstanden?«

Nora zuckte zusammen und versuchte, etwas Abstand zu bekommen. Nichts verstand sie. Sie wusste nicht, wovon er sprach.

Damianos rutschte noch näher. »Ob du mich verstanden hast, möchte ich wissen?«

Sie nickte bejahend und versuchte verzweifelt, durch die Nase zu atmen.

Blitzschnell erhob sich Damianos, kletterte die Leiter nach oben, verschloss den Eingang und lief zurück zum Haus. Ungesehen betrat er seine Wohnung, duschte ausgiebig, zog sich frische Kleidung an und begab sich zufrieden grinsend zum Eingangstor. Es wurde Zeit, seine Mutter erwartete ihn. Er betätigte den Klingelknopf.

25

Zur selben Zeit hielt Blondy das Ergebnis des DNA-Tests in der Hand und reichte es weiter an Gregor. »Er war es, der ›Doc‹ hat sie gevögelt und dann ins Jenseits befördert.«

Gregor überflog den Bericht und legte ihn kopfschüttelnd zur Seite. »Das verstehe ich nicht. Weshalb benutzte er kein Kondom? Wie kann man nur so blöd sein. Er als Mediziner

192

müsste es doch erst recht wissen. Dieses Beweismittel ist unschlagbar. Jetzt bin ich gespannt, was der saubere Herr zu diesem Ergebnis zu sagen hat.«

Die Kaffeemaschine in der Ecke zischte und gurgelte vor sich hin. Gregor schraubte sich keuchend und schwitzend aus seinem Schreibtischstuhl und genehmigte sich erst mal eine Tasse Kaffee. »Möchtest du auch einen?«

Blondy winkte dankend ab. »Nee, mein Magen streikt. Habe in letzter Zeit zu viel davon getrunken. Außerdem ist mir bei diesen hochsommerlichen Temperaturen eher nach einem kalten Getränk. Ach übrigens, Gregor, vorhin war ein Anruf für dich. Eine Frau, Ellen sowieso. Warte mal, ich habe den Namen aufgeschrieben ...«

»Ja, Ellen, ich weiß schon, wen du meinst. Was wollte sie?«

»Sie macht sich Sorgen, weil sich ihre Schwester Nora noch nicht gemeldet hat. Sie meint, du wüsstest, um wen es sich handelt.«

»Ja, ja, das ist die Freundin von diesem Milan Pagonis, der sich jetzt in Athen aufhält. Vermutlich sind sie zusammen dort hingeflogen. Das erklärt allerdings nicht, warum sie ihre Schwester nicht anruft. Aber danke, ich kümmere mich darum.«

Blondy indes griff zum Handy und informierte Engels per SMS über den DNA-Bericht: *DNA und Vogel identisch – vermisse dich.*

Nachdenklich, Löcher in die Luft starrend, schlürfte Gregor den heißen Kaffee, stellte dann geräuschvoll die leere Tasse ab und machte sich auf den Weg zum »Doc«.

Milan hörte schon von weitem, dass sich jemand seiner Zelle näherte. Inzwischen konnte er die verschiedenen Geräusche um sich herum gut einordnen. Es gab keine andere Ablenkung. Er war mit seinen peinigenden Gedanken und den Hintergrundgeräuschen alleine. Er blieb liegen und wartete. Kurz darauf stand Gregor vor ihm und forderte ihn auf, sich zu erheben. Milan setzte sich auf den Rand der Pritsche und Gregor zog sich einen Stuhl heran.

»Dr. Pagonis, wir haben jetzt das Ergebnis des DNA-Tests. Dieser stimmt mit den Spermaspuren, die wir bei den ermordeten Frauen fanden, zweifelsfrei überein. Meinen Sie nicht, dass es an der Zeit wäre, ein Geständnis abzulegen?«

Milan riss den Kopf hoch und starrte Gregor ungläubig an. »Das kann nicht sein, das muss ein Irrtum sein. Ich kenne diese Frauen nicht. Ich war das nicht.«

Er schlug verzweifelt die Hände vor sein Gesicht und schüttelte verneinend den Kopf.

»Dr. Pagonis, sie sind Mediziner, sie wissen, dass dieser Test unumstößlich ist. Wie erklären sie sich dieses Ergebnis?«

Milan sprang von der Pritsche hoch und lief wie ein Raubtier im Käfig auf und ab. Er schüttelte den Kopf, fuhr sich verzweifelt mit den Händen durch die Haare und versuchte, seine Gedanken zu ordnen. Gregor ließ ihn gewähren. Er beobachtete ihn und versuchte zu ergründen, was sich momentan hinter dieser Stirn abspielte. Ihm schien die Verzweiflung echt zu sein.

Plötzlich setzte sich Milan wieder und stammelte leise vor sich hin: »Ich kann nicht mehr, ich war das nicht.« Nach einer kurzen Pause schaute er Gregor direkt ins Gesicht und sagte: »Gregor, ich bin nicht Damianos, ich bin Milan. Der Milan, der bei deinem Gartenfest war, und der Milan, bei dessen Vernissage du mit Sarah gewesen bist.«

Gregor blieb einen Moment die Spucke weg. Er stand auf, nahm den Stuhl und setzte sich einen Meter von Milan entfernt wieder hin. Er musterte ihn und hoffte, irgendetwas zu entdecken, dass ihn mit Sicherheit als Milan identifizierte. Er fand nichts. Er wollte ihn gerade auffordern, einige Details von dem Grillabend zu erzählen, als Milan alleine davon anfing. Im Telegrammstil benannte er Einzelheiten, den Verlauf des Abends betreffend, die nur jemand wissen konnte, der dabei gewesen war.

Gregor unterbrach seinen Redefluss und wollte wissen, weshalb er in der Charité als Doktor anzutreffen war.

»Das ist eine lange Geschichte. Gregor, vertraue mir bitte, ich werde alles offen darlegen, wenn ich weiß, dass es Nora gut geht. Weißt du, wo sie ist?«

Gregor zögerte einen kurzen Moment, bevor er Milan – es schien wirklich Milan zu sein – antwortete. »Wir wissen es nicht genau. Wir wissen nur, dass ein Milan Pagonis gestern Mittag vom Airport Tegel nach Athen geflogen ist, und vermuten, dass seine Freundin bei ihm ist.«

Milan wurde kreideweiß. »Damianos ist in Athen, Milan bin ich – und wenn er Nora mitgenommen hat, ist sie in höchster Gefahr.«

Gregor schüttelte noch immer ungläubig den Kopf. »Bis jetzt waren wir der Meinung, Dr. Damianos Pagonis sitzt in U-Haft. Der Pass, Führerschein, sämtliche Papiere waren durchweg auf Damianos Pagonis ausgestellt.«

Milan wurde immer verzweifelter. »Ja, das stimmt, es sind Fälschungen. Wir haben alles doppelt. Bitte, Gregor, du musst mir glauben, bitte fahre in Noras Wohnung. Ihr Wohnungsschlüssel, es ist der mit dem ovalen, bunten Anhänger, liegt bei den Dingen, die ihr mir abgenommen habt.« Er nannte ihm die Adresse in Neukölln und beschwor Gregor, sich zu beeilen. »Ihre Papiere sind in der Kommode links hinter der Tür, im obersten Schubfach. Der große und der kleine Koffer stehen in der Kammer, die vom

Schlafzimmer abgeht. Wenn irgendetwas davon fehlt, dann ist sie ebenfalls in Athen. Sie glaubt doch, sie wäre mit mir unterwegs. Von meinem Zwillingsbruder weiß sie nichts.«

»Okay, wir werden uns darum kümmern. Aber eins noch, der DNA-Test. Die Speichelprobe war von dir, ich habe sie persönlich abgenommen. Wie erklärt sich die Übereinstimmung mit den Spermaspuren, die wir bei den Opfern gefunden haben?«

Milan sackte in sich zusammen und schlug die Hände vors Gesicht. Tröpfchenweise drang die unabänderliche Tatsache in sein Bewusstsein, dass sein Bruder Damianos für die schrecklichen Verbrechen verantwortlich ist.

Schluchzend und abgehackt stammelte er kaum verständlich irgendetwas wie: »Wir sind Zwillinge, eineiige Zwillinge, unsere DNA ist identisch.«

Gregor verließ wortlos die Zelle. Nachdenklich betrat er kurz darauf sein Büro und wies Blondy an, bei der Gerichtsmedizin nachzufragen, ob die DNA bei eineiigen Zwillingen immer identisch sei.

»Wie bitte?« Sie schaute Gregor fragend an. »Wieso das? Was ist los?«

»So, wie es aussieht, haben wir den Maler eingebuchtet. Der ›Doc‹ hat sich abgeseilt. Ich erkläre dir alles später. Ach ja, und dann überprüfe bitte, ob eine Nora Stahl in derselben Maschine nach Athen saß wie dieser angebliche Milan.«

Nora schüttelte den Kopf und murmelte vor sich hin: »Irre, dieser Fall ist nur irre.«

Inzwischen griff Gregor zum Telefon und ließ sich die Wohnungsschlüssel bringen, die zu Noras Wohnung gehörten, stapfte ins Büro nebenan und forderte Schlüter auf mitzukommen. Der Berufsverkehr hatte eingesetzt und dementsprechend langsam kamen sie voran.

Glücklicherweise fanden sie in der Niemetzstraße sofort einen Parkplatz. Gregor, dem man es aufgrund seines massigen Körperbaus nie zugetraut hätte, sprang wieselflink aus dem Wagen und stapfte zügig durch die drei Hinterhöfe. Schlüter hatte Mühe, mit dem vorgegebenen Tempo Schritt zu halten. Die vier Stockwerke gingen sie allerdings etwas gemächlicher an. *Nora Stahl* stand in Schnörkelschrift auf dem messingfarbenen Schild über dem Klingelknopf.

Gregor schaute sich die verschiedenen Schlüssel an und fand intuitiv sofort den Richtigen. Die Tür schnappte auf. So, wie es Milan beschrieben hatte, stand hinter der Tür eine alte Kommode. Im obersten Schubfach befand sich alles Mögliche, nur keine Papiere. Vorsichtshalber öffnete er noch die darunterliegenden Schübe. Nichts, jedenfalls nicht das, was er zu finden hoffte. In der kleinen Kammer, die vom Schlafzimmer abging, befand sich nur ein großer Koffer. Wenn es einen kleineren gab, dann war er weg. Gregor inspizierte noch den großen Schrank, aber auch dort fand er weder Papiere noch einen kleinen Koffer.

Schlüter indessen stand am Wohnzimmertisch und hielt eine kleine Karte in der Hand. »Was ist das denn, Chef?«

Gregor trat neben Schlüter, der gerade dabei war, das nächste Kärtchen in die Hand zu nehmen. Gregor konnte es im letzten Moment verhindern. Den Text darauf konnte man auch lesen, ohne es zu berühren.

»Verdammt Schlüter, nicht anfassen, wissen sie auch warum?«

»Oh ja – Mist – ich habe nicht daran gedacht – Fingerabdrücke – stimmt's?«

Gregor verdrehte die Augen, zog ein Plastiktütchen sowie eine Pinzette aus der Tasche und verstaute die kleinen Karten in der Tüte. Neben der Spüle standen zwei benutzte

Weingläser, die er ebenfalls sorgfältig in dafür vorgesehene Beutel verstaute. Eilig verließen sie anschließend die Wohnung und fuhren zurück ins Dezernat.

Gregor hasste Autofahrten im Berufsverkehr. Besonders dann, wenn es während der Arbeitszeit notwendig wurde. Für ihn war es Zeitverschwendung. Er sprang schon aus dem Wagen, während Schlüter sich noch mit dem Öffnen seines Gurtes beschäftigte.

Auf dem Weg in sein Büro lief ihm Jo über den Weg. Er drückte ihm die Plastiktüten mit den Karten und den Gläsern in die Hand. »Muss zur Spurensicherung. Die sollen sich beeilen.«

Jo nahm sie kommentarlos entgegen und machte sich zügig auf den Weg.

Als Gregor sein Büro betrat, telefonierte Blondy. Ihrem Ton nach zu urteilen, war sie stinksauer. Am anderen Ende der Leitung bekam gerade jemand einen Platzverweis.

»Oh ja, Frau Holle, gut, dann eben Frau Hille, das ändert nichts daran, dass ich die Passagierliste – oder auf welcher Liste sie auch immer ihre Passagiere registrieren – sofort benötige. Ja genau, jetzt haben Sie mich verstanden. Gestern, Dienstag, 13 Uhr 30 – Flug nach Athen – Frau Nora Stahl. Nein, ich bleibe nicht am Apparat, rufen sie mich in der nächsten Viertelstunde zurück. Ach ja, und wie war noch der Name ihres Vorgesetzten? Melzer, Fabian Melzer, danke, bis gleich.«

Etwas lauter als sonst knallte Blondy den Hörer auf die Gabel und schaute ungläubig zu Gregor. Er ließ sie erst gar nicht zu Wort kommen, sondern berichtete von dem Fund der ominösen Kärtchen. »Die sind schon auf dem Weg zur Spurensicherung. Offensichtlich wurde sie schon einige Zeit von einem Stalker belästigt. Ein Koffer und auch ihre

Papiere fehlen. Es spricht alles dafür, dass Nora Stahl ebenfalls in Athen ist.«

Blondy holte tief Luft und wollte gerade ihre Empörung über die begriffsstutzige Mitarbeiterin der Fluggesellschaft loswerden, als es an der Bürotür zaghaft klopfte. Gregor, der neben der Tür stand, riss sie schwungvoll auf und schaute fragend zu dem jungen Mann, der erschrocken davor stand.

»Kann ich ihnen helfen?«

Alex, der nicht damit gerechnet hatte, dass die Tür so schnell und schwungvoll geöffnet wird, stand einen Moment sprachlos vor Gregor.

»Ja, ja, sie können mir helfen. Mein Name ist Alex, Alex Engels, ich wollte zu meinem Vater.«

Nun war es Gregor, dem die Spucke wegblieb. Bevor er etwas sagen konnte, rief Blondy von hinten: »Alex, das ist ja nett, komm rein!«

Gregor ging einen Schritt zur Seite und beobachtete das Begrüßungszeremoniell der beiden. Sie umarmten sich wie gute Bekannte, und Alex entschuldigte sich für die Störung, aber er müsse seinen Vater dringend persönlich sprechen.

Blondy erklärte ihm, dass er momentan in Athen sei und man noch nicht genau wisse, wann er zurückkomme.

Alex wirkte zerknirscht. »Gut Katja, dann ist es eben so. Wenn er zurück ist, möchte er mich bitte anrufen.«

Blondy schaute ihn fragend an. »Kann ich dir irgendwie weiterhelfen?«

Alex schüttelte verneinend den Kopf, erhob sich und verließ mit einem kurzem »Bis bald, Katja« und zu Gregor gewandt mit einem förmlichen »Auf Wiedersehen« das Büro.

Gregor schaute ihm ungläubig hinterher. Es dauerte einen Moment, bis er seine Sprache wiederfand. »Der hat einen Sohn? Warum weiß ich nichts davon? Warum hat er den nie erwähnt? Wir arbeiten so viele Jahre zusammen, und er hält es nicht für nötig, mir das zu erzählen.« Gregor wirkte enttäuscht und gekränkt.

Katja erklärte ihm, dass Alex erst seit ungefähr einem Jahr mit seinem Vater in Kontakt sei. Alles sei neu und frisch. »Und du kennst doch Engels, in privaten Dingen hält er sich gerne bedeckt.«

Gregor wirkte trotzdem beleidigt, sagte aber nichts mehr.

Das Telefon klingelte. Blondy nahm sofort den Hörer ab, machte sich einige Notizen und bedankte sich bei dem Gesprächspartner am anderen Ende.

»Sie ist auch in Athen. Nora Stahl war tatsächlich im gleichen Flugzeug. Sie saß neben Milan Pagonis.«

Gregor schüttelte den Kopf. »Nein, neben Damianos. Milan sitzt bei uns im Käfig. Er meinte zu mir, sie sei in Gefahr. Ich will jetzt schleunigst wissen, wieso sie in Gefahr sein könnte und wo sich die beiden vermutlich aufhalten.«

Abrupt drehte er sich um und stürmte zur Tür hinaus. Blondy eilte ins Nebenbüro und bat Jo, der schon wieder an seinem Rechner saß, die Stellung zu halten, dann eilte sie Gregor hinterher. Am Fahrstuhl hatte sie ihn eingeholt.

Gemeinsam betraten sie die Zelle, in der Milan noch immer nervös auf und ab lief. Milan sah schrecklich aus. Fahle blasse Gesichtsfarbe, dunkle Ränder um die Augen, und ständig fuhr er sich nervös mit den Händen durch seine langen Locken, die inzwischen wirr um seinen Kopf standen. Einen kurzen Moment empfand Gregor Mitleid mit ihm.

Erwartungsvoll schaute Milan zu Gregor. »Und, hast du ihre Papiere gefunden?«

Gregor schüttelte verneinend den Kopf. »Wir wissen jetzt, dass Nora Stahl in derselben Maschine saß wie dein Bruder.«

Ungläubig, mit panisch geweiteten Augen starrte er Gregor und Blondy an. »Oh Gott, das darf nicht wahr sein. Gregor, Nora ist in Lebensgefahr, du musst unbedingt sofort etwas unternehmen!«

Gregor versuchte Milan zu beruhigen, indem er ihm berichtete, dass die dortige Polizei bereits in den Startlöchern stehe. »Kommissar Engels befindet sich auch vor Ort. Allerdings brauchen wir deine Hilfe. Wo könnte sich dein Bruder aufhalten, und weshalb sollte er Nora töten?«

Milans Stimme überschlug sich, als er abgehackt versuchte, einen geschlossenen Satz zu bilden: »Die Hütte – in der Hütte – Schrank – ihr müsst in den Schrank – linke Ecke oben – Schnur – an der Schnur ziehen – oh Gott, hoffentlich ist es noch nicht zu spät.«

Gregor drängte ihn, etwas genauer zu werden: »Nun mach schon Milan, wo steht dieser Schrank, was finden wir in ihm?«

Milan atmete stoßweise. »In Kolonaki – bei meiner Mutter – die linke Seitenwand muss weg, dahinter ist ein Keller – bitte Gregor, beeile dich.«

Gregor und Blondy spurteten zurück ins Büro.

26

Kaum, dass er den Finger von der Klingel nahm, surrte auch schon der Türöffner. Damianos schlenderte den gewundenen Weg nach oben. Nala stand in der Tür, musterte ihn von oben bis unten und begrüßte ihn wie immer mit größter Zurückhaltung. Das war schon immer so gewesen, aber es war ihm egal. Er wusste, dass sie ihn noch nie leiden konnte. Nala wirkte zwar immer emotionslos und desinteressiert, aber dem war nicht so. Schon früher hatte er den kleinen Unterschied gespürt, wenn sie mit Milan oder seiner Schwester Arjana sprach. Da kam es dann schon mal vor, dass sie verstohlen lächelte. Ihn hatte sie noch nie angelächelt. Er spürte eiskalte Ablehnung. Letztendlich war sie ihm, wie auch alle anderen Familienmitglieder, völlig egal. Wichtig und unverzichtbar würde immer sein Bruder Milan bleiben. Er stürmte breit grinsend an ihr vorbei, lief durch die Halle, wo ihm seine Mutter schon mit offenen Armen entgegenkam.

»Milan, wie schön, dass du da bist.«

Freudig umarmte sie ihren Sohn. Es war eine kurze Umarmung. Kurz deshalb, weil sie annahm, ihren Sohn Milan vor sich zu haben. Etelka vermied schon immer engen Körperkontakt. Egal, ob es Familienmitglieder oder alte Freunde betraf. Die einzige Ausnahme machte sie bei Damianos. Auch das war schon immer so.

Seine Mutter lief vor ihm her, und er folgte ihr wie an der Schnur gezogen auf die überdachte, schattige Terrasse. Nala war verschwunden.

Etelka redete unentwegt. Sie stellte eine Frage nach der anderen, doch Damianos bekam gar keine Gelegenheit zu antworten. Endlich versiegte ihr Redefluss und sie schaute ihm erwartungsvoll ins Gesicht. Er erzählte ihr von der letzten Vernissage. Wie erfolgreich sie gewesen sei. Dass er mehrfach im Kulturteil verschiedener Zeitungen positiv erwähnt wurde, sogar von einem bekannten und berüchtigten Kunstkritiker. Berüchtigt deshalb, weil der sich wie ein römischer Herrscher aufführte: entweder Daumen nach oben oder nach unten. In seinem Fall hatte der Daumen nach oben gezeigt. Dieses Kompliment bedeutete ihm besonders viel, da dieser Kritiker über großen Einfluss in der Szene verfügte. Etelka hörte ihm aufmerksam zu und erkundigte sich nach dem Namen des Experten.

Damianos griff zur Kaffeetasse, um Zeit zu gewinnen. Er hatte den Namen nicht parat. *Verdammt, was hatte Milan gesagt? Wie hieß der doch gleich? Claude, ja Claude sowieso …*

Etelka wartete und meinte enttäuscht: »Milan, so was vergisst man nicht. War es ein älterer, untersetzter Herr oder ein großer, überschlanker mit langen Spinnenfingern? Wo kam er her? War er Brite oder Franzose?«

Damianos kam ins Schwitzen. Urplötzlich empfand er die Nähe seiner Mutter unerträglich. Der widerliche, ekelerregende Geruch ihres Parfüms: Solange er denken konnte, benutzte sie diesen abscheulichen Duft, mit dem er die unangenehmsten Bilder seiner Kindheit verknüpfte.

Nur mit äußerster Mühe gelang es ihm, zu antworten: »Franzose, Mutter. Ja, es war ein älterer, untersetzter Herr. Claude sowieso.«

Sie strahlte ihn an. »Das war Monsieur Claude Varell. Milan du hast es geschafft. Er ist momentan der Größte auf dem Gebiet. Wenn du den beeindrucken konntest, wird er dir Türen öffnen, von deren Existenz du sonst nie erfahren würdest. Ich bin stolz auf dich.« Alles, was sie sich selbst in jungen Jahren erträumte und nie erreichte, obwohl sie ihr Kunststudium als eine der Besten absolviert hatte, gelang nun ihrem Sohn.

Aber wie zu erwarten war, wechselte Etelka unvermittelt zu ihrem Lieblingsthema. Nicht, dass sie sich nicht über den Erfolg ihres begabten Sohnes freute, nein, so war es nicht, aber es gab für sie noch etwas Wichtigeres: Damianos. Er war das einzig wirklich Elementare in ihrem Leben. Stakkatomäßig kamen nun die Fragen, deren Beantwortung sie brennend interessierte: »Was macht Damianos? Wie geht es ihm? Fühlt er sich in der Klinik wohl? Malt er auch noch? Hat er eine Freundin – und – und – und …

Damianos saß ihr mit leerem Blick gegenüber. Die Fragen seiner Mutter hörte er nur noch wie durch einen dichten Wattefilter. Sein kindlicher Schutzmechanismus, der auch heute noch zuverlässig funktionierte, hatte eingesetzt. *Was will sie schon wieder von mir? – Sie soll endlich den Mund halten. – Ich kann sie nicht mehr ertragen. – Halte doch endlich deinen Mund! Warum bin ich überhaupt hierher gekommen? Ich weiß es nicht mehr …*

Er nahm wie in Trance die geöffnete Weinflasche und goss sich gemächlich das Glas randvoll. Ohne einen Tropfen zu verschütten, stellte er es auf den Tisch zurück.

Urplötzlich verstummte Etelka. Sie hangelte nach ihrer Brille, die im Begriff war, zwischen den Polstern zu verschwinden, starrte auf das übervolle Glas und dann auf ihren Sohn. »Du bist nicht Milan, du bist Damianos! Weshalb erkenne ich dich erst jetzt? Nur Damianos konnte das schon immer so perfekt.«

Damianos reagierte nicht. Er griff in ihre Richtung, nahm ihr leeres Glas und begann das Procedere erneut. Auch diesmal gelang es ihm, das Glas, ohne dass ein Tropfen daneben ging, vor seine Mutter abzustellen.

»Damianos hör auf damit, hör auf!«

Etelka stand auf und setzte sich neben ihn. Sie nahm ihm die Flasche aus der Hand und strich ihm liebevoll über das Gesicht. Sein Blick war starr auf den Tisch gerichtet. Sie umschlang seinen Arm und flüsterte leise vor sich hin. »Damianos, mein Baby, es ist so schön, dass du bei mir bist. Warum gibst du dich als Milan aus, warum? Du bist nicht Milan, du bist mein Damianos. Begreife es doch endlich. Milan ist Milan und du bist Damianos.«

Blitzschnell – und für Etelka völlig unerwartet – schüttelte er ihren Arm ab, stieß sie brutal zu Seite, sprang auf und schrie sie an: »Ich bin Milan und Milan ist Damianos, kapiere es endlich.«

Etelka saß entsetzt in ihrer Sofaecke und starrte ihren Sohn an. Sie kannte seine Ausbrüche, die sich in dieser Form immer gegen andere Personen richteten. Nie gegen sie. Er war von Anfang an Wachs in ihren Händen. Willig und manipulierbar. Und bisher konnte sie ihn immer beruhigen. »Damianos, Schatz, komm zu Mama, komm her, alles wird gut.«

Sie sprach mit ihm wie zu einem Sechsjährigen. Langsam bewegte sie sich auf ihn zu und wollte ihn behutsam auf das Sofa ziehen. Als sie ihm dabei in die Augen sah, hielt sie erschrocken inne und ging einen Schritt zurück. Damianos stand mit hasserfülltem Blick vor ihr, schnipste laut mit den Fingern und starrte ihr ins Gesicht. »Rühr mich nie wieder an, nie, nie wieder. Hast du mich verstanden?«

Keuchend stand er vor ihr und rang nach Luft. Etelka wich im Zeitlupentempo rückwärts gehend vor ihm zurück. Ihre leise gesprochenen, bisher nie wirkungslosen, lockenden, zärtlichen Worte drangen nicht mehr zu ihm durch. Ihr war in diesem Moment klar, dass sie ihren Einfluss auf ihn verloren hatte. Es fiel ihr schwer, Haltung zu bewahren. Sie setzte sich langsam in die Ecke des Sofas und wagte nicht, ihn anzusehen. Bis auf das Schnipsen seiner Finger und die qualvollen Atemgeräusche, die bei jedem seiner Atemzüge entstanden, war es eine gefühlte Ewigkeit still im Raum. Jählings machte er auf dem Absatz kehrt und verschwand im weitläufigen Garten.

Nala, die sich während der ganzen Zeit in der Küche aufhielt, bekam jedes Wort, das gesprochen wurde, mit. Beunruhigt näherte sie sich nach einer Weile der Terrasse und sah Etelka, die wie ein Häufchen Elend mit geschlossenen Augen in der Sofaecke kauerte.

»Etelka, Etelka mach die Augen auf, er ist weg!« Nala stand vor ihr und legte fürsorglich eine Decke über den dünnen Körper ihrer Freundin.

»Nala, es war Damianos, Damianos ist hier und nicht Milan.« Etelka stammelte fast tonlos vor sich hin. »Damianos, mein Baby, ist hier …«

Nala entgegnete nichts. Sie hatte ihn sofort erkannt, als er vor der Tür stand. Seitdem die Zwillinge auf der Welt waren wusste Nala immer, wer Milan und wer Damianos war. »Ich bringe dir deine Beruhigungstropfen.«

Nala erhob sich und verschwand, um Etelkas Medizin zu holen. Seit Damianos das Haus betreten hatte, rang sie mit der Entscheidung, ob sie nun den Kommissar anrufen sollte oder nicht. Nun zog sie kurzerhand seine Visitenkarte aus der Schürzentasche, griff zum Telefon und verlangte Kommissar Ari Solou zu sprechen.

Er bekam keine Luft mehr. Röchelnd stürmte er in den Garten, stützte seine Hände auf die Knie und versuchte, in gebückter Haltung einzuatmen. Ihm war schwindelig und er befürchtete, jeden Moment zu kollabieren. Diese Anfälle mit akutem Sauerstoffmangel wurden immer heftiger. Mühsam sog er die frische Luft in seine Lungen und langsam atmete er wieder aus. Nach ein paar Atemzügen richtete er sich wieder auf, lief gemächlich, sich weiter auf eine gleichmäßige Atmung konzentrierend, am Pool entlang und setzte sich erschöpft auf einen der Liegestühle.

Die Ruhe tat ihm gut. Langsam kehrten seine Kräfte zurück. Er stützte seine Ellenbogen auf die Knie und vergrub das Gesicht in seinen Händen. *Schluss, ein für allemal Schluss. Nie wieder würde er dieses Haus betreten, nie, nie wieder …*

Ihm wurde bewusst, dass er sie sonst töten würde. Bei dem Gedanken an seine Mutter krampften sich seine Eingeweide schmerzhaft zusammen. *Ich muss hier weg, schnellstens weg …*

Nora fiel ihm ein. Augenblicklich kehrten seine Lebensgeister zurück. *Oh ja, du kleines Miststück – ich komme – du dachtest bestimmt, ich habe dich vergessen – aber nein, wie könnte ich dich vergessen – wir wollen doch noch ein bisschen Spaß haben – du und ich – oh ja – das wird ein Genuss …*

Schwerfällig erhob er sich von der Liege, straffte seinen Körper und begab sich auf den Weg zur Hütte. Als er am Haus vorbeikam, hörte er Stimmen und sah gerade noch, wie vier Männer die Terrasse betraten. Der große, bärenhafte Typ kam ihm bekannt vor. Dann fiel es ihm ein. Damals, als Arjana verschwunden war, erschien er öfter in der Villa und stellte dämliche Fragen. Basdekis, genau – Hauptkommissar Basdekis. Verächtlich grinste Damianos vor sich hin. Mit einem gekonnten Sprung war er hinter dem nächsten Busch verschwunden, und ohne das geringste Geräusch zu verursachen, schlich er zur Hütte.

Inzwischen war die Dämmerung weit fortgeschritten. Es würde vielleicht noch fünfzehn Minuten dauern, bis es stockdunkel war. Damianos kannte jeden Stein und jede Unebenheit in diesem Garten. Er lief mit schlafwandlerischer Sicherheit den verwilderten Pfad entlang, öffnete die knarrende Tür und verschwand im Inneren der Hütte.

Er brauchte kein Licht. Es waren genau dreißig Schritte bis zum Schrank. Jeder Handgriff saß: Schnur ziehen, auf die Leiter steigen und die Seitenwand wieder verschließen. Dann stieg er in völliger Dunkelheit die Leiter nach unten.

Genau fünf Stufen. Er vernahm das gequälte Atmen Noras, fummelte ein paar Streichhölzer aus der Tasche, tastete das Regal nach der Kerze ab, die immer dort stand, fand sie – und entzündete den Docht. Der beißende Geruch hier unten war unerträglich. Bei jedem Atemzug brannte es in seiner Kehle und seine Augen begannen zu tränen. Mit der Kerze in der Hand näherte er sich der Pritsche.

Nora hatte inzwischen Schwierigkeiten, ihre Augen zu öffnen. Die Lider waren angeschwollen, ihre blonden, langen Haare klebten schweißdurchtränkt in ihrem Gesicht. Das Atmen durch die Nase war eine einzige Qual.

Er setzte sich zu ihr auf die Pritsche, stelle die Kerze zur Seite, befreite ihre Beine von den Fesseln, die schmerzhafte, tiefe, rötlichblaue Druckstellen hinterließen, und widmete sich ihrer Kleidung. Im Zeitlupentempo schob er ihren Rock nach oben. Nora strampelte panisch, trat nach ihm und traf ihn heftig in der Magengegend.

»Oh, oh – meine Liebe, was soll das denn?«

Er wurde wütend, zog ihre Beine brutal auseinander und kniete sich auf ihre Oberschenkel. Sie stöhnte schmerzgepeinigt auf.

»Ganz ruhig mein Engel, es geschieht nichts, was du noch nicht kennst. Heute Morgen hattest du doch auch deinen Spaß, oder irre ich mich?«

Ganz langsam setzte er sich wieder neben sie und begann sein perfides Spiel von vorne. Nora wehrte sich nicht mehr. Stück für Stück entledigte er sie ihrer Kleidung, bis sie splitternackt vor ihm lag. Langsam tastete er ihren Körper ab. Es gab keine Stelle, die er nicht berührte. Zuckte sie zurück, begann er das grausame Spiel erneut. Sie begriff sehr schnell, dass er keinerlei Abwehr wünschte. Sie stellte sich tot.

Zufrieden erhob er sich und begab sich an das Kopfende der Pritsche. Sie hörte ihn mit irgendwelchen Gegenständen hantieren. Metallenes Klappern, so als würde man Metall aneinanderreiben. Immer wieder stand er zwischendurch mit dem Rücken zu ihr am überdimensionalen Holztisch und schien etwas zu sortieren. Inzwischen hatte er noch zwei weitere Kerzen angezündet. Sie versuchte krampfhaft, zu erfassen, womit er beschäftigt war. Dann sah sie verschwommen die Umrisse einer Säge in seiner Hand. Sanft fuhr er mit dem Finger über das Sägeblatt und legte es wieder vor sich ab. Danach hielt er etwas Kleineres gegen das Licht der Kerze und fuhr ebenfalls sachte mit einem Finger über das kurz aufblitzende Metall. Nora erkannte ein Skalpell. Sie bäumte sich verzweifelt auf und versuchte zu schreien. Durch das Klebeband drang nur ein ersticktes Stöhnen. Damianos drehte sich diabolisch grinsend zu ihr um.

»Gleich mein Engel, gleich komme ich zu dir. Ich habe den Eindruck, du kannst es kaum erwarten. Schade ist nur, dass wir unser letztes Zusammensein nicht zelebrieren können. Eisgekühlter Champagner, leise Musik bei der wir engumschlungen tanzen würden. Genau das wäre angemessen. Frauen lieben das, habe ich Recht? Die anderen kleinen Nutten konnten nicht genug davon bekommen. Oh ja, das war ein Genuss. Ich trennte mich von ihnen, als sie es am Wenigsten erwarteten. In jenem Moment, als sie sich ekstatisch dem Höhepunkt näherten, als sie immer gieriger wurden – löschte ich sie aus.«

Damianos kicherte teuflisch vor sich hin.

»Aber – und da wirst du mir beipflichten, die Illumination ist fast perfekt. Ich finde, es passt zur gegenwärtigen Situation. Oh, das gefällt dir nicht? Du meinst sicher, drei Kerzen sind zu viel. Gut, ich werde sie nach und nach auslöschen, alle drei, nach und nach, und ganz zum Schluss werden wir uns trennen.«

Er sprach leise, sehr leise, immer unterbrochen von einem kehligen, irren Kichern. »Ja, du kleine Nutte, und dann werden wir uns trennen.«

Nora hörte seine Stimme nur noch verzerrt. In ihren Ohren rauschte es, die Herzfrequenz musste sich durch die Ausschüttung des Adrenalins verdoppelt haben. Der ganze Organismus signalisierte Todesangst. Blut lief im dünnen Rinnsal aus ihrer Nase. Das qualvolle Einatmen der ätzenden, beißenden Luft in diesem Raum hatte ihre Schleimhäute zerstört.

Plötzlich und unerwartet setzte er sich zu ihr auf die Pritsche. Erschrocken zuckte sie zusammen. Die geschwollenen Augenlider ließen sich kaum noch öffnen. Nur schemenhaft nahm sie seine Bewegungen wahr. Hörte, wie er den Reißverschluss seiner Hose öffnete und wie er diese zu Boden gleiten ließ. Sie fühlte seine Hand abtastend auf ihrem Körper, bevor er sie brutal zwischen ihre Beine schob. Nora zitterte, schmerzhaft verkrampften ihre Muskeln, sie verlor die Kontrolle über ihren Körper. Es gelang ihm nicht, die im Muskelkrampf steifen Beine zur Seite zu bewegen. Angewidert und irritiert ließ er von ihr ab. Sein Plan war durcheinandergeraten.

Er erhob sich, schaute hilflos an seinem nackten Körper hinunter, griff mechanisch nach seiner Hose und zog sie an. *Mach es kurz du Idiot – worauf wartest du? Du musst hier weg – Milan wartet auf dich – Milan braucht dich – schnell, Damianos – schnell. Milan wartet – Milan braucht dich – Milan – Milan …*

Damianos wusch sich die Hände, stierte lächelnd in den blinden Spiegel und flüsterte monoton vor sich hin: »Ja,

Milan – du brauchst mich – wir sind EINS – für immer EINS. Milan ist Damianos und Damianos ist Milan – Milan ist Damianos und ...«

Im Zeitlupentempo drehte er sich zu Nora um und flüsterte ihr leise ins Ohr: »Es geht sehr schnell, mein Engel. Es tut auch gar nicht weh, das verspreche ich dir.«

Dann löschte er die erste Kerze.

27

Später Nachmittag. Engels schlenderte seit zehn Minuten durch Kolonaki. Er brauchte momentan ein bisschen Abstand zu den griechischen Kollegen und den Ereignissen. Er lief durch die schmalen Straßen und beschäftigte sich mit den Eindrücken der vergangenen Stunden. Irgendwie hatte er das Gefühl, schon seit Wochen in Athen zu sein. Seitdem er hier gelandet war, ging es Schlag auf Schlag: der Besuch bei der Mutter der Zwillinge; sein undefinierbares Gefühl, als er sich in dieser merkwürdigen Hütte befand; und dann das Gespräch mit dem Vater der Zwillinge. Es ärgerte ihn auch maßlos, als er von Blondy erfuhr, dass die DNA-Geschichte als Beweismittel wertlos sei. Er setzte einen Fuß vor den anderen und ließ die Gespräche und die Eindrücke Revue passieren.

Am Ende einer schmalen Gasse entdeckte er eine kleine versteckte Taverne. Er setzte sich in den Schatten einer alten Pinie und bestellte sich Café frappé mit vielen Eiswürfeln. Bevor er sich auf den Weg gemacht hatte, war er mit Christos den alten Bericht über das Verschwinden Arjanas durchgegangen. Sechzehn Jahre war das nun schon her. Er wollte sich so gut wie möglich einen Gesamteindruck von der Familie Pagonis verschaffen. Einige Aussagen in diesem Bericht erschienen ihm zu lapidar. Die Ermittlungen wurden für seinen Geschmack zu schnell eingestellt. Andererseits bekam er aber auch mit, dass sich Linos heute noch mit dem Fall beschäftigte.

Während er entspannt seinen Frappé schlürfte und seinen Gedanken nachhing, klingelte sein Handy. Christos war am Apparat und bat ihn, schnellstens zurückzukommen, es gäbe Neuigkeiten. Engels sprang auf, legte einen Schein unter das Glas und verzichtete auf das Wechselgeld. Zügig entfernte er sich von der kleinen Taverne und hörte noch, wie ihm der Tavernenmann, der soeben das großzügige Trinkgeld entdeckte, mehrmals »Danke!« hinterherrief.

Abgehetzt, völlig außer Atem, erreichte er ein paar Minuten später das Dezernat. Christos empfing ihn mit den Worten: »Engelbert, es geht los.«

Während die vier im Eiltempo zum Dienstwagen spurteten, berichtete ihm Christos: »Ari wurde soeben von der Haushälterin angerufen.«

Engels zog erstaunt eine Augenbraue hoch. »Na super, dann brauchen wir den Pinselschwinger nur noch einzusacken.«

Christos schüttelte bedauernd den Kopf. »Nein, nein, so einfach ist das nicht. Diese Nala ist hundertprozentig davon überzeugt, dass nicht Milan im Haus sei, sondern sein Zwillingsbruder Damianos.«

Mit quietschenden Reifen brauste Christos vom polizeieigenen Parkplatz, schaltete die Sirene ein und fädelte sich verwegen in den fließenden Verkehr. Im Zickzackkurs kamen sie zügig voran. Mehrmals – immer wenn Christos bei Rot eine Kreuzung überquerte – kniff Engels die Augen zu und klammerte sich an den Vordersitz. Diese Fahrweise war nichts für seine Nerven. Ohne das Tempo zu drosseln, raste Christos den schmalen, gewundenen Weg, der zur Villa führte, nach oben. Diesmal parkte er nicht rücksichtsvoll am Rand, sondern blieb mittig stehen.

Fast zeitgleich sprangen sie aus dem Wagen. Diesmal mussten sie auch nicht umständlich auf das Summen des Türöffners warten. Das Tor stand weit offen. Oben angekommen wurden sie schon von Nala erwartet, die sie durch die Halle auf die Terrasse führte. Linos schnaufte wie ein Walross. Dieser kurze Spurt, den steinigen Weg nach oben, brachte ihn an seine körperliche Grenze. Ari warf ihm einen besorgten Blick zu, der ihm zum wiederholten Male signalisierte: *Es wird Zeit Kumpel, gehe endlich mal zum Arzt.* Linos nickte ihm nur zu und nahm sich vor, in den nächsten Tagen einen Check-up machen zu lassen. Diesmal war es Nala, die sie bat, Platz zu nehmen.

Frau Pagonis hingegen, saß noch immer schweigend und zusammengekauert in ihrer Sofaecke. Zornig starrte sie in die Runde. »Nala, ich möchte, dass die Herren gehen.«

»Nein, Etelka, die Herren bleiben. Du weißt, ich habe mich nie in deine familiären Dinge eingemischt, aber jetzt ist Schluss.«

»Wo ist er?« Ari, der unruhig auf und ab ging, stellte unvermittelt diese Frage.

Nala schaute ihm ernst ins Gesicht als sie antwortete. »Er ist im Garten, ich denke, Damianos muss sich beruhigen.«

»Beruhigen? Weshalb muss er sich beruhigen? Was war hier los?« Ari wurde ungeduldig. »Sind sie sicher, dass es nicht Milan ist, der sich hier aufhält? Damianos wurde doch von den Kollegen in Berlin festgenommen.«

»Nein, sie haben Milan verhaftet. Damianos saß eben noch auf diesem Stuhl.« Nala erhob weder ihre Stimme, noch konnte man ihrem Gesicht irgendeine Gefühlsregung entnehmen.

»Okay, dann würde ich vorschlagen, wir suchen den Vogel im Garten.«

Ari verließ ungestüm als erster die Terrasse. Sie teilten sich auf und verschwanden in verschiedenen Richtungen des weitläufigen Geländes: Christos mit Engels und Ari mit Linos, dessen Gesichtsfarbe noch immer eine wächserne Blässe aufwies. Kleine Schweißperlen standen auf seiner Stirn. Ari blieb der Zustand seines Kollegen nicht verborgen, aber er wusste auch, dass Linos es hasste, wenn man ihn bevormunden wollte. Somit verkniff er sich eine besorgte Bemerkung.

Zurück blieben Nala und Etelka. Sie sahen aneinander vorbei und schwiegen sich an. Nach einer gefühlten Ewigkeit schaute Etelka ihrer Freundin müde in die Augen. »Warum tust du das, Nala?«

»Warum ich das tue? Weil ich viel zu lange gewartet habe. Vieles hätte verhindert werden können, und das werde ich mir nie verzeihen. Etelka, wir sind schuldig. Was du Damianos angetan hast, ist unverzeihlich. Dass ich mich rausgehalten habe, ist nicht minder verwerflich. Sollten deine Söhne unschuldig sein, dann wird man das herausfinden. Wir wissen nicht, was man ihnen vorwirft, aber hier geht es um mehr als nur um eine harmlose Befragung Sophia Kolidis betreffend. Schon die Tatsache, dass ein deutscher Polizist bei der ganzen Aktion mitwirkt, lässt nichts Gutes vermuten. – Etelka, in deiner Familie lief so manches schief und entbehrt nicht einer gewissen Tragik. Du wolltest vieles nicht sehen. Du bemerktest ja noch nicht einmal, wie unglücklich Arjana war. Vielleicht hast du es bemerkt, vielleicht ahntest du auch den Grund, weshalb sie nur noch weg wollte. Geholfen hast du ihr nicht. Dein Verdrängungsmechanismus war – und ist auch heute noch perfekt. Für dich existierte nach der Geburt der Zwillinge nur noch Damianos. Und weißt du was, Etelka? Ich bereue jeden Tag, an dem ich mich feige zurückzog. Meine Argumentation, dass es deine Familie sei und mich die Geschehnisse nichts angehen, ist unentschuldbar. Vielleicht wäre Arjana noch hier, wenn ich mich eingemischt hätte. Möglicherweise wäre auch die Entwicklung von Damianos anders verlaufen.«

Etelka starrte vor sich hin, zog resignierend die Schultern hoch, vergrub ihre kalten Hände schutzsuchend unter der Decke und fragte Nala: »Und, weshalb haben sie Milan eingesperrt? Ich verstehe das alles nicht. Und weshalb wollen sie jetzt unbedingt mit Damianos sprechen? Die führen sich hier auf, als wäre er ein Schwerverbrecher. Mein kleiner Schatz kann keiner Fliege etwas zu Leide tun. Nein, das konnte er noch nie.«

Nala bemerkte, dass sich Etelka wieder einmal weigerte, sich mit den Geschehnissen vergangener Jahre auseinanderzusetzen. Langsam entfernte sie sich aus der Realität. Es war momentan unmöglich, sie mit den Tatsachen zu konfrontieren. Nala erhob sich, streichelte Etelka liebevoll über die Wange und verließ die Terrasse.

Inzwischen war die Sonne am Horizont verschwunden. Es würde nicht mehr lange dauern bis es endgültig dunkel wurde. Auf dem Weg zu ihrem Bungalow begegneten Nala Linos und Ari.

Ari knurrte: »Nichts, er ist wie vom Erdboden verschwunden. Verdammt, der kann sich doch nicht in Luft auflösen.«

Vom hinteren Teil des Grundstücks näherten sich jetzt Engels und Christos. Ihren Gesichtern sah man ebenfalls die erfolglose Suche an.

Alle vier schauten zu Nala, als wüsste sie die Lösung des Problems.

»Seine Wohnung, ja vielleicht ist er unbemerkt in seine Wohnung gelangt.« Mit einer Schnelligkeit, die man ihr aufgrund ihrer Fülle nicht zugetraut hätte, spurtete sie zurück zum Haus.

Engels und seine Kollegen folgten ihr. Sie nahmen die Abkürzung über die Terrasse, durchquerten die Halle und standen kurz darauf in dem schmalen Flur, an dessen Ende eine Tür zur Wohnung von Damianos führte.

»Abgeschlossen.«

Nala rüttelte vergeblich an der Türklinke, ließ dann davon ab, um den Zweitschlüssel zu holen. Ari, dem das zu lange dauerte, schob sie nur zur Seite und trat mit voller Wucht gegen die Tür, die sofort splitternd aufsprang.

»Er war hier.«

Linos klappte den kleinen geblümten Koffer auf, der auf dem Sofa lag, und stutzte: »Frauenklamotten.«

Engels rief aus dem Badezimmer: »Ich brauche eine Tüte!«

Christos hielt ihm die Plastiktüte auf, in der nun Noras Schminktäschchen verschwand. Linos indessen steuerte auf Nala zu, die fassungslos im offenen Türrahmen verharrte.

»Hatte der eine Frau dabei?«

Nala schüttelte verneinend den Kopf. »Zumindest habe ich niemand gesehen.«

»Wissen Sie, ob sich dieser Koffer schon längere Zeit in diesem Raum befindet?«

»Nein, nein, bestimmt nicht. Vor ein paar Tagen hab ich hier gelüftet, da war er noch nicht hier.«

In diesem Moment klingelte Engels Handy.

Gregor war dran und informierte ihn, dass nicht Milan in Athen sei, sondern Damianos mit Milans Freundin Nora.

»Ihr müsst sie unbedingt finden. Milan ist der festen Überzeugung, sein Bruder wird sie töten.«

»Wie bitte?« Engels war außer sich. »Gregor, wir sind gerade in Kolonaki, im Haus der Mutter. Damianos war hier und ist nun wie vom Erdboden verschwunden. Hier steht ein kleiner Koffer mit Frauenklamotten, der könnte von Nora sein.«

»In der Hütte, Engels – auf dem Grundstück muss es eine Hütte geben, in der ein großer Schrank steht. Die linke Seitenwand muss entfernt werden. Da gibt es im Schrank, in der oberen linken Ecke, eine Schnur. Kräftig ziehen, dann verschwindet die Seitenwand. Dahinter soll sich ein Kellerraum befinden. Beeilt euch.«

Noch während des Gesprächs stürmte Engels, gefolgt von den anderen, in Richtung Hütte. Christos rannte neben ihm her und übersetzte die telefonische Information aus Berlin für Ari und Linos.

Ari hatte genug gehört und spurtete an Engels vorbei. Er war schnell und erreichte mit Abstand als erster die Hütte. Darin war es stockdunkel. Ari fluchte vor sich hin, fummelte umständlich sein Feuerzeug aus den Tiefen seiner Hosentasche und bekam es nicht an. Mit weit nach vorne gestreckten Armen bewegte er sich in die Richtung des Schrankes. Er stolperte kurz davor über eine Kiste, als von hinten eine Taschenlampe aufblitzte. Engels war diesbezüglich immer gut ausgerüstet.

Ari stieg als erster in den Schrank, tastete in der oberen linken Ecke vergeblich nach dieser Schnur, die dort sein sollte, verlor die Geduld und trat mit voller Wucht gegen die Seitenwand. Durch den Schwung verlor er das Gleichgewicht und stürzte mit der zersplitterten Holzwand in die Tiefe. Im Kerzenlicht war die Treppe nur schemenhaft erkennbar. Behände trat dann Engels auf die erste Stufe, um mit einem kühnen Sprung neben Ari zu landen. Beide hatten ihre Waffe gezogen, in der Annahme, jeden Moment attackiert zu werden. Das Bild das sich ihnen bot, war auch für die erfahrenen Kriminalisten kaum auszuhalten.

Damianos reagierte blitzschnell. Er griff sich Nora, zog sie von der Pritsche und hielt ihren nackten Körper wie ein Schutzschild vor den seinen. »Kein Schritt weiter, sonst ist sie tot.«

Engels steckte die Waffe weg und versuchte leise und bedächtig, auf Damianos einzureden. Worte wie »Strafminderung«, »sei vernünftig« oder »du verpfuschst dein Leben« führten nur dazu, dass Damianos einen Arm kräftiger um Noras Hals presste. Während Engels redete und nach Argumenten suchte, ging ihm ein Gedanke durch den Kopf: *Irgendwo ist seine Schwachstelle – du musst sie finden und zwar schnell …*

Milan – er erwähnte Milan und bemerkte, wie nervös Damianos wurde. *Ich muss ihn weiter mit seinem Bruder konfrontieren. Das ist es. Milan scheint seine Achillesferse zu sein.*

»Denken sie doch an ihren Bruder, ihr Bruder macht sich Sorgen, er braucht sie, lassen sie die Frau los.«

Damianos runzelte irritiert die Stirn. Seinen rechten Arm hatte er stocksteif vom Körper abgespreizt und schnipste unentwegt mit den Fingern. Seine Atemgeräusche wurden zunehmend lauter und mühsamer. »Ja, Milan, Milan braucht mich, das stimmt, woher wissen sie das?«

Engels brach der Schweiß aus allen Poren. *Jetzt nur nichts Falsches sagen, ruhig bleiben – dann haben wir ihn …*

»Ich habe eben mit ihrem Bruder Milan gesprochen. Er will nicht, dass sie der Frau etwas antun. Milan möchte, dass sie sofort zu ihm zurückkommen.«

Engels bewegte sich im Zeitlupentempo auf Damianos zu. Er blieb immer wieder stehen und redete mit sanfter, monotoner Stimme auf ihn ein. Er bemerkte, dass Damianos den Griff um Noras Hals lockerte und mit gerunzelter Stirn misstrauisch den Worten Engels lauschte.

»Möchten sie mit Milan sprechen? Ich habe hier mein Handy, ich kann ihn für sie anrufen.«

Engels wartete seine Zustimmung gar nicht erst ab und rief Gregor an. Seine Befürchtung, hier im Keller keinen Empfang zu haben, bestätigte sich glücklicherweise nicht.

Gregor war sofort am anderen Ende der Leitung.

Ohne seine Stimmlage zu verändern, sagte Engels: »Könnten Sie bitte Milan Pagonis ans Telefon holen, das wäre schön, sein Bruder Damianos möchte mit ihm sprechen. Milan soll ihm selber sagen, wie sehr er ihn vermisst und dass er nur einen Wunsch hat, dass sein Bruder zu ihm zurückkommt.«

Gregor begriff sofort den Ernst der Lage und war heilfroh, dass er Milan schon zur Vernehmung ins Präsidium hatte bringen lassen. Er rannte während des Telefonats zum Verhörraum, in dem Milan bereits seit einer Stunde saß. Zwischendrin fragte er nach Nora, ob sie unbeschadet sei, ob sie noch lebe. Engels kurzes »ja, danke, ich warte« interpretierte er als »ja, sie lebt« und atmete erleichtert auf.

Bewegungslos hing Nora in Damianos Arm. Engels war sich nicht sicher, ob sie noch lebte. Inzwischen brannten seine Augen wie Feuer. Tränen liefen über sein Gesicht und das Atmen fiel ihm schwer. Salmiak, in diesem Raum musste eine riesige Menge Salmiak ausgelaufen sein. Reglos stand Ari hinter ihm, jederzeit bereit einzugreifen, sollte die Situation eskalieren.

Minutenlang war es, bis auf die röchelnden Atemgeräusche von Damianos, totenstill im Keller. Von Christos und

Linos war nichts zu hören. Beim Spurt zur Hütte hatte Linos endgültig schlapp gemacht. Sein Herz bereitete ihm ernsthafte Schwierigkeiten. Christos hatte ihn zur Villa geschleppt und Nala gebeten, sich um ihn zu kümmern und sofort ärztliche Hilfe anzufordern. Er selbst war anschließend zurück zur Hütte gerannt. Ohne ein Geräusch zu verursachen, schlich er auf den Schrank zu. Schwaches, flackerndes Kerzenlicht aus dem Inneren des Schrankes wies ihm den Weg. Engels gleichmäßig und sanft gesprochenen Worte drangen leise an sein Ohr. Intuitiv verzichtete er darauf, in diese offensichtlich brandgefährliche Situation zu platzen. Bewegungslos verharrte er vor dem Schrank. Das erste Mal in seiner Laufbahn als beeideter Dolmetscher bedauerte er seine Entscheidung, den Dienst bei der Kripo aufgegeben zu haben. Unbewaffnet und zur Untätigkeit verdammt lauschte er den Worten, die aus dem Keller zu ihm drangen.

Engels Hände wurden feucht, er wurde immer nervöser. Die Sekunden kamen ihm vor wie Stunden. *Nun mach schon, Gregor, beeile dich …*

Er hörte am Telefon den Widerhall von Gregors Schritten, als dieser durch die Gänge hetzte, dann das Klappern eines Schlüsselbundes und das metallene Geräusch, als der Raum aufgeschlossen wurde. Atemlos keuchte Gregor ins Telefon: »Ich gebe dir Milan, viel Glück Kollege.« Dann, kurz an Milan gewandt: »Es geht um ihren Bruder …«

Milan meldete sich mit zittriger Stimme. »Wo ist er? wie geht es Nora?«

»Schön, dass sie am Apparat sind, ihr Bruder bezweifelt ihre Sorge um ihn. Ich sagte ihm bereits, dass sie ihn sehr vermissen und sich nichts sehnlicher wünschen, als dass er nach Berlin zurückkommt.«

Jetzt hoffte Engels nur, dass Milan begriff, worüber er mit seinem Bruder sprechen sollte. Langsam bewegte er sich mit dem Telefon auf Damianos zu. »Ihr Bruder ist am Apparat, bitte, nehmen Sie.«

Damianos geschwollene Augenlider zuckten unkontrolliert, er nahm misstrauisch das Telefon entgegen. »Milan, Milan, bist du dran?«

»Ja Bruder, ich bin es.« Milan musste ein Schluchzen unterdrücken. Er wusste nicht, welche Szenerie sich momentan in Kolonaki abspielte, aber er ahnte, dass er jetzt alles daran setzen musste, Damianos zu überzeugen.

Er sprach mit Engelszungen auf ihn ein: »Damianos, hör mir zu, nach unserem unangenehmen Gespräch im Atelier wurde mir klar, dass sich niemals jemand zwischen uns stellen darf und kann. Das mit Nora war letztendlich nicht wichtig. Du bist alles, was ich habe, Bruder. Nichts soll sich ändern, hörst du? Milan ist Damianos und Damianos ist Milan. Sprich es nach, sprich es nach, Bruder, ich will es hören – es ist unser Ritual – Milan ist Damianos und Damianos ist Milan ...«

Engels beobachtete jede Veränderung in Damianos Gesicht. Inzwischen brannte nur noch eine Kerze, und die würde auch nicht mehr lange durchhalten.

Dann sprach Damianos. Erst sehr leise, dann immer lauter. Sein Gesicht verzog sich zu einem warmen Lächeln. »Ja, Milan, so ist es, Milan ist Damianos und Damianos ist Milan ...« Wie in Trance schrie er diesen Satz ins Telefon.

Ari, der aus dem Hintergrund das unheimliche Szenario beobachtete, rückte langsam auf und stand nun unmittelbar neben Engels. Der Arm, mit dem Damianos noch immer Nora umklammerte, lockerte sich – und unvermutet rutschte sie leblos nach unten. Engels sprang die drei Schritte, die sie noch trennten, nach vorne und konnte Nora auffangen, bevor sie ohnmächtig auf dem Beton aufschlug. Ari spurtete im selben Augenblick los und riss im Sprung Damianos zu Boden. Das Handy flog im hohen Bogen in den Waschzuber und erzeugte ein lautes, metallenes Geräusch. Damianos schrie laut auf, als ihm Ari brutal die Arme nach hinten bog und nach der Rolle mit dem Klebeband angelte, um es Damianos so eng wie möglich um die Handgelenke zu wickeln. Ebenso verfuhr er mit seinen Beinen. Bewegungsunfähig, verschnürt wie ein Paket, stöhnend und fluchend, lag Damianos vor ihm auf dem schmuddeligen Betonboden. Engels hingegen kümmerte sich um Nora, die keinerlei Lebenszeichen von sich gab. Das Klebeband, das um ihren Kopf gewickelt war, hatte er so gut es ging entfernt, aber sie atmete nicht.

Rhythmisch drückte er ihren Brustkorb, zählte bis dreißig, hielt ihr die Nase zu, blies zweimal Sauerstoff in ihre Lungen, drückte den Brustkorb, zählte mit und wiederholte den Vorgang, bis ihm selbst schwarz vor Augen wurde.

»Wir müssen sie nach oben bringen, hier wird das nichts.«

Christos, der inzwischen neben ihm stand, half ihm, Nora in eine schmuddelige Decke zu wickeln und ins Freie zu tragen. Am Eingang der Hütte stand Nala mit angstgeweiteten Augen und schaute entsetzt auf Nora.

»Lebt sie noch? Kann ich etwas tun?« Dr. Pagonis fiel ihr ein. Sie hatte ihn wegen Linos Basdekis gerufen. »Ich hole den Arzt, vielleicht ist er noch im Haus.« Und schon spurtete sie, so gut es ihre Leibesfülle zuließ, in Richtung Villa.

Engels und Christos wechselten sich bei dem Wiederbelebungsversuch ab. Beiden lief inzwischen der Schweiß aus allen Poren. Endlich, als sie kurz davor waren aufzugeben, war ein zaghaftes Röcheln zu hören. Nora atmete.

Auch Linos Zustand war stabil, aber Spiro Pagonis wollte ihn sicherheitshalber über Nacht in der Klinik beobachten lassen. Er war gerade im Begriff zu gehen, als er Nalas panisches Rufen vernahm. Er hörte nur: »Dr. Pagonis – Hütte – Notfall – schnell!«

Augenblicklich hastete er mit seinem jüngeren Kollegen in den hinteren Trakt des Gartens. Spiro war auf diesem Grundstück jeder Strauch und jeder Stein vertraut, hatte er doch selbst vor vielen Jahren den Entwurf für die Gestaltung des Gartens gemacht. Damals wollte er seiner Familie ein schönes Heim schaffen. Mit der Geburt der Zwillinge allerdings veränderte sich nach und nach die Atmosphäre in seinem Haus. Etelka zog sich von ihm zurück und konzentrierte sich im Wesentlichen nur noch auf Damianos.

Sicheren Schrittes und für sein fortgeschrittenes Alter sehr schnell eilte er den dunklen Weg entlang. Als er am Bungalow Nalas vorbei war, sah er im Lichtkegel einer Taschenlampe die in Decken gehüllte Person auf dem Rasen liegen. Er stürzte auf die leblose Gestalt zu und war entsetzt. Beim Anblick Noras erfasste ihn unsägliche Wut.

»Welche Bestie hat ihr das angetan?«

Instinktiv wusste er, wer es war, verbot sich aber in diesem Moment, darüber nachzudenken. Jetzt ging es um die armselige, geschundene Kreatur, die vor ihm lag. Seine Kiefer fest aufeinandergepresst, konzentrierte er sich auf jeden Handgriff. Sie atmete flach und unregelmäßig. Er griff zum Stethoskop und vernahm nur noch einen sehr schwachen, zittrigen Herzschlag. Nora befand sich in einem lebensbedrohlichen Zustand. Der jüngere Mediziner kniete sich neben sie und injizierte ihr noch vor Ort ein kreislaufstabilisierendes Medikament.

»Schnell, ihr müsst sie schnellstens zum Wagen bringen.«

Eilig wurde sie zum Krankenwagen, der noch vor dem Haus stand, getragen und zusammen mit Linos ins Krankenhaus gebracht. Zum Glück lag das Hospital von Spiro Pagonis nur wenige Autominuten von der Villa entfernt.

Bevor er losfuhr, gab er Engels und Ari den guten Rat, sich heute noch in der Klinik blicken zu lassen: »Die Augen müssen unbedingt behandelt werden.«

Beide nickten bejahend und versprachen, später vorbeizukommen.

Christos stand etwas abseits und telefonierte. Er hatte inzwischen einen weiteren Polizeiwagen angefordert, der Damianos abholen sollte. Jetzt war er mit der Spurensicherung verbunden und gab ihnen vorab einige Informationen, womit sie am Tatort zu rechnen hatten. Anschließend setzte er sich zu Engels, der sich inzwischen erschöpft auf dem Rasen niedergelassen hatte. Schweigend schauten sie in den sternenklaren Nachthimmel. Engels zog gierig die frische, laue Abendluft in seine geschundenen Lungen. Nur Ari lief schweigend, wie ein Raubtier im Käfig, hin und her, zündete sich eine Zigarette an, zog zwei, drei Mal den Rauch tief in seine Lungen, verzog angewidert das Gesicht und trat, von einem Hustenanfall gebeutelt, die Zigarette wütend und kraftvoll zwischen den Kieselsteinen aus.

Engels war es, der das Schweigen brach. »Das war knapp, sehr knapp. Hoffentlich schafft sie es. Oh Gott, dieses verdammte kranke Schwein …« Er ballte hilflos die Hände zu Fäusten. »Kommt, wir müssen ihn nach oben tragen.«

Zu Dritt stiegen sie in den stockfinsteren Keller. Engels leuchtete die Wand am oberen Treppenabsatz ab und entdeckte den Lichtschalter. Was sich den dreien im Schein der Glühbirne bot, war unfassbar. Es verschlug ihnen die Sprache.

Nur Ari brüllte los: »Das darf nicht wahr sein, du verdammter perverser Wichser.«

Wutentbrannt, stürzte er sich auf Damianos, der hustend und keuchend am Boden lag. Mit voller Wucht schlug er ihm die Faust mitten ins Gesicht.

Christos und Engels konnten Ari, der gerade zu einem zweiten Schlag ausholte, in letzter Minute davon abhalten.

Ari war außer sich. Seine Stimme überschlug sich, als er brüllend auf den Inhalt der Gläser aufmerksam machte. »Seht euch das an, das sind Körperteile, konservierte Körperteile! Oh Gott, dieses Dreckschwein.«

Christos, dem die Wutausbrüche seines ehemaligen Kollegen sehr vertraut waren, schob Ari mit mehr oder weniger sanfter Gewalt in Richtung Leiter und sprach beruhigend auf ihn ein. »Geh nach oben, mach schon, die Kollegen müssten gleich hier sein. Warte vorne am Tor auf sie und bringe sie zur Hütte.«

Widerstrebend, laut vor sich hin fluchend, ließ sich Ari überreden und verschwand aus dem Keller.

»Wow, das hätte schief gehen können. Der hätte ihn totgeschlagen.«

Engels nickte und meinte dann, dass er das sehr gut verstehen könne. »Es geht uns doch allen so. Immer wieder gerät man in eine Situation, in der man zum Mörder werden könnte. Aber komm jetzt, lass uns den Typ nach oben bringen.«

Während sie Damianos, der heftig aus der Nase blutete, zur Kellertreppe schleiften, riskierte Engels noch mal einen Blick auf die gläsernen Behälter. Obwohl sie von einer dicken, schmierigen Staubschicht bedeckt waren, konnte man den Inhalt schemenhaft erkennen. Im Vorbeigehen entdeckte er einen Katzenkopf, im nächsten Glas einen vollständigen, winzig kleinen Welpen, in einem anderen mehrere Augen, und in dem daneben menschliche Finger, aber da war er sich nicht sicher. »Los, nur raus aus diesem Gruselkabinett.«

Sie trugen Damianos die Leiter hoch, dann durch die ungefähr dreißig Meter lange Hütte und legten ihn davor unsanft ab. Christos und Engels schnauften wie nach einem Marathonlauf. Damianos war groß und schwer. Den trug man nicht so mir nichts, dir nichts eine Leiter hoch und etliche Meter bis ins Freie.

»Wir müssen sie versiegeln, die Hütte meine ich, die muss dicht gemacht werden.«

Christos entgegnete, dass dies erst mal nicht nötig sein werde. »Die Spurensicherung ist unterwegs. Oh je, die Kollegen sind ja einiges gewöhnt, aber ich glaube, auf diesen Schlachthof sind die bestimmt nicht vorbereitet. Was denkst du, wie viele von den Gläsern stehen da unten?«

Engels überlegte kurz. »Vielleicht vierzig bis sechzig. Es sind doch etliche Regale, und die Gläser stehen dicht beieinander.«

Keiner von beiden achtete auf Damianos, der zusammengekrümmt vor ihnen lag und laut röchelnd nach Luft schnappte.

Von weitem hörten sie das Herannahen der Kollegen. Angeführt von Ari bogen sie um die Ecke und standen nun allesamt vor Damianos.

»He, was ist mit dem los, weshalb röchelt der so?«

Sie brachten Damianos, der inzwischen blau angelaufen war, in die Sitzposition und durchschnitten das Klebeband mit dem die Hände auf dem Rücken zusammengebunden waren. Nach einigen Minuten wurde das Röcheln leiser. Seine Atmung hatte sich wieder stabilisiert. Sie durchtrennten die Fußfesseln und führten ihn ab.

Engels zog die Augenbraue hoch und meinte zerknirscht zu Christos: »Besonders clever waren wir beim Transport von diesem Kerl wirklich nicht. Fußfesseln ab, und er wäre den Weg aus dem Keller gelaufen.«

Knapp zehn Minuten später erschien die Spurensicherung. Christos führte sie zum Eingang des großen Schrankes und wünschte den Kollegen noch viel Vergnügen. Auf den ätzenden Salmiakgestank brauchte er sie nicht mehr aufmerksam zu machen: Inzwischen hatte sich der üble Geruch in der gesamten Hütte ausgebreitet.

Erschöpft und ausgelaugt begaben sich Engels, Ari und Christos zum Auto. Das Tränen und Brennen der Augen hatte zwar etwas nachgelassen, aber die Bindehaut war noch immer stark gerötet und die Lider angeschwollen. Sie beschlossen, den Rat des Doktors zu befolgen, und ließen sich von Christos zur Klinik fahren.

28

»Damianos! – Damianos!« Milan schluchzte gequält auf, als er den Schrei seines Bruders am anderen Ende der Leitung vernahm. Er hörte ihn fluchen und schmerzhaft aufstöhnen, dann war die Verbindung unterbrochen. Milan rutschte das Handy aus der Hand und fiel geräuschvoll zu Boden. Gregor, der neben ihm stand, reagierte schnell, griff ihm blitzschnell unter die Arme und half ihm, sich auf den nächstgelegenen Stuhl zu setzen.

Milan stütze seinen Kopf in beide Hände und stammelte vor sich hin: »Was habe ich getan? Was habe ich nur getan? –

Er ist mein Bruder, er ist doch mein Bruder. – Wir sind EINS, für immer und ewig EINS. – Ich habe meinen Bruder verraten. – Oh Gott, hilf mir, hilf mir …«

Milans verzweifeltes Weinen ließ auch Gregor, der sich normalerweise perfekt von solchen Gemütsbewegungen distanzieren konnte, nicht kalt. Er saß schweigend neben Milan und zögerte, wusste nicht, ob er jetzt etwas sagen oder lieber schweigend das Ende dieser emotionalen Regung abwarten sollte. Gregor entschied sich, zu warten.

Langsam beruhigte sich Milan. »Und jetzt? Was geschieht jetzt mit meinem Bruder?« Fragend sah er Gregor an.

»Ich weiß momentan gar nichts. Nur so viel, dass deine Freundin Nora ebenfalls im Haus deiner Mutter war. Man hat in der Wohnung deines Bruders einen kleinen geblümten Koffer mit Frauenkleidung gefunden.«

»Ja, das ist Noras Koffer. Sie hat davon zwei, einen großen und einen kleinen. Aber warum meldet sich dein Kollege nicht? Wie geht es Nora?«

Gregor zog fragend die Schultern hoch.

»Ich weiß es nicht, wir müssen uns gedulden. Sobald Engels die Möglichkeit hat, wird er uns kontaktieren.«

»Die haben ihn festgenommen, stimmt's? Ich hörte meinen Bruder schreien.«

Gregor nickte nur bestätigend, schaute Milan an und meinte: »Wie wär's mit einem starken Kaffee? Oder lieber einen Kräutertee?«

»Ja, gerne, einen starken Kaffee.«

Gregor wagte den Vorstoß und fragte Milan, ob er sich jetzt in der Lage fühle, seine Aussage zu machen.

Dieser saß mit zitternden Händen vor ihm und zögerte einen kurzen Moment, bevor er antwortete. »Ja, ja – okay, dann habe ich das hinter mir.«

Gregor entschied spontan, Milan oben im Raum neben seinem Büro zu vernehmen. Erstens war die Kaffeemaschine in unmittelbarer Nähe und zweitens war das Zimmer hell und freundlich. Hier unten war es gewollt dunkel und unpersönlich. Ein nicht zu unterschätzender, psychologischer Nebeneffekt beim Verhör eines Häftlings. Aber Gregor war der Ansicht, dass Milan sowieso schon angeschlagen genug war.

Er begab sich mit ihm zum Fahrstuhl und sie fuhren nach oben in sein Büro.

Blondy saß am Computer und schaute kurz hoch, als die Tür aufging.

Gregors erste Frage war: »Hat sich Engels noch mal gemeldet?«

Sie schüttelte verneinend den Kopf.

»Ach ja, Blondy, sei bitte so nett und bringe mir das Aufnahmegerät in den Nebenraum. Und wenn möglich, dazu einen starken Kaffee?«

Sie nickte Gregor zu, zeigte mit den Daumen nach oben und wünschte ihm viel Erfolg bei dieser doch recht speziellen Befragung.

Letztendlich gestaltete sich das Ganze relativ entspannt. Milan war angeschlagen und müde. Das emotionale Auf und Ab in den letzten Tagen forderte seinen Tribut. Gregor schaltete das Aufnahmegerät ein, fragte Milan nochmals, ob er einen Anwalt dabei haben möchte, und klärte ihn pflichtgemäß über seine Rechte und Pflichten auf.

Seine erste Frage betraf die gefälschten Papiere. Gregor wollte wissen, wann, weshalb und bei welchen Gelegenheiten sie ihre Identität tauschten.

Erst stockend, dann immer flüssiger, berichtete ihm Milan von dem gemeinsamen Leben mit seinem Bruder. »Schon in der Schulzeit hatten wir Spaß daran, unser Umfeld zum Narren zu halten. Den Umstand, dass man uns partout nicht auseinanderhalten konnte, haben wir uns zunutze gemacht. Später dann, studierten wir parallel dieselben Fächer. Wer Medizin und wer Kunst studierte, entschied die Münze. Wir warfen einfach eine Münze.«

Offensichtlich im Gedanken an diesen Moment, in dem die Münze das entsprechende Studium bestimmte, lachte Milan kurz auf.

»Wir waren verrückt, wir warfen eine Münze. Allerdings tauschten wir auch hier regelmäßig die Vorlesungen. Offiziell beendete Damianos das Medizinstudium und ich das Kunststudium. Andersherum wäre es für Damianos und mich auch kein Problem gewesen. Wir waren einfach gut, wir waren sehr gut. Er war ich – und ich war er. Ja, so war das immer. Milan war Damianos und Damianos war Milan. Sämtliche Papiere haben wir doppelt. Es hat uns eine schöne Stange Geld gekostet. Gute Fälscher sind teuer.«

Gregor saß Milan schweigend gegenüber und hörte fasziniert seinem Bericht zu. Ihm fiel eine bemerkenswerte Veränderung auf: Als Milan mit seinem Bruder in Athen telefonierte, forderte er diesen auf, ihm nachzusprechen. Da sagte er zu ihm: »Milan *ist* Damianos und Damianos *ist* Milan.« Stakkatomäßig brüllte er das ins Telefon. Jetzt bei der Anhörung sagte er: Milan *war* – und nicht *ist* – Damianos. Gregor machte sich diesbezüglich eine Notiz, verzichtete aber momentan auf eine Unterbrechung.

»Mit diesen Papieren konnten wir je nach Bedarf, Lust und Laune unser Leben gestalten. Den Dienst in der Charité versahen wir beide. Andererseits war es auch nicht nur meine Vernissage. Die Hälfte der Bilder stammt von Damianos.«

Jetzt unterbrach Gregor Milans Redefluss: »Die kyrillischen Worte befinden sich also in den Bildern deines Bruders?«

»Ja, aber ich habe sie noch nicht mal wahrgenommen. Erst, als du mich damit konfrontiertest, sah ich sie.«

»Und wie funktionierte das in der Charité? In einem Krankenhaus gibt es täglich neue Fälle. Medikationen müssen besprochen werden. Es gibt Operationspläne, Gespräche mit Angehörigen, tausend Dinge, die man nicht voraussehen kann. Wie konntet ihr euch so verständigen, dass es zu keinen Missverständnissen führte?«

»Unser Diktafon – das Diktafon lag immer besprochen im Wäscheschrank. Nach einer jeweiligen Schicht sprach man die wichtigen Informationen aufs Band. Vor Dienstbeginn hörten wir die Mitteilungen ab. Wir hatten eigene Kürzel erfunden. Es funktionierte perfekt. Einige Male allerdings telefonierten wir aufgrund einer sehr außergewöhnlichen Situation. Sonst genügte das Band.«

Gregor schüttelte den Kopf und dachte nur, die beiden schienen vom Ergeiz besessen zu sein, so gegen fast jeden Paragraphen des Strafgesetzbuches verstoßen zu wollen. Den kriminellen Aspekt blendeten sie aus. Für sie war es ein Spiel, ein Spiel, das sie schon in der Kindheit perfektioniert hatten.

»Und Moretti? Wie war die Zusammenarbeit mit dem Kollegen?«

Milan atmete tief durch bevor er stockend antwortete. »Er war sonderbar. Lauernd und neugierig beobachtete er unser Tun. Anfangs dachte ich, sein missgünstiges Verhalten war durch die Tatsache begründet, dass *wir* die Oberarztstelle bekamen und nicht er.«

»Wir?«

Gregors Frage kam unerwartet. Milan antwortete irritiert. »Ja, natürlich *wir*, das heißt Damianos. Damianos steht auch in der Personalakte. Jedenfalls fühlten wir uns von ihm ständig beobachtet. Manchmal hatte ich den Eindruck, er spürte, dass etwas nicht stimmt. Lauernd wartete er darauf, dass uns ein klitzekleiner Fehler unterläuft.«

»Musste er deshalb sterben?«

»Nein, nein, er wusste nichts. Wir waren gut, sehr gut. Er konnte uns nichts anhaben.«

Milan starrte auf die gegenüberliegende Wand und grinste selbstbewusst vor sich hin. Er schien entrückt zu sein. Als die Tür aufging, zuckte er erschrocken zusammen. Blondy stellte schweigend die Thermoskanne, sowie zwei große Kaffeepötte auf den Tisch. Zu Gregor gewandt meinte sie, ob er nicht langsam mal was essen wolle.

»Du bist gerade im Begriff, eine Doppelschicht einzulegen. Weißt du was? Ich bestelle dir jetzt eine Pizza. Hast du diesbezüglich einen besonderen Wunsch, oder darf es wie immer sein?«

Er lächelte sie dankbar an. »Für mich wie immer. Milan, und du? Möchtest du auch eine?«

»Gute Idee, danke. Ich nehme das Gleiche wie du.«

Nachdem Blondy den Raum verlassen hatte, schwiegen sie beide.

Gregor griff den Faden wieder auf und entgegnete: »Er konnte euch also nichts anhaben sagtest du. Aber Moretti ist tot.«

»Ja, ja, er ist tot, aber ich habe nichts damit zu tun, das sagte ich bereits.«

»Gut, Milan, dann würde ich gerne wissen, weshalb du auf das Verschwinden Noras so panisch reagiert hast. Weshalb sollte dein Bruder Nora töten wollen?«

Milans Körperhaltung veränderte sich schlagartig. Er verschränkte die Arme vor der Brust und vermied den Blickkontakt. Starr schaute er an Gregor vorbei. Seine Augenlider zuckten, er wirkte sehr angespannt. Gregor fixierte ihn, goss für beide Kaffee ein und wartete. Milan überlegte und wusste nicht so recht, womit er anfangen sollte. Seine ersten Sätze kamen stockend und zusammenhanglos. Bis er endlich flüssig über die Dinge sprach, die ihm selbst erst bewusst wurden, nachdem er Nora kennengelernt hatte. Er berichtete Gregor über das weitgehend frauenlose Leben, dass er und sein Bruder bis dato geführt hatten.

»Wobei ich mehrmals eine Freundin hatte. Letztendlich wurde aber nie etwas Festes daraus. Damianos mochte keine meiner Bekanntschaften, und irgendwie verlor ich dann auch bald das Interesse an der jeweiligen Dame. Mein Bruder wirkte jedes Mal erleichtert, wenn er mitbekam, dass es vorbei war. Bei Nora war das anders. Ich erzählte ihm nichts von ihr. Ich hatte Angst, dass es wieder so enden würde wie bei allen anderen. Nora war von Anfang an für mich etwas Besonderes. Ich spürte, sie ist es, wonach ich immer gesucht habe. Irgendwann sah Damianos sie dann auf dem Bild, welches ich von ihr gemalt hatte. Er verzog nur verächtlich das Gesicht, sagte aber nichts. Als ich ihm am Sonntag, nein, ich glaube es war am Montag, mitteilte, dass ich mit Nora zusammen bleiben werde, wenn sie es auch möchte, ist er ausgerastet. Er verstand nicht, weshalb ich beabsichtigte, ihr alles aus meiner Vergangenheit zu erzählen. Alles, damit meinte ich auch unser Doppelleben. Ich wollte reinen Tisch machen, um mit ihr ein anderes, ein neues Leben zu beginnen. Ein Leben, in dem ich nur Milan sein konnte. An diesem Abend gingen Damianos und ich das erste Mal in unserem Leben im Streit auseinander.«

Gregor saß ihm schweigend gegenüber, hörte zu und beobachtete sein wechselndes Minenspiel. Er glaubte ihm jedes Wort. Ihm gegenüber saß der Milan, den er als Bereicherung auf seinem Gartenfest empfunden hatte.

»Und dein Bruder, hatte er jemals eine Freundin?«

Milan kräuselte die Stirn.

»Freundin? Hm, nicht das ich wüsste. Frauen interessierten ihn nicht. Verstehe mich nicht falsch. Damianos ist nicht schwul, aber er ließ keine an sich ran. Gelegenheiten gab es genug. Manche der Damen gingen regelrecht in die Offensive. Er mochte es schon gar nicht, wenn sie aufdringlich wurden. Damals, wir studierten noch, da kam diese Sophia fast täglich zu uns nachhause.«

Gregor unterbrach ihn und fragte: »Sophia Kolidis, die Griechin, die hier ermordet aufgefunden wurde?«

»Ja, ich erinnere mich an verschiedene Situationen. Sophia hatte schon immer ein Faible für Damianos. Sie war eine der Wenigen, die uns unterscheiden konnte. Wir waren damals in derselben Grundschule. Sophia war klein und unscheinbar und lief ihm wie ein Hündchen hinterher. Und er schikanierte sie, wo er nur konnte. Ihrer Anhänglichkeit tat das keinen Abbruch. Später begann Sophia eine Lehre im Krankenhaus, während wir die Uni besuchten. Sophia änderte ihr Verhalten nicht. Jede freie Minute kam sie zu uns nachhause, trank mit unserer Mutter Kaffee oder saß einfach nur im Garten und lauerte darauf, dass sich Damianos irgendwann blicken ließ. Er schlief mit ihr und warf sie dann mitten in der Nacht aus seinem Bett. Einerseits widerte sie ihn an, andererseits verschaffte es ihm Befriedigung, sie zu demütigen. Sie tat mir leid. Ich bat sie, nicht mehr zu kommen. Sie wurde sauer und meinte, ich solle mich da nicht einmischen. Er quälte sie nicht nur psychisch.

Sie ließ sich die übelsten Beschimpfungen gefallen und kam trotzdem immer wieder. Sie war schon penetrant aufdringlich. Das letzte Mal sah ich sie ungefähr drei Tage bevor Damianos und ich nach Berlin gingen.«

»Und hier in Berlin ist sie euch nicht mehr begegnet?«

»Nein, das sagte ich auch schon. Wäre sie Damianos über den Weg gelaufen, hätte er mir das erzählt. Warum auch nicht, wir kannten sie doch beide.«

Gregor nickte verstehend, hatte aber inzwischen seine eigene Sicht auf die Dinge. Unterdessen knurrte sein Magen verdächtig laut. Im selben Moment, als er nach der bestellten Pizza fragen wollte, erschien Blondy mit den Kartons. Erst in diesem Augenblick wurde Gregor bewusst, dass er seine letzte Mahlzeit vor neun Stunden zu sich genommen hatte. Schon beim Duft, der ihm aus dem Karton in die Nase stieg, lief ihm das Wasser im Mund zusammen.

In knapp zehn Minuten war die Pizza vertilgt, und er hätte ohne Schwierigkeiten noch eine zweite verdrücken können. Milan schien es ähnlich zu gehen. Zeitgleich schoben sie den leeren Karton zur Seite.

»Gut Milan, ich denke dann können wir weitermachen.« Gregor drückte wieder auf »Aufnahme«, und das Gerät surrte leise vor sich hin. »Wir haben in Noras Wohnung merkwürdige kleine Kärtchen gefunden. Hat sie dir davon erzählt?«

Milan nickte betroffen. »Ja, ich glaube drei oder vier Mal hing so was zusammen mit einer roten Rose an ihrer Wohnungstür. Sie hatte mir nichts davon erzählt, weil sie dachte, es hätte sich erledigt. Aber am Tag der Vernissage, als wir nachts bei ihr eintrafen, hingen dort wieder Rose und Karte. Ich schlug ihr vor, am nächsten Tag damit zur Polizei zu gehen und Anzeige gegen Unbekannt zu erstatten.«

»Demnach werden wir nicht nur Noras Fingerabdrücke auf den Karten finden, sondern auch deine?«

»Ja Gregor, auch meine. Aber ich habe sie nicht geschrieben. Verdammt noch mal, ich habe weder mit den Morden noch mit diesen Stalkerkarten etwas zu tun.«

»Besitzt du oder dein Bruder eine alte Schreibmaschine?«

»Nein, auch das nicht.«

Gregor konnte kaum noch ein Gähnen unterdrücken. Es war bereits kurz vor 22 Uhr. Er stand auf, um sich aus dem Kühlschrank eine Cola zu holen. An der Tür stieß er fast mit Blondy zusammen.

»Ich muss los Gregor, und du solltest auch langsam nachhause fahren. Ach ja, ehe ich es vergesse, das ist gerade von der Spusi reingekommen. Auf allen Karten gibt's nur Fingerabdrücke von deinem Milan sowie von einer uns unbekannten Person, und auf einer Karte sind noch Kollege Schlüters Fingerabdrücke drauf. Auf den Weingläsern befinden sich ebenfalls die von Milan Pagonis und der unbekannten Person.«

Gregor bedankte sich bei Blondy und meinte: »Ja, ich denke die anderen sind Noras Fingerabdrücke.« Dann zog er die Tür hinter sich zu. Milan sollte von dem Gespräch nichts mitbekommen.

»Weißt du, Blondy, was ich denke? Dieser Damianos wird die Karten geschrieben haben. Er hat mit Sicherheit auch diese Frauen sowie seinen Kollegen, diesen Moretti, ins Jenseits befördert. Es ist nur verdammt schade, dass die Spermaspuren als Beweismittel wertlos sind. Wenn dieser Typ kein hochgradig gestörter Psychopath ist, hänge ich meinen Job an den Nagel. Ich glaube Milan, ich glaube ihm wirklich. Gut, er hat eine Menge Dreck am Stecken, aber ich bin inzwischen überzeugt davon, dass er von den Morden nichts wusste. Ach ja – und dann frage doch morgen mal nach, ob es in der Chirurgie, wo unsere beiden Kandidaten ihr Unwesen trieben, eine alte Schreibmaschine gibt. Fragen kostet ja nichts.«

»Ja, mach ich. Übrigens hat sich Engels bis jetzt nicht gemeldet. Ich habe ihm eine SMS geschickt und auch versucht ihn anzurufen, aber das Telefon ist tot.«

Blondy wirkte besorgt und Gregor bekam das Gefühl, er müsse ihr jetzt ein paar tröstende Worte sagen. Unbeholfen stammelte er: »Mach dir keine Gedanken, da ist bestimmt alles in Ordnung, der hat dich nicht vergessen, äh, ich meine, uns vergessen. Geh nachhause, wir sehen uns morgen.«

Als sie den Raum verlassen hatte, wusste er nicht mehr, was er eigentlich am Kühlschrank wollte, und begab sich wieder zu Milan. »Wir machen Schluss für heute. Morgen ist auch noch ein Tag. Bis dahin wissen wir bestimmt Genaueres. Vor allem, wie es Nora geht.«

Gregor ließ Milan zurückbringen und begab sich unmittelbar danach auf den Heimweg. Als er im Auto saß, kurbelte er die Fensterscheiben runter und genoss die laue Abendluft. Ihm wurde bewusst, wie wenig er bis jetzt von diesem Sommer mitbekommen hat. Er fädelte sich auf der Autobahn in den überschaubaren abendlichen Verkehr ein, fuhr gemächlich durch den Tegeltunnel, um nach wenigen Kilometern am Waidmannsluster Damm die Autobahn zu verlassen. Fünf Minuten später parkte er im Moorweg vor seiner Garageneinfahrt. Da im Haus kein Licht brannte, nahm er an, dass Sarah schon schlief. Leise öffnete er die Tür, lief durchs Wohnzimmer und bemerkte auf der Terrasse flackerndes Kerzenlicht. Sarah hatte auf ihn gewartet. Schweigend umarmte er sie und setzte sich zu ihr. Sie goss ihm Rotwein in ein bereits vor ihm stehendes, leeres Glas und schwieg. Er liebte sie dafür, dass sie ihn niemals sofort mit Fragen bombardierte, sondern ihm erst einmal Gelegenheit gab, anzukommen. Sie stand auf und holte aus der Küche einen Teller mit kleinen Leckerbissen. Nach einigen Minuten, der Teller sowie sein Weinglas waren bereits halb leer, erzählte er ihr von den heutigen Vorkommnissen: Von der Sorge um Nora, die sich in der Gewalt von Damianos befand, und von der Befragung Milans, die er unterbrechen musste, da sie beide schon ziemlich erschöpft und müde waren.

Sarah hörte ihm schweigend zu und fragte: »Weiß Ellen Bescheid, hast du sie darüber informiert, dass ihre Schwester in Athen ist?«

»Nein, Sarah, morgen werde ich sie anrufen. Morgen weiß ich, was geschehen ist und wie es Nora geht. Ich denke die dortige Situation war alles andere als harmlos. Von Engels haben wir auch noch nichts gehört. Das ist sehr ungewöhnlich. Auch wenn sein Handy nicht funktioniert, würde er uns normalerweise schnellstens über das dortige Dezernat kontaktieren. Warum auch immer er sich nicht gemeldet hat – es gibt mit Sicherheit einen plausiblen Grund dafür.«

Genussvoll schlürfte Gregor den restlichen Wein, lauschte einer Nachtigall, die in unmittelbarer Nähe unbeirrt trällerte, und nahm sich vor, nach Klärung des momentanen Falles seinem Privatleben mehr Gewicht zu verleihen.

29

Engels und Ari wurden in der Klinik erst von einem Augenarzt und dann von Spiro Pagonis gründlich untersucht. Bis auf eine starke Entzündung der Bindehaut und der umgebenden Augenpartie schienen beide keinen Schaden genommen zu haben. Sie bekamen entzündungshemmende Augentropfen und eine schmerzlindernde, kühlende Salbe in die Hand gedrückt, sowie die Empfehlung, am übernächsten Tag zur Kontrolle zu erscheinen.

Unvermittelt sagte Spiro: »Übrigens, die junge Frau wird es schaffen. Wer ist sie? Weshalb war sie in der Hütte? War es Damianos, hat Damianos ihr das angetan?«

Spiro schaute fragend abwechselnd zu Engels, Ari und Christos.

Ari bestätigte Spiros Vermutung. »Ja, ja – es war Damianos.«

»Und die Frau? Wer ist sie?«

»Nora, Nora Stahl, sie ist die Freundin ihres Sohn Milan.«

Spiro saß zusammengesunken hinter seinem Schreibtisch, schüttelte verzweifelt mit dem Kopf und stammelte vor sich hin: »Ich habe es geahnt. Das musste irgendwann böse enden. Warum nur ließ ich den Dingen ihren Lauf? Er war schon immer anders als Milan. Von Anfang an war er anders. Oh Gott, warum habe ich nichts dagegen unternommen? Damianos ist krank, er hätte behandelt werden müssen. Was geschieht jetzt mit ihm?«

Ari erklärte ihm, dass Damianos unter Verdacht stehe, in Berlin drei Frauen sowie einen Kollegen aus der Charité ermordet zu haben. Die Beweisaufnahme sei allerdings noch nicht abgeschlossen.

Spiro schüttelte nur fassungslos den Kopf. »Ja, dann wird wohl alles seinen Gang gehen.« Er schaute Ari fragend ins Gesicht. »Geben sie mir Bescheid? Ich meine, werden sie mich informieren, wohin man ihn gebracht hat? Er ist nun mal mein Sohn, und so wie ich das sehe, gehört er nicht ins

Gefängnis. Ein Gutachter wird das bestätigen. Und Milan, was ist mit Milan? Wusste er davon?«

»Wie gesagt Dr. Pagonis, die Ermittlungen sind noch nicht abgeschlossen. Wir werden sie auf dem Laufenden halten.«

»Gut, danke. Möchten sie noch kurz ihren Kollegen, Herrn Basdekis aufsuchen? So wie es ausschaut, kann er morgen die Klinik verlassen. Allerdings habe ich ihn in den nächsten Tagen zu einer gründlichen Untersuchung einbestellt. Bis dahin sollte er sich schonen. Damit meine ich, er soll zuhause bleiben. Vielleicht können sie meiner Empfehlung Nachdruck verleihen.«

Ari nickte zustimmend. »Das werden wir, darauf können sie sich verlassen.«

Linos saß aufrecht im Bett und blätterte gelangweilt und mürrisch in einem Sportmagazin, als seine Kollegen im Zimmer erschienen.

»Freude sieht anders aus, Kollege.«

Ari schlug ihm breit grinsend auf die Schulter. Er wusste, wie sehr Linos Krankenhäuser hasste. Aus dem Verkehr gezogen werden, zur Bewegungsunfähigkeit verdammt sein, das konnte er für den Tod nicht ausstehen. Allerdings führte momentan kein Weg daran vorbei.

Erstaunlicherweise hatte Linos die bittere Pille geschluckt und teilte den Kollegen nun seinerseits mit, dass sie in den nächsten Tagen auf seine Mithilfe verzichten müssten. »Allerdings möchte ich über den weiteren Verlauf der Ermittlung informiert werden.«

»Machen wir Linos, wir halten dich auf dem Laufenden.«

Es war fast Mitternacht, als sie sich total erschöpft und übermüdet auf den Weg zurück ins Dezernat machten. Ari allerdings ließ sich schon unterwegs vor seinem Haus absetzen.

Als er ausstieg, fiel ihm seine Verabredung mit Nala ein. »Übrigens, morgen früh fahren wir noch mal zur Villa.«

»Wieso das denn?«

Christos und Engels schauten ihn fragend an.

»Diese Nala bat mich vorhin, sobald wie möglich vorbeizukommen. Sie sei im Besitz eines Tagebuchs, das uns interessieren könnte. Also dann, bis morgen.«

Bald darauf saß Engels alleine in dem fremden Büro. Vor ein paar Minuten hatte sich auch Christos auf den Heimweg gemacht. Hin und wieder hörte er aus dem Zimmer nebenan das Klingeln eines Telefons. Ansonsten war es bis auf das Zirpen der Zikaden angenehm ruhig. Alle Fenster waren sperrangelweit geöffnet. Engels hoffte, die leichte, frische Brise würde den Raum etwas abkühlen. Der Erfolg war unwesentlich.

Bevor er sich zum Schlafen in das kleine Nebengelass begab, genehmigte er sich aus dem Kühlschrank ein kaltes Bier. Er vermisste sein Handy, das während der Festnahme von Damianos im Zuber gelandet war. Seitdem war er mit wichtigeren Dingen beschäftigt gewesen und hatte sein Telefon vergessen. Er hoffte, dass er es morgen von der Spurensicherung zurückbekommen würde.

Nachdenklich ließ er den ereignisreichen Tag Revue passieren. Er nahm sich vor, morgen als erste Amthandlung die Kollegen in Berlin anzurufen, um sie über den aktuellen Ermittlungsstand in Kenntnis zu setzen. Eigentlich dachte er dabei in erster Linie an Blondy. Einen kurzen Moment lang spielte er mit dem Gedanken, sie jetzt noch anzurufen. Er hatte den Hörer schon in der Hand, als sein Blick auf die Uhr fiel. Eins, es war schon eine Stunde nach Mitternacht. zerknirscht nahm er von seinem Vorhaben Abstand und entschied sich für ein paar Stunden Schlaf. Er begab sich in die kleine, schmale Kammer am Ende des Flurs, die man ihm zum Übernachten zur Verfügung gestellt hatte. Wer hier übernachtete, sollte nicht unter Klaustrophobie leiden. Enger und schmaler ging's nimmer.

Ein paar Stunden später fuhr Engels ruckartig hoch. Es dauerte einen kurzen Moment, bis er realisierte, wo er sich befand. Er hörte lautes Gebrüll, aufgeregt durcheinanderschreiende Männerstimmen. Den Sinn der Worte verstand er nicht. Er schaute auf seine Armbanduhr. Erst kurz vor fünf. Er schraubte sich von der harten, sehr schmalen Liege, sortierte seine lädierten Gliedmaßen und begab sich in die noch schmalere Dusche. Obwohl noch immer sämtliche Fenster weit offen standen, konnte von Abkühlung keine Rede sein. Um wach zu werden, drehte er in der Dusche nur den Kaltwasserhahn auf. Fehlanzeige. Der dünne Wasserstrahl, der spärlich über seinen Körper rieselte, war allenfalls lauwarm.

Leidlich munter begab er sich anschließend ins Büro seiner Kollegen. Die Verbindungstür zum Nebenraum stand weit offen und er sah den offensichtlichen Grund des lautstarken Tumults: Ein Mann, schätzungsweise Mitte vierzig, saß mit Handschellen gefesselt, von zwei Polizisten rechts und links flankiert, einem Kripobeamten gegenüber, der ihm offensichtlich wütend und aufgebracht Fragen stellte. Der Festgenommene schüttelte immer wieder verneinend mit dem Kopf.

Engels bedauerte in diesem Moment, dass er die griechische Sprache nicht beherrschte. Als ihn die Kollegen im Nebenraum wahrnahmen, nickten sie ihm freundlich zu und schlossen die Verbindungstür. Inzwischen war es fast halb sechs. Er griff zum Telefon und wählte Blondys Privatnummer. Verschlafen meldete sie sich mit »Blondczycz.«

»Hallo, ich bin's. Habe ich dich geweckt?«

»Nein, nein, nicht wirklich. Ich bin zwar noch im Bett, wollte aber sowieso gleich aufstehen. Was ist bei euch los? Weshalb hast du dich gestern nicht gemeldet? Ich habe mir Sorgen gemacht.«

Engels berichtete Blondy im Telegrammstil von den gestrigen Vorkommnissen und auch davon, dass sein Handy vermutlich bei der Spusi liege.

»Gib bitte die Info an Gregor weiter. Ich setze mich gleich an den Computer und bastle den schriftlichen Bericht. Mal sehen, wie weit ich damit komme. Wenn es hier etwas Neues gibt, melde ich mich so schnell wie möglich.«

Den Telefonhörer kräftig ans Ohr gepresst, verspürte er plötzlich das heftige Verlangen, sie zu umarmen – und nicht nur zu umarmen.

»Oh Mann, Katja, weißt du eigentlich wie sehr ich dich vermisse?«

Blondy musste lächeln. Wenn Engels sie Katja nannte, ging es ihm wirklich nicht besonders gut, und sie glaubte ihm aufs Wort, dass er sie vermisste.

»Ich dich auch – und wie. Was denkst du, wann du zurückkommen kannst?«

»Spätestens übermorgen. Ab da habe ich keine frischen Klamotten mehr.«

»Schön wär's, dein Wort in Gottes – oder wessen Ohr auch immer. Ich freue mich auf dich.«

Sie tauschten noch ein paar Belanglosigkeiten aus, und Engels versprach, sofort Bescheid zu sagen, wenn es Neuigkeiten gebe.

Gerade mal eine halbe Stunde saß er am Computer, um seinen schriftlichen Bericht zu formulieren, als die Tür aufging und Christos, gefolgt von Ari, mit zwei Bechern Kaffee und frischen Sesamkringeln das Büro betraten. Ari griff als Erstes zum Telefon und erkundigte sich bei den Kollegen nach dem Verbleib von Damianos.

Es war ein relativ kurzes Gespräch. Ari legte den Hörer auf und gab die Info, dass man das »Schwein« gestern Abend sofort ins Krankenhaus gebracht habe, an seine Kollegen weiter.

»Der feine Herr wurde nicht etwa ins Gefängniskrankenhaus nach Korydallos gebracht – nein, seine mehrmals gebrochene Nase durften die Ärzte im Evangelismos Krankenhaus richten. Die versorgten ihn, ebenso wie auch uns, mit Augensalbe und Tropfen. Dann standen noch die ganze Nacht zwei von unseren Kollegen an seiner Seite, um einen eventuellen Fluchtversuch zu verhindern. Das glaube ich alles nicht. Wer konnte nur eine derart bescheuerte Anweisung geben? Gefängniskrankenhaus wäre richtig gewesen. Da hätte er schon einen Vorgeschmack auf sein zukünftiges Leben bekommen. Dort geht es richtig zur Sache. Heute Mittag wird er in den Knast überführt und dann werden wir uns den Vogel mal vornehmen. Ach ja, ich werde gleich mal bei der Spurensicherung anrufen und ein bisschen Druck machen, bevor wir nach Kolonaki fahren.«

Und schon griff er wieder zum Telefon.

Engels schlürfte seinen Kaffee, kaute abwesend an seinem Sesamkringel und bewunderte Christos, der mit einer beneidenswerten Gelassenheit Aris Sätze dolmetschte und sich nicht nur auf die Fakten beschränkte. Er übersetzte ebenso die nicht immer druckreifen, deftigen Zwischenbemerkungen.

Aris Gespräch mit den Kollegen der Spurensicherung gestaltete sich ebenfalls kurz, knapp und auch witzig. Auch im Athener Dezernat hatte man seinen Spaß an der Frotzelei.

Irgendjemand musste immer mal herhalten. Bei diesem Job, der einen oftmals an die psychische Belastbarkeitsgrenze brachte, war Humor ein unverzichtbares Ventil.

»Heute Mittag, spätestens um 14 Uhr sind die ersten Ergebnisse auf unserem Tisch«, teilte ihnen Ari nach dem Gespräch mit der Spusi mit. »Und wie wir schon vermutet hatten: In den Gläsern aus dem Gruselkabinett waren auch menschliche Präparate.«

Seit Ari und Christos den Dienst angetreten hatten, war Ari ständig in Bewegung. Er saß nicht eine Sekunde. Engels dachte an Gregor und Blondy, die ihm immer einreden wollten, er sei die Unruhe in Person. Die sollten mal Ari ein paar Tage um sich haben, dagegen war er der ausgeglichenste Mensch unter der Sonne.

Ari telefonierte schon wieder. Er hatte Nala am Apparat. »Gut – ja – nein – kein Problem, Nala, ja im Bungalow – verstanden. Wir nehmen den Weg an der Rückseite der Villa. In circa dreißig Minuten …«

Auf dem Weg zum Auto fragte Christos: »Ari, wie hast du das angestellt?«

»Wie habe ich was angestellt?«

»Na ja, das mit dieser Nala. Sie war anfangs ruppig und abweisend und jetzt frisst sie dir aus der Hand.«

Ari grinste Christos unverschämt ins Gesicht und meinte: »Charme, mein Lieber, es ist mein unwiderstehlicher Charme, gepaart mit Intuition, Empathie, und einer außergewöhnlichen Beobachtungsgabe. Manche haben das und mache eben nicht.«

Christos verdrehte bei so viel Selbstbeweihräucherung nur noch die Augen und lachte lauthals los.

Gemächlich, ohne besondere Eile, fuhren sie nach Kolonaki. Das Tor zum Grundstück stand offen. Im Gänsemarsch, wie schon die Male davor, liefen sie den ihnen längst vertrauten Weg zu Nalas Bungalow.

Nala stand schon im Türrahmen und erwartete die drei. Sie begrüßte Ari, der vorneweg lief, mit einem angedeuteten Lächeln. Christos und Engels wurden mit einem kaum wahrnehmbaren, abweisenden Kopfnicken bedacht. Engels dachte, so einem merkwürdigen Menschen wie dieser Nala war er in seinem ganzen Leben noch nicht begegnet. Wenn sie sprach, hatte man den Eindruck, es gäbe nur eine Tonlage. Das einzig bewegliche in ihrem Gesicht waren die großen runden Augen. Verärgerung, Gleichgültigkeit oder Wohlwollen konnte sie damit bestens ausdrücken.

Sie kam sehr schnell zur Sache. In der Hand hielt sie ein kleines blaues Büchlein. »Das hier ist Arjanas Tagebuch. Ich fand es 1994, als sie verschwand, unter einem losen Dielenbrett. Diesem Büchlein vertraute Arjana all ihre Sorgen und ihre Ängste an. Sie werden beim Lesen feststellen, dass Damianos in diesem Buch seinen ganz besonderen Platz bekam. Arjana hatte panische Angst vor ihm – und das über viele Jahre.«

Ari zog seine Stirn in Falten und fragte Nala, weshalb sie erst jetzt damit rausrücke; Arjana sei bereits vor fünfzehn Jahren verschwunden.

Nala erklärte ihm, dass sie sich immer aus den familiären Belangen rausgehalten habe. Sie sei zwar Etelkas beste Freundin, aber es wäre immer ihr Standpunkt gewesen, dass sie die familiären Dinge nichts angingen. Sie bereue ihr Wegschauen zutiefst, aber man könne das Rad der Zeit leider nicht zurückdrehen.

Engels bat sie, über die Dinge, in die sie sich nicht einmischen wollte, zu sprechen, Beispiele zu nennen, damit man verstehen könne, was sie meine. Christos übersetzte, aber

Nala reagierte so, als hätte sie die Aufforderung nicht gehört. Sie ignorierte Engels und Christos.

Dann war es Ari, der sie dazu aufforderte. Sie schaute ihm direkt ins Gesicht, als sie zu sprechen anfing. Es waren kurze, knappe Sätze, die von den Aktivitäten der Zwillinge erzählten. Und Nala hatte viel zu erzählen: von den Tieren aus der Nachbarschaft, die spurlos verschwanden; von den Gemeinheiten der Schwester und nicht nur der Schwester gegenüber – und von den lautstarken, ekstatischen Ritualen der Zwillinge.

Ari hakte nach. »Was für Rituale, was haben sie gesehen?«

»Gesehen habe ich gar nichts, ich habe es gehört. Regelmäßig habe ich es gehört. Ich stand vor ihrer Tür und hörte sie keuchend immer und immer wieder den gleichen Satz wiederholen: ›Milan ist Damianos und Damianos ist Milan.‹ Das ging stakkatomäßig, die schaukelten sich hoch. Danach verließen sie manchmal ihr Zimmer, um verschwitzt und erschöpft in den Pool zu springen.«

Ari schüttelte den Kopf. »Und die Eltern, was war mit den Eltern, bekamen die das nicht mit?«

Nala nickte. »Doch, ich denke, Spiro bekam einiges mit. Er sprach auch mit Etelka über das Verhalten der Zwillinge beziehungsweise über das auffällige Gebaren von Damianos. Aber immer, wenn es um ihren Liebling Damianos ging, blockte sie ab.«

Ari wollte nun wissen, weshalb offensichtlich nur Damianos dem Vater auffällig erschien.

»Milan war, zumindest vermittelte er mir über die Jahre diesen Eindruck, der gutmütige Mitläufer. Andererseits aber hielt er sich ebenso oft in der Hütte auf wie sein Bruder. Ob nun freiwillig oder weil er seinen Bruder nicht enttäuschen wollte, das weiß ich nicht. Ich denke, Milan konnte sich nicht abgrenzen. Zumindest dann nicht, wenn es um seinen Bruder ging. Man hatte den Eindruck, er wollte immer jedem gerecht werden. Damianos war grausam. Er konnte es nicht ertragen, wenn Milan sich nicht in seinem Dunstkreis aufhielt. Und er duldete keine Störung von außen.«

Ari verstand das nicht. »Inwiefern Störung?«

»Freunde, Freundinnen, die zu Besuch kamen weil sie Milan oder vielleicht auch Damianos mochten. Sie waren ein, zwei Mal hier und dann nie wieder.«

»Nala, was finden wir in diesem Tagebuch von Arjana? Wird es ihr Verschwinden erklären? Wissen Sie, was damals geschah?«

»Nein, ich weiß nicht, was geschah. Arjana erwähnte in ihrem Tagebuch mehrmals die Hütte – und dass sie grausame Dinge entdeckt hätte, über die sie mit niemand sprechen durfte. Immer und immer wieder erwähnte sie darin ihre Angst vor Damianos. Ich weiß nicht, womit er sie bedroht hat. Als man damals Damianos befragte, ob er mitbekommen habe, wie seine Schwester das Haus verließ, grinste er nur gleichgültig und hatte Mühe, das Schnipsen seiner Finger, die krampfhaft zuckten, zu kontrollieren. Seine Körpersprache war mir nicht fremd. Ich denke, er hat mitbekommen, wann Arjana ging. Ich könnte mir auch vorstellen, dass er daran beteiligt war. Er wird sie endgültig so eingeschüchtert haben, dass sie panisch das Haus verließ. Wie gesagt, sie hatte schon immer Furcht vor ihm. Hier schauen sie.«

Sie nahm das Tagebuch und zeigte auf die letzten Seiten. Auf jedem Blatt stand quer über die ganze Seite:

ICH MUSS HIER WEG!

»Das könnte auch der Grund sein, weshalb sie sich nie wieder bei ihrer Familie gemeldet hat. Nachdem ich damals das Tagebuch gefunden hatte, schaute ich mich mehrmals in der Hütte um und fand nichts Ungewöhnliches. Nach Arjanas Verschwinden wurde alles anders. Die Ehe der Eltern hielt dieser Belastung nicht stand. Spiro zog irgendwann aus, reichte die Scheidung ein und heiratete Alisa, seine Angestellte. Ich blieb bei Etelka, wo hätte ich auch hingehen sollen? Als dann Milan und Damianos nach Deutschland gingen, kümmerte ich mich um meine Freundin. Etelka wurde krank. Ich glaube, sie hat es nie wirklich verkraftet, dass Damianos nicht geblieben ist.«

Ari schaute Nala prüfend ins Gesicht und fragte sie unvermittelt, ob sie dieses Mutter-Sohn-Verhältnis nie merkwürdig fand. »So, wie Sie es darstellen, gab es für Frau Pagonis nur Damianos.«

Nala zeigte das erste Mal so etwas wie Gefühlsregung. Sie kaute nervös auf ihrer Unterlippe und zögerte. Offensichtlich war sie sich nicht sicher, ob sie darauf antworten sollte oder nicht.

»Ja – das stimmt. Ich fand es auch befremdlich. Ab und zu sah ich morgens Damianos aus dem Zimmer seiner Mutter kommen, um zur Schule zu gehen. Etelka rechtfertigte diese Sonderbehandlung mit dem Argument, dass sie nicht alleine schlafen möchte und es ihr gut täte, wenn sie ihr ›Baby‹ neben sich hat. Aber es war immer nur Damianos, den sie sich holte. Niemals Arjana oder Milan. Letztendlich wollte ich mir aber darüber kein Urteil erlauben, ich selbst habe keine Kinder.«

»Nala, man muss keine eigenen Kinder haben, es genügt ein klarer Menschenverstand – und den haben Sie.«

Sie lächelte Ari dankbar an.

»Danke, Nala, ich denke das war's dann erst mal. Sollten sich noch Fragen ergeben, rufe ich Sie an.«

Ari erhob sich. Engels, der bei dieser Befragung zum Statistendasein verdonnert war und sich nur auf die Übersetzung Christos konzentrieren musste, stand ebenfalls auf.

Auf dem Weg zurück ins Dezernat meinte Christos leicht ironisch zu Ari: »Sie himmelt dich an, die steht auf dich. Flachlegen allerdings wird schwierig, sie rollt weg.«

Ari reagierte prompt und schlug Christos mit der flachen Hand an den Hinterkopf. »Idiot, du bist ein Idiot.«

Stumm in sich rein grienend, parkten sie ein paar Minuten später auf dem Polizeigelände. Die Befragung Nalas war schneller gegangen als erwartet. Erst um die Mittagszeit herum würde Damianos vom Krankenhaus ins Gefängnis gebracht werden. Engels wollte die Zeit bis dahin nutzen, um seinen Bericht fertig zu schreiben – eine Arbeit, die er hasste. In Berlin schrieb er die Berichte oftmals nur im Telegrammstil und Blondy oder die junge Kollegin im Nebenbüro brachten sie in die richtige Form. Er entschied sich auch diesmal für diesen Weg. Während er vor sich hin tippte, war Ari in Arjanas Tagebuch vertieft. Hin und wieder schnaufte er wütend durch die Nase und fluchte vor sich hin.

»Dieses abartige Schwein. Der scheint wirklich krank im Kopf zu sein. Ich sehe schon, der kommt nicht in den Knast, der landet in der Klapse. Oh, was lese ich hier, das ist ja interessant. Er müsste eine Narbe am linken Ohrläppchen haben. Eine Narbe verschwindet doch nicht mehr so mir nichts, dir nichts, oder? Ich denke, auch wenn die Verletzung schon Jahrzehnte alt ist, müsste sie noch feststellbar sein. Sofern das so ist, gibt es außer den Fingerabdrücken, die ihn von seinem Bruder unterscheiden, offensichtlich noch ein weiteres unveränderliches Merkmal.«

Ari schaute irritiert zu Engels, weil dieser auf seine Ausführungen nicht reagierte, sondern nur fragend die Schultern nach oben zog. Christos war nicht im Raum, und Engels war ohne seinen Dolmetscher aufgeschmissen. Das wurde mit leichter Verzögerung nun auch Ari bewusst.

Zehn Minuten später kam Christos zurück. Ari wiederholte seine Entdeckung und vertiefte sich danach weiter in Arjanas Tagebuch. Engels tippte seinen Bericht und Christos blätterte in einem Ordner. Es war bis auf das Summen der Ventilatoren ruhig im Büro. Hin und wieder drangen gedämpfte Stimmen oder das Klingeln eines Telefons aus dem Nebenzimmer zu ihnen herüber.

Heftiges Klopfen an der Tür, die zeitgleich schwungvoll aufgerissen wurde, zerstörte die Idylle. Christos und Ari sprangen auf und begrüßten eine attraktive, dunkelhaarige Frau. Schnell bekam Engels mit, dass es sich um eine Kollegin von der Spurensicherung handelte. Es war inzwischen kurz vor zwölf. Sie erklärte ihnen, dass der Grund ihres persönlichen Erscheinens unter anderem das Handy des deutschen Kollegen sei. Freundlich lächelnd übergab sie es Engels.

Dann überreichte sie Christos einen dünnen Hefter mit den Worten: »Schönen Gruß von den Kollegen der Gerichtsmedizin und viel Erfolg bei der Aufklärung. In einem der Präparategläser aus dem Keller befanden sich die drei äußeren Finger einer rechten Hand. Am Ringfinger steckte noch ein schmaler Goldring mit zwölf eingelassenen, winzigen, bunten Edelsteinen. Ein ungewöhnliches Stück. Steht ja auch alles in der Akte, Fotos liegen bei. Ich muss wieder los.

Übrigens haben wir uns schon mit dem zuständigen Staatsanwalt in Verbindung gesetzt. Er wurde über die vorläufig relevanten Befunde informiert. Aber eins ist auch sicher, der Fund aus diesem Keller wird uns noch eine Weile beschäftigen. Na dann bis später, wir halten euch weiter auf dem Laufenden.«

Christos hatte als erster die Seiten überflogen, gab dann kopfschüttelnd den Bericht an Ari weiter und mündlich an Engels.

Nachdem Ari die Seiten überflogen hatte, griff er wutschnaubend zum Telefon, um das Krankenhaus anzurufen, in dem Damianos behandelt wurde. Nach drei Sätzen wusste er, was er wissen wollte: Damianos wurde vor zehn Minuten ins Korydallos-Gefängnis gebracht.

»Na dann los, worauf warten wir noch?« Ari verließ eiligen Schrittes mit Christos im Schlepptau das Büro.

Engels war gerade dabei, seinen vorläufigen Bericht nach Berlin zu faxen, verwählte sich zweimal, fluchte und begann von vorne, bis es endlich klappte; schwitzend spurtete er den beiden, die schon am Auto auf ihn warteten, hinterher.

Zügig, so wie es Christos Art war, fuhren sie in den westlich von Athen gelegenen Vorort, in dem sich die Strafanstalt befand. Auf dem Weg dorthin wurde wenig gesprochen. Engels schaute Gedankenverloren aus dem Fenster und hoffte nur, dass man diesen abstrusen Fall bald zu den Akten legen konnte.

Plötzlich kam der Wagen jählings zum Stehen.

»Wie jetzt – wir sind schon da?«

Auf der Fahrt war er so mit seinen Gedanken beschäftigt gewesen, dass er jegliches Zeitgefühl verloren hatte. Der Anblick des Gefängnisses allerdings ließ ihn schaudern.

Christos bemerkte seinen ungläubigen Blick und bestätigte seinen Argwohn: »Ja, Kollege, in Griechenland ist vieles anders. Manches ist besser, und manches ist zum Teil grottenschlecht, wie die medizinische Versorgung oder der Strafvollzug. Dieser Knast ist für ungefähr achthundert Insassen konzipiert. Aber es gab Zeiten, da saßen hier kurzfristig bis zu zweitausend Häftlinge. Du kannst dir ungefähr vorstellen, wie sich diese Zustände auf die Häftlinge auswirkten. Schlägereien und Vergewaltigungen waren an der Tagesordnung. Das Personal war mit dieser Situation total überfordert und irgendwann auch desinteressiert.«

Inzwischen hatten sie das erste Tor passiert und wurden durch einige schmale Gänge zu einem kleinen, länglichen Raum geleitet. Dort warteten sie auf Damianos. Der Zustand dieser Räumlichkeit spiegelte den maroden Zustand des ganzen Gebäudes wieder: bröckelnder Putz und Stockflecke an Decke und Wänden. Das in zwei Meter Höhe befindliche Fenster war mit grauer Farbe gestrichen, so dass kaum ein Sonnenstrahl jemals die Chance hatte durchzudringen. Beißender Uringeruch und kalter, abgestandener Zigarettenrauch ließen erahnen, unter welchen Bedingungen die Insassen ihre Strafe absitzen mussten. Engels hatte schon viele Strafanstalten von innen gesehen, aber was sich ihm hier bot, war nicht zu toppen.

Ari hatte inzwischen das Aufnahmegerät startklar gemacht, als man endlich Damianos in Handschellen hereinführte. Grob wurde er aufgefordert, sich auf einen bestimmten Stuhl zu setzen. Damianos sah schlecht aus. Der Faustschlag, den ihm Ari verpasst hatte, brach ihm nicht nur die Nase, sondern bescherte ihm einen satten Bluterguss, der sich um beide Augenpartien ausgebreitet hatte. Momentan konnte man nicht mehr viel Ähnlichkeit mit seinem Zwillingsbruder feststellen.

»Okay, machen wir es kurz.« Ari schaltete das Gerät ein und las Damianos seine Rechte vor. Auf die Frage, ob er einen Rechtsbeistand dabei haben möchte, schüttelte er nur verneinend den Kopf.

»Kopfschütteln genügt mir nicht. Bitte ein lautes Ja oder Nein.« Ari sprach das Datum, die Uhrzeit und die Namen der anwesenden Personen aufs Band und begann mit dem Verhör. »Sie sind Dr. Damianos Pagonis, geboren am 09.05.1979 in Athen?«

»Nein, ich bin Milan Pagonis, alles andere stimmt!«

Engels beobachtete fasziniert, wie sich Körperhaltung, Mimik und der Blick, mit dem Damianos Ari taxierte, veränderten. Er wirkte kalt, abweisend und erstaunlich ruhig.

Ari blieb gelassen und meinte dann: »Sie sind nicht Milan. Erinnern sie sich an das Telefonat in der Hütte? Da durften sie mit ihrem Bruder Milan, der inzwischen ebenso wie Sie in Berlin in Untersuchungshaft sitzt, telefonieren.«

Damianos straffte seinen Körper und sah weder Ari noch sonst jemand der Anwesenden an. Er schwieg. Keiner von ihnen bekam mit, welchen inneren Kampf Damianos gerade ausfocht. In seinem Kopf herrschte Chaos. *Was soll das? Was wollen die von mir? Ich bin Milan – oder nicht? – Außerdem ist es völlig egal wer ich bin!* »Milan ist Damianos und Damianos ist Milan …« Den letzten Satz hatte er unbewusst laut vor sich hingesprochen.

Ari brüllte ihn an, er solle damit aufhören – einfach aufhören, sie zu verarschen. Unerwartet sprang er auf und stürzte auf Damianos zu. Engels wollte gerade dazwischengehen, als er sah, dass sich Ari nur für das linke Ohr seines Gegenübers interessierte.

»Da, da ist sie, das ist unverkennbar die Narbe, die Ihre Schwester in ihrem Tagebuch beschrieben hat. Haben sie das vergessen? Haben sie den Moment vergessen, als sie von ihrer Schwester Arjana eine Ohrfeige verpasst bekamen, weil sie eine Katze im Pool ersäufen wollten? Haben sie das alles vergessen?«

Ari gab Damianos einen groben Schubs, der ihn fast vom Stuhl stürzen ließ.

»He, so geht das nicht!« Engels zog den Kollegen vom Tisch weg, bevor dieser sich wieder auf Damianos stürzen konnte, und nahm dann dessen Platz ein. Er vergewisserte sich kurz bei Christos, ob es in Ordnung sei, wenn er die Befragung in deutscher Sprache weiterführte.

»Kein Problem, leg los!«

»Dr. Pagonis, ich bin Kriminalhauptkommissar Engels aus Berlin. Der einzige Grund, weshalb ich bei den Ermittlungen anwesend bin, sind die drei ermordeten Frauen, die man in Berlin fand.«

Engels erklärte ihm, weshalb man ihn und seinen Bruder verdächtigte, diese Frauen sowie den stellvertretenden Oberarzt, Stefano Moretti, ermordet zu haben. Er legte Damianos die Fotos der getöteten Frauen sowie die von der Vernissage vor die Nase. »Schauen sie sich die Bilder genau an. Kannten sie diese Frauen? – Doktor Pagonis, ich frage sie noch mal: Kannten sie diese Frauen? – Hallo, hören sie mir eigentlich zu?«

Damianos Augenlider zuckten ebenso unkontrolliert wie seine Finger. »Ja, ja, ich höre ihnen zu!«

Sicher habe ich zugehört – aber warum spricht er so leise und abgehackt? Oh ja – diese penetranten Nutten kenne ich – ich kenne sie alle – sie sind weg – ich habe sie entsorgt – ganz einfach entsorgt – »Knack – knack.« *– Immer nur ein kurzes, leises –* »Knack.«

Damianos kicherte leise vor sich hin. Er rutschte nervös auf dem Stuhl hin und her, wurde kurzatmig und versuchte, seine Hände frei zu bekommen.

Engels, der permanent jede Bewegung von Damianos registrierte, gab dem anwesenden Polizisten ein Zeichen, er möge ihm die Handschellen abnehmen. Widerwillig befreit dieser Damianos davon.

Im selben Moment setze das Schnipsen ein. Damianos schnipste erleichtert mit den Fingern. Das schadenfrohe Kichern verwandelte sich in boshaftes, kehliges Lachen.

»Was meinten Sie mit ›knack‹? Sie sagten eben dreimal das Wort ›knack‹. Hat das mit den Frauen zu tun? Ich nehme an, sie kennen diese Frauen, und ich denke auch, Sie haben sie ermordet. Aber weshalb mussten sie sterben? Ich verstehe es nicht. Hier, schauen Sie genau hin, das ist Sophia Kolidis. Wir wissen, dass sie Sofia gut kannten. Kam sie ihretwegen nach Berlin?«

Damianos Augenlider flatterten. Er sah grotesk aus. Der dunkle Bluterguss, der beide Augen umrahmte, dann die immer noch stark gerötete Bindehaut und die wirr vom Kopf abstehenden langen, lockigen Haare gaben ihm das Aussehen eines blutrünstigen Monsters. Die Fragen Engels hämmerten auf sein Trommelfell wie dumpfe Hammerschläge, immer begleitet von einem dreifachen, vierfachen Echo …

Ja verdammt, ja, ich habe die Nutten entsorgt, hört mir denn niemand zu? Warum stellt man mir immer dieselben Fragen? Warum? – Warum hört ihr nicht endlich auf … Diese ekelhaften Weiber, aufdringlich waren sie, widerlich und penetrant aufdringlich. Lasst mich endlich in Ruhe. – Milan – Milan, wo bist du? Ich brauche dich. – MILAN …!

Engels sprang auf und konnte Damianos gerade noch auffangen, bevor dieser seitwärts vom Stuhl kippte. Er stellte ihm wortlos ein Glas Wasser vor die Nase und forderte ihn auf, zu trinken. Mit zittriger Hand griff Damianos nach dem Glas, verschüttete die Hälfte und leerte den Rest in einem Zug. Er atmete flach und unregelmäßig.

Engels verlor nun ebenfalls die Geduld: »Verdammt noch mal, ich habe sie etwas gefragt. Haben sie diese Frauen getötet?«

»Nutten, alles Nutten. Hündische, sexsüchtige Monster. Sie wollen dich beherrschen, ja beherrschen, sie fressen dich mit Haut und Haaren.«

Damianos lachte plötzlich los. Ein irres, kehliges, diabolisches Lachen und sprach dabei weiter. Man hatte den Eindruck, er nahm sein Umfeld gar nicht mehr war.

Engels, Ari und Christos starrten ungläubig, andererseits aber auch fasziniert auf diesen Mann, der offensichtlich bei seinem Geständnis die Gräueltaten noch einmal zu durchleben schien. Sie hörten ihm schweigend zu, bemüht, jetzt kein störendes Geräusch zu verursachen oder gar eine Zwischenfrage zu stellen. Solange sich Damianos in diesem tranceähnlichen Zustand befand, würde er reden.

Inzwischen trat nicht nur Engels der Schweiß aus allen Poren. Im Raum waren gefühlte vierzig Grad. Es war unerträglich.

»Ja – und das dauerte – ich bekam ihn nicht ab. – Es dauerte viel zu lange, bis endlich ihr Kopf vor mir lag. – Sie konnte meine Gedanken lesen – sie konnte in meinen Kopf schauen – ha, dass ich nicht lache – und dann schaute ich in ihren Kopf.«

Plötzlich verstummte Damianos. Sein Blick verlor sich an einem imaginären Punkt an der gegenüberliegenden Wand.

Engels hakte nach. Mit sanfter, monotoner Stimme, um möglichst diesen Zustand, in dem Damianos sich befand nicht zu zerstören, fragte er nach Moretti. »Und Moretti? Warum musste Moretti sterben?«

Damianos zog spöttisch die Mundwinkel nach unten. »Moretti, der kleine Schleimer. Ein mieser kleiner Schleimer. Bedeutungslos, eine nichtssagende, kleine miese Ratte. Er dachte wirklich, er kann uns austricksen – und dann – Knack, ein kurzes leises Knack – und er war weg – einfach weg. Er wird uns nie wieder nachspionieren, nie wieder. – Oh ja, wir sind gut, wir sind genial, wir sind EINS – Milan ist Damianos und Damianos ist Milan – für immer – für immer EINS – ja das sind wir.«

Damianos hob plötzlich den Kopf und starrte verwundert in die Runde. Man hatte den Eindruck, als würde er die anwesenden Personen zum ersten Mal wahrnehmen. Dann erhob er sich und meinte, als wäre es das Normalste der Welt: »Ich muss jetzt gehen, Milan wartet!« Er stand auf und stiefelte wie selbstverständlich in Richtung Tür.

Der Wachmann, der die ganze Zeit bewegungslos an einem Fleck verharrte, reagierte blitzschnell, zerrte Damianos brutal zurück und legte ihm routiniert wieder die Handschellen an.

Damianos wehrte sich und trat nach allen Seiten. Er tobte, er schrie, die Stimme überschlug sich und ähnelte eher der eines Tieres, das den nahenden Tod vor Augen hat.

»MILAN – MILAN – MILAN …!«

Das Verhör war beendet und der Wachmann zerrte Damianos aus dem Raum. Es dauerte lange, bis die Schreie verstummten.

Schweigend verstaute Ari das Band mit den Aufzeichnungen, rollte Kabel ein, schob die Fotos in einen großen Umschlag und fluchte lauthals los: »Mist, wir haben ihm das Foto nicht vorgelegt – das Foto mit den drei Fingern. Wie konnten wir das vergessen. Er war so schön am Plaudern. Sicher hätte er uns mit Wonne erzählt, wer ihm das Souvenir hinterlassen hat. Es ist kaum anzunehmen, dass er sich nochmals auf so ein ergiebiges Plauderstündchen einlässt.«

Engels zog fragend die Schultern hoch. »Schwer zu sagen. Vielleicht bekommen wir ja doch noch Antworten auf unsere offenen Fragen. Ich wüsste auch gerne, wo er die Frauen umgebracht hat. Keins der Opfer war bekleidet oder trug Schmuck, als man es fand. Wo hat er die Sachen deponiert? Wurden sie entsorgt? Befinden sie sich noch am Tatort? Fragen über Fragen. Wir müssen abwarten, vielleicht spuckt er die Details doch noch aus. Ich vermute, dass der Richter, wenn ihm die Anklageschrift vorliegt, ein psychologisches Gutachten anfordern wird. Das wird dann das Zünglein an der Waage. Normaler Strafvollzug oder lebenslang in der Psychiatrie. Um festzustellen, dass der nicht richtig tickt, braucht man keinen Psychiater. Irgendetwas muss bei ihm gewaltig schiefgelaufen sein. Ob es aber reicht, um ihn schuldunfähig im Sinne der Anklage zu sprechen? Wir werden es sehen.«

Nachdenklich liefen sie zurück zum Ausgang. Jeder hing seinen Gedanken nach. Das umfangreiche Geständnis, die detaillierten Schilderungen, wie und aus welchen Beweggründen er seine Opfer tötete, ließ auch den erfahrendsten Beamten nicht kalt.

Als sie dann im Auto saßen, ließ Engels die Kollegen an seinen Überlegungen teilhaben: »Das muss man nicht verstehen. Diese Zwillinge, hochintelligent, mit einer adäquaten Ausbildung – und dann das. Dieser Familie blieb nichts erspart. Letztendlich erscheint mir aber auch einiges hausgemacht. Wie dem auch sei, ich denke meine Anwesenheit ist hier nicht mehr erforderlich. Wir haben das Geständnis, es wird Anklage erhoben und dann verschwindet er lebenslänglich hinter Schloss und Riegel. Sollte die hiesige Staatsanwaltschaft das Verfahren gegen Damianos eröffnen, wovon ich ausgehe, dann vermute ich, wird es bei uns keinen Richter geben, der sich um diesen Fall reißt. Die Aburteilung aller Straftaten, die man Damianos zur Last legt, wird man der griechischen Justiz überlassen. Warum auch nicht? Die Zusammenarbeit funktioniert doch bestens. Wobei ich denke, es liegt trotzdem noch ein großes Stück Arbeit vor uns.«

Christos und Ari pflichteten ihm bei und bedauerten aufrichtig, dass die gemeinsame Ermittlung mit dem deutschen Kollegen dem Ende zuging. Engels empfand es ähnlich und dachte, dass er sich in diesem Team mit Sicherheit sauwohl fühlen würde. Aber – und das war ein ganz wesentlicher Aspekt – hier gab es keine Katja Blondczycz. Und auf Blondy würde er freiwillig nie verzichten.

Die Rückfahrt ins Athener Dezernat ging noch schneller als die Fahrt zum Gefängnis. Diesmal saß Ari am Steuer! Der Fahrstil ähnelte dem von Christos. Ohne Blinker zu setzen, ungebremst mit quietschenden Reifen, bretterte er auf den Parkplatz und stoppte dann so abrupt, dass sie alle erst nach vorne und dann zurück in den Sitz geschleudert wurden.

Engels stieg zum ersten Mal grinsend und ohne weiche Knie aus dem Wagen. Er hatte sich an die griechische Fahrweise gewöhnt.

Als sie ins Büro kamen, wurden sie von Linos erwartet. Er hatte es sich auf dem bequemsten aller Stühle gemütlich gemacht, schlürfte genüsslich seinen Frappé und wirkte sehr entspannt.

Ari schaute besorgt zu seinem Kollegen. »Du bist krank, du solltest nicht hier sein.«

»Ja, ja, ich weiß. Vermutlich falle ich sowieso für längere Zeit aus. Der Doktor vermutet, dass eine neue Herzklappe erforderlich werden könnte. Genaueres kann er mir erst morgen sagen. Ich verschwinde auch gleich wieder. Allerdings erst, wenn ich über den neuesten Stand der Ermittlung Bescheid weiß.«

Während Ari seinen Kollegen informierte, griff Engels zum Telefon und wählte die Nummer seines Dezernats in Berlin.

Gregor nahm das Gespräch entgegen und war hoch erfreut, die Stimme seines Kollegen zu hören. Er fragte ihn sofort nach Nora und was in der Hütte geschehen war.

Engels fasste sich kurz. »Gregor, Nora wird es überleben. Sie muss aber noch einige Zeit im Krankenhaus bleiben. Und noch eine gute Nachricht: Er war es, er hat gestanden. Die drei Frauen sowie sein Kollege aus der Charité gehen auf sein Konto. Ich schicke euch umgehend den vorläufigen Bericht.«

Ari stand plötzlich neben ihm, wedelte mit einem Foto vor seiner Nase herum und zeigte in Richtung Faxgerät. Es war die Fotografie, auf dem sich die drei Finger mit dem auffälligen Ring befanden.

Engels hatte verstanden. »Pass auf, Gregor. Ich faxe euch gleich ein Foto rüber. Die Finger mit dem auffälligen Ring befanden sich in einem der vielen Präparategläser, die wir in der Hütte fanden. Vielleicht kann sich Milan an diesen Ring erinnern. Sag ihm, wo wir das gefunden haben. Er kennt doch die Hütte ebenso gut wie sein Bruder. Was mich betrifft, so werde ich vermutlich morgen Abend mit der letzten Maschine in Tegel landen. Kannst ja auch Blondy Bescheid geben.«

Der letzte Satz sollte beiläufig klingen, aber Gregor bekam sofort mit, dass Engels die Weitergabe dieser Info sehr wichtig war. »Mach ich Kollege, selbstverständlich. Aber du kannst es ihr auch selber sagen, Blondy sitzt neben mir.«

Engels überlegte kurz und meinte, dass es nicht nötig sei, da er doch spätestens übermorgen früh wieder im Büro sei.

Als sie aufgelegt hatten, schnappte er sich sein Handy und schrieb Blondy eine lange SMS.

Danach faxte er ihnen das angekündigte Foto, und machte sich daran, seinen letzten Bericht zu schreiben.

30

Gregor legte den Hörer des Telefons auf und lehnte sich nachdenklich in seinem Stuhl zurück. »Es scheint vorbei zu sein. Damianos hat gestanden. Nun bleibt nur noch zu klären weshalb – und wo er sie getötet hat.«

Das Faxgerät ratterte und Blondy nahm die Nachricht entgegen. »Schau mal Gregor. Diese Finger auf dem Foto hat man konserviert in dieser Hütte in Athen gefunden. Das ist ja schrecklich. Mein Gott, Engels schreibt, dass es Dutzende von Gläsern mit ähnlichem Inhalt gibt. Die Rechtsmedizin hat alle Hände voll zu tun.«

»Ja, ich weiß. Das hat er mir eben am Telefon gesagt. Und es ist durchaus möglich, dass noch mehr menschliche Präparate gefunden werden. Ich denke, wir sollten Milan mit den Neuigkeiten konfrontieren.«

Seufzend erhob er sich aus seinem Stuhl, ging nach nebenan und fragte Schlüter, ob Milan Pagonis bereits im Verhörraum sei. Schlüter nickte bejahend und Gregor machte sich auf den Weg, um ihn zur weiteren Befragung abzuholen.

Milan erkannte schon am Klang der Schritte, dass es Gregor war, der sich dem Raum näherte. Er war nervös und seine Hände zitterten. Er hatte eine qualvolle, schlaflose Nacht hinter sich. Unentwegt wurde er von irreal zusammengestückelten Bildern heimgesucht. Immer wieder sah er sich mit Damianos in der Hütte. Er hörte das heisere Lachen seines Bruders, zeitgleich das qualvolle Schreien einer misshandelten Kreatur. Er sah sich zusammengekauert, mit geschlossenen Augen, die Ohren zuhaltend in der Ecke des Kellers sitzen. Er spürte den kräftigen Griff seines Bruders, der ihn erbarmungslos aus der Ecke zerrte, ihm den Griff eines kalten, blanken Instruments in die Hand drückte und ihn aufforderte mitzumachen. *Wir forschen Milan, wir sind genial ... genial ...*

Die Zellentür öffnete sich und Gregor bat ihn mitzukommen. Schweigend und schlurfenden Schrittes folgte er ihm. Sie fuhren, ohne miteinander zu sprechen, mit dem Fahrstuhl nach oben. Gregor entging nicht, in welchem psychischen und physischen Zustand sich Milan befand. Für Mitleid allerdings war in dieser Situation kein Platz mehr.

Kurze Zeit später betraten sie das Büro.

Blondy hatte inzwischen das Aufnahmegerät startklar gemacht, eine Kanne mit frischem Kaffee sowie zwei Flaschen Wasser bereitgestellt. Auch sie erschrak, als sie Milan sah, der an ihr vorüberging, ohne von ihr Notiz zu nehmen. Er wirkte müde und um Jahre gealtert. Gregor nickte ihr dankbar zu, als er sah, dass sie schon alles vorbereitet hatte, und bat sie, ebenfalls dem Verhör beizuwohnen. Gregor klärte ihn wie immer über seine Rechte auf und wies ihn darauf hin, dass das Gespräch aufgezeichnet wird. Auch diesmal verzichtete Milan auf einen Rechtsbeistand.

»Es gibt Neuigkeiten, Milan.«

Ruckartig hob er den Kopf und starrte Gregor an. »Nora, wie geht es Nora? Ist alles in Ordnung mit ihr?«

»In Ordnung würde ich nicht sagen. Es war knapp, sehr knapp, aber sie hat überlebt. Momentan ist sie in der Klinik deines Vaters und wird noch einige Zeit dort bleiben müssen.«

Milan knetete verzweifelt seine Finger und stammelte leise vor sich hin. »Warum tut er mir das an, warum? Er ist doch mein Bruder.«

Gregor holte tief Luft, bevor er weitersprach. »Milan, er hat gestanden, er hat die Morde an den drei Frauen sowie den Mord an Dr. Moretti gestanden. Was uns aber noch immer nicht klar ist: Wo hat er sie getötet? Uns fehlt der Tatort. Ich habe dich das schon einmal gefragt: Hat dein Bruder außer seiner Wohnung noch anderen Wohnraum angemietet?«

Milan antwortete nicht. Mit starrem Blick stierte er auf seine Hände und schüttelte kaum wahrnehmbar mit dem Kopf. Kleine Schweißperlen bildeten sich auf seiner Stirn. Sein Atem ging stoßweise und aus seinem Gesicht schien jegliche Farbe verschwunden zu sein.

Gregor wiederholte seine Frage: »Gibt es da noch ein weiteres Mietobjekt?«

Stockend, fast tonlos, ohne den Blick zu heben, antwortete Milan: »Ja, da gibt es ein kleines Gartenhaus am Grunewald. Das Atelier war ihm manchmal zu eng. Damianos brauchte Luft, er brauchte Luft zum Atmen. In der letzten Zeit war er sehr oft dort draußen.«

Gregor und Blondy nickten sich, unbemerkt von Milan, erleichtert zu. Beide dachten das Gleiche: Gartenhaus am Grunewald. Das könnte es sein. Die drei ermordeten Frauen fand man nahe der Avus und die Avus durchschneidet den Grunewald.

»Wo, wo ist das Gartenhaus? Kennst du die Adresse?«

Milan versagte die Stimme, und Blondy schaltete schnell: Sie legte ihm einen Kugelschreiber und Papier vor die Nase und forderte ihn auf, es aufzuschreiben. Im Zeitlupentempo, so als müsse er sich jeden Buchstaben erst überlegen, schrieb er in krakeliger Schrift die Adresse auf den Zettel und ließ dann erschöpft den Kugelschreiber fallen. Blondy eilte damit sofort in den Nebenraum, um die Spurensicherung zu informieren.

»Möchtest du einen Kaffee oder Wasser?«

Milan hob langsam den Kopf und schaute irritiert zu Gregor, so als hätte er die Frage nicht verstanden.

Gregor wiederholte: »Kaffee oder Wasser?«

»Wasser – und eine Zigarette. Könnte ich auch eine Zigarette haben?«

Gregor als Nichtraucher wollte schon bedauernd ablehnen, als Blondy meinte: »Ich schau mal, ob ich eine finde.«

Zielsicher zog sie eine Schublade an Engels Schreibtisch auf und fischte aus der hintersten Ecke ein Päckchen Zigaretten. Milan zündete sich mit zittriger Hand eine davon an und zog dankbar den Rauch in seine Lungen. Es schien ihn zu beruhigen.

»Ich denke, wir sollten jetzt weitermachen.« Gregor wirkte leicht gereizt. – *Wieso weiß Blondy von Engels Zigarettendepot und ich nicht? Blondy kennt auch Engels Sohn, und ich wusste bis vor Kurzem noch nicht einmal, dass der einen erwachsenen Sohn hat, obwohl ich Engels wesentlich länger kenne als Blondy ...* Das wurmte ihn gewaltig und er nahm sich vor, seinen Kollegen bei der nächstbesten Gelegenheit darauf anzusprechen.

Blondys Stimme riss ihn aus seinen Gedanken. Sie wollte von Milan wissen, ob er öfter bei seinem Bruder im Grunewald gewesen sei.

»Nein, ich war nur einmal dort, kurz nachdem er das Gartenhaus gemietet hatte. Wir trafen uns für gewöhnlich in seiner oder in meiner Wohnung. Wobei er häufiger zu mir kam, um auch im Atelier zu arbeiten.«

»Besitzen Sie auch einen Schlüssel zu diesem Haus?«

»Nein, wozu auch?«

»Okay, ich habe keine weiteren Fragen an Sie.«

Milan nickte gedankenverloren und wollte sich schon erheben, als Gregor ihn bat, noch kurz sitzen zu bleiben.

»Da wäre dann noch was. Diese Hütte, die Hütte in Kolonaki auf dem Grundstück deiner Mutter, woher wusstest du, dass Damianos mit Nora dort sein würde? Wusstest du auch, was man dort finden würde?«

Milan sah Gregor mit zusammengekniffenen Augen an. »Ich verstehe dich nicht. Was sollte man dort gefunden haben?«

»Gläser Milan, viele Gläser mit unterschiedlichen Präparaten. In einem dieser Gläser fand man das hier. Hast du eine Erklärung dafür? Kommt dir dieser Ring bekannt vor?«

Er schob das Foto, auf dem die drei Finger mit dem Ring abgebildet waren, langsam zu Milan hinüber und ließ ihn dabei nicht aus den Augen.

Es dauerte ein paar Sekunden, bis er den Blick senkte und das Foto betrachtete.

Blondy stand bewegungslos im Türrahmen, als Milan plötzlich stöhnend aufsprang, das Foto vom Tisch fegte und schrie. Seine qualvollen, verzweifelten Schreie ließen sie erschrocken zusammenzucken. Mit weit aufgerissenen Augen blieb sie bewegungslos im Türrahmen stehen. Milan trat gegen die Wand, riss den Stuhl um, schrie und schlug wild um sich, als Gregor versuchte, ihn zu beruhigen.

Schließlich hatte Gregor ihn im Griff und Milan sackte hemmungslos weinend zu Boden. Blondy stellte fast geräuschlos den Stuhl wieder an seinen Platz, hob die Thermoskanne und das Foto vom Boden auf und setzte sich schweigend auf ihren Platz. Gregor indessen lockerte seinen Griff und half Milan, der wie ein Häufchen Elend in der Ecke kauerte, sich zu erheben. Wie in Trance ließ er sich auf dem Stuhl nieder und starrte blicklos vor sich hin.

»Der Ring, Milan, zu wem gehört dieser Ring?«

Milan hatte Mühe zu sprechen. Er brachte nur ein undeutliches, stotterndes Krächzen zustande. Ein schüttelfrostähnliches Zittern hatte seinen Körper im Griff. Unkontrolliert schlugen seine Zähne aufeinander.

»Ar-ja-na, es ist Arjanas Ring. Sie hat ihn von unseren Eltern zum bestandenen Abitur bekommen.« Milan schaute Gregor direkt ins Gesicht und fragte ihn zögernd: »Das war nicht Damianos, oder? Das kann nicht sein, das hat er nicht getan. Niemals würde Damianos so etwas tun. Sie war doch unsere Schwester.«

Gregor zog fragend die Schultern hoch, schaltete das Aufnahmegerät aus und bat Milan, sich einen Moment zu gedulden. »In ein paar Minuten wird man dich abholen. Ich werde dafür sorgen, dass du, bevor man dich in deine Zelle bringt, von einem Arzt untersucht wirst. Ich möchte sichergehen, dass du in deinem Zustand auch haftfähig bist. Und denke noch mal über einen Rechtsbeistand deiner Wahl nach. Vielleicht kennst du jemand, den du anrufen möchtest.«

Milan antwortete nicht, sondern starrte nur abwesend vor sich hin. Gregor zog resignierend die Schultern hoch.

»Herr Pagonis, Herr Pagonis, schauen sie mich an, hören sie mir einen Moment zu.« Blondy blieb hartnäckig und sprach ihn mehrmals an.

Endlich reagierte Milan und hob im Zeitlupentempo den Kopf. Er sah Blondy mit leerem Blick ins Gesicht.

Freundlich, aber bestimmt klärte sie ihn über das weitere Vorgehen auf. »Sie werden weiterhin in Untersuchungshaft bleiben. Der Staatsanwalt wird nach abgeschlossener Ermittlungsarbeit dem Richter die Anklageschrift vorlegen. Dieser wird die Anklageschrift prüfen und die Hauptverhandlung terminlich festsetzen. Sie sollten sich unbedingt um einen Rechtsbeistand bemühen. Wenn sie das nicht möchten, wird ihnen ein Pflichtverteidiger zur Seite gestellt. Haben sie das verstanden?«

Milan reagierte nicht. Er starrte vor sich hin und ließ sich ein paar Minuten später widerstandslos abführen.

Blondy fischte zwei Cola aus dem Kühlschrank, stellte eine vor Gregor hin und fragte ihn: »Was denkst du, hat er von den Morden gewusst? Wenn ja, wird man es ihm beweisen müssen. Was geschieht, wenn er damit wirklich nichts zu tun hatte? Wie lange wird man ihn einbuchten?«

Gregor zog nur die Schultern hoch und meinte: »Keine Ahnung. Sollte er mit den Morden nichts zu tun haben, bleibt der Tatbestand der Urkundenfälschung und Körperverletzung. Nun kommt es noch darauf an, wie viele seiner Patienten einen Strafantrag stellen. Er arbeitete in der Chirurgie. Er führte Operationen durch, verordnete Medikamente – und das alles ohne Approbation. Ich werde nie verstehen, dass es Menschen gibt, die derart skrupellos gegen sämtliche Gesetze verstoßen. Dieser Milan ist ein hochintelligenter Zeitgenosse und dann das. Aber eins ist auch sicher, er wird niemals damit klarkommen, dass Damianos vermutlich die eigene Schwester ins Jenseits befördert hat. Momentan befindet er sich im Schockzustand und ich denke, es war richtig einen Arzt zu informieren. Sicher ist sicher.«

Blondy hörte nur noch mit halbem Ohr den Ausführungen Gregors zu. Ihr Handy surrte lautlos in der Hosentasche. Verstohlen warf sie einen Blick auf die eben einge-gangene SMS: »Lande in dreißig Minuten – kommst du?«

Sie tippte ein kurzes »Ja, ja, ja«, setzte einen grinsenden Smily dazu und drückte auf Senden.

Gregor schaute sie fragend an. »Was ist los?«

Ohne rot zu werden erklärte sie ihm, dass sie heute früher gehen müsse. »Um genau zu sein, sofort. – Sorry Gregor, es geht um meine Tochter. Kommst du ohne mich zurecht?«

Gregor runzelte die Stirn und nickte bedächtig.

»Geh nur, ich fange schon mal mit dem Bericht an und mache dann auch bald Schluss. Ich bin schon gespannt auf die Ergebnisse der Spurensicherung. Wenn die in diesem Gartenhaus nicht fündig werden, gehe ich in Pension. Der Fall hängt mir langsam zum Hals raus.«

»Ja, ja, mach das.«

Blondy, die eigentlich erst am nächsten Tag mit Engels gerechnet hatte, war gedanklich schon längst am Flughafen. Grinsend verließ sie das Büro.

Gregor schüttelte nur verwundert den Kopf. Er war der Meinung, dass Blondys Tochter jetzt in den Ferien mit der Oma verreist war. Aber vielleicht hatte er das falsch verstanden. Lustlos schaute er zu seinem Schreibtisch und entschied spontan, nur noch kurz den Maileingang zu checken und heute ebenfalls früher nachhause zu fahren. Er öffnete Engels stereotypes Protokoll die letzten Ereignisse in Athen betreffend, las es kopfschüttelnd durch und hoffte mehr denn je, dass sich das ominöse Gartenhaus im Grunewald als Tatort bestätigen würde.

31

Unerbittlich schrillte der Wecker. Knurrend drehte sich Engels um und versuchte im Blindflug, den nervigen Ton abzustellen, vergeblich. Blondy schraubte sich geschmeidig über ihn hinweg und drückte gezielt den Ausknopf.

Wohlig brummend umarmte er sie, zog sie zärtlich und fordernd zu sich heran und meinte bestimmend: »Ich habe eine geniale Idee, meine kleine Füchsin. Wir werden weder heute noch morgen zur Arbeit fahren. Wir machen jetzt da weiter, wo wir vor einigen Stunden aufgehört haben. Wir werden irgendwann den Pizzaservice bestellen, das Telefon ausschalten und sämtliche Ermittlungsarbeit vergessen.«

Lachend wand sich Blondy aus seiner Umklammerung. »Ja, deine Idee ist brillant und sehr verlockend. Aber – und das weißt du am besten – nicht realisierbar. Also raus aus den Federn.«

Eine halbe Stunde später saßen sie in ihrem Wagen und fuhren ins Dezernat. Sie betraten lachend das Büro, ohne zu bemerken, dass auch Gregor bereits anwesend war. Er schaute grinsend zu den beiden und meinte leicht ironisch: »Also doch, warum die Heimlichtuerei?«

Blondy schoss überflüssigerweise die Röte ins Gesicht. »Wir … wir wollten nicht – wir wollten einfach nicht, dass es Gerede gibt, Gregor.«

»Aha, und aus demselben Grund verheimlichte mir mein langjähriger Kollege – und wie ich dachte, auch Freund – seinen Sohn.«

Engels war die Situation ausgesprochen unangenehm. Insgeheim gab er Gregor Recht. »Sorry, Gregor, das war blöd von mir. Können wir später in Ruhe über alles sprechen?«

»Wann später? Morgen, übermorgen oder in zehn Jahren?«

Engels war klar, wie verletzt sich Gregor fühlen musste, und schlug ihm ein Treffen am Wochenende vor. »Nur du und ich, in unserer ehemaligen Stammkneipe. Ist das okay für Dich?«

Gregor zierte sich einen Moment und meinte dann im leicht gönnerhaften Ton: »Ja, ja, das ist okay für mich. Aber du bezahlst.«

Engels griente erleichtert und wollte eigentlich noch etwas erwidern, als die Tür vom Nebenzimmer aufgerissen wurde.

»Der Bericht ist da – der Bericht ist da – wir haben den Tatort – wir haben den Tatort gefunden …!« Im Singsangton verkündete Schlüter die Neuigkeit und wedelte dabei aufgeregt mit dem vorläufigen Bericht der Spurensicherung. Offensichtlich dachte er nicht im Traum daran, ihn auf den Schreibtisch zu legen.

Engels zog unüberhörbar die Luft durch die Nase. Sein Gesichtsausdruck ließ nichts Gutes erahnen.

Blondy reagierte schnell, riss Schlüter das Schriftstück aus der Hand, bedankte sich bei ihm und schob ihn sanft zurück ins Nebenbüro. Lächelnd drückte sie Engels die Akte in die Hand. »Bleib ruhig, alles ist gut. Du musst dich jetzt nicht aufregen.«

Dieser schüttelte nur ungläubig seinen Kopf und brummte wütend vor sich hin. »Der muss weg. Jetzt mache ich ernst. Morgen werde ich seine Versetzung beantragen. Warum geht der Hanswurst nicht zum Kindertheater? Ich begreife nicht, wie der jemals bei uns landen konnte.«

Gregor schüttelte grinsend den Kopf und meinte so nebenbei: »Jetzt weiß ich, was mir in den letzten Tagen wirklich fehlte: Es waren deine herzerfrischenden, cholerischen Anfälle. Schön, dass du wieder hier bist.«

Engels nickte Gregor zu. »He, ich bin auch froh, wieder hier zu sein.«

Die miese Stimmung, die Eingangs herrschte, war von dem Moment an verschwunden und man widmete sich gemeinsam dem Bericht der Spurensicherung. Und dieser Bericht hatte es in sich: Es wurden Blutspuren an den Wänden und auf dem Fußboden gefunden, sowie diverse chirurgische Instrumente, die ebenfalls Blutspuren aufwiesen; drei Damenhandtaschen, in denen sich Schlüssel, Kleinkram und die Personalien der Opfer befanden; zwei kleine Koffer mit Damenkleidung und in einer Schublade unterschiedliche Schmuckstücke, sowie ein Plastiksack, in dem sich ebenfalls Kleidung befand. Es handelte sich dabei um die Sachen der Opfer, die sie am Tag ihrer Ermordung trugen. Außerdem stand dort auch eine alte Schreibmaschine, vermutlich die, auf der die Stalkerkärtchen an Nora Stahl geschrieben wurden.

Engels legte die Akte weg und meinte erleichtert: »Das war's dann wohl. Der Laborbericht wird bestätigen, dass die Frauen im Gartenhaus getötet wurden. Die gefundenen Koffer passen wunderbar ins Bild. Diese Dorothea Glass sowie die Psychologin, Adele Sommer, wollten laut Zeugenaussage mit ihrer neuen Eroberung verreisen. Dass die Reise bereits im Grunewald enden würde, war für beide nicht vorhersehbar. Nach Abschluss der Untersuchungen soll sich Jo um den Rest kümmern. Die Angehörigen müssen informiert werden, um die Fundstücke zu identifizieren. Ich möchte allerdings nicht, dass Schlüter mit irgendeiner Aufgabe diesbezüglich betraut wird. Der ist raus. Der kann bis zu seiner Versetzung unsere Protokolle tippen.«

Inzwischen gurgelte und zischte die Kaffeemaschine. Blondy drückte jedem einen Pott mit frischem, heißem Kaffee in die Hand, setzte sich neben Gregor, und beide schauten erwartungsvoll zu Engels.

»Was ist los? Weshalb starrt ihr mich so an?« Verunsichert fuhr er sich mit der Hand übers Gesicht und durch die Haare. »Habe ich einen Pickel auf der Nase – oder was?«

Gregor sagte nur kurz und knapp: »Urlaubsbericht. Wie war dein Urlaub? Ständig Sonne, Meer und schöne Griechinnen? Oder liege ich da falsch?«

Engels musste lachen. »Urlaub ist gut. Das war harte Arbeit. Außerdem steht alles im Protokoll.«

»Das ist uns klar. Aber wir wollen es von dir hören, leg schon los!«

Und dann schilderte er ihnen die Vorfälle der letzten Tage und meinte zum Schluss: »Der Vater der Zwillinge, dieser Spiro Pagonis, ließ durchblicken, dass er sich um den Rechtsbeistand seiner Söhne kümmern will. Das bedeutet, dass er demnächst auch nach Berlin kommt. Übrigens ein ausgesprochen sympathischer und, so wie ich ihn einschätze, einflussreicher Mann. Ich denke, der wird nur die besten für sie an den Start schicken. So, und nun an die Arbeit. Der zuständige Staatsanwalt erwartet Ergebnisse.«

32

Zwei Monate später.

Es ist Gregors erster Arbeitstag, nachdem er sage und schreibe drei Wochen Griechenlandurlaub am Stück hinter sich hatte. Braungebrannt und einige Kilo leichter federte er gut gelaunt ins Büro.

Engels klopfte ihm erleichtert auf die Schulter und meinte: »Schön, dass du wieder hier bist«, und Blondy drückte ihm überschwänglich einen freundschaftlichen Kuss auf die Wange.

Er griente übers ganze Gesicht. »Na, na, war es so schlimm, habt ihr mich wirklich so sehr vermisst? Ich euch aber auch. Obwohl, ich hätte gut und gerne noch drei Monate ranhängen können.«

Blondy stellte ihm seinen heißgeliebten starken Kaffee vor die Nase und forderte ihn auf, über den Urlaub zu berichten.

Gregor schüttelte verneinend den Kopf. »Nein, nicht heute. Da habe ich eine bessere Idee. Wir schauen uns jetzt gemeinsam den Dienstplan an. Ich denke, es wird sich ein Termin finden, an dem wir alle drei zusammen frei haben. Vielleicht spielt sogar das Wetter mit und wir können bei mir im Garten den Grill anschmeißen, und dann bekommt ihr meinen Urlaubsbericht. Aber nicht nur. Ich denke, so ein gemeinsamer Abend ist schon lange überfällig. Sarah würde es auch super finden.«

Kurz darauf guckten sie betrübt auf den vor ihnen liegenden Schichtplan. Es war wie verhext. Einer hatte immer Dienst.

»Hier, hier würde es gehen. Das wäre schon nächsten Sonntag. Ich müsste allerdings Jo fragen, ob er ausnahmsweise mit mir den Dienst tauscht.«

Blondy stellte eine Tasse Kaffee auf ein Tablett, legte ein paar von Gregors Lieblingskeksen dazu, garnierte das Ganze mit ein paar bunten Gummibärchen und setzte siegessicher ein verführerisches Lächeln auf. Derart bewaffnet verschwand sie im Nebenbüro.

Zwei Minuten später war sie zurück und meinte: »Na bitte, geht doch. Gregor, du kannst den Grill anschmeißen.«

Nun wollte Gregor wissen was in den letzten Wochen so anstand. Was ihn aber vordergründig interessierte, war der Fall der Pagonis-Zwillinge. »Das ist schon eigenartig. Jetzt war ich drei Wochen in Griechenland und musste oft an Milans Bruder denken. Wisst ihr inzwischen, ob er bereits abgeurteilt wurde?«

»Aber ja, warte mal. Jo brachte uns gestern Abend diese Akte rüber, die den Fall Damianos Pagonis betrifft.« Blondy fischte den Hefter von ihrem Schreibtisch und schlug ihn auf.

»Wir haben hier das Gutachten über Damianos Pagonis. Normalerweise bekommen wir so was gar nicht zu Gesicht. Aber Engels kontaktierte die griechischen Kollegen, die sich daraufhin mächtig ins Zeug legten, um an die Akte zu kommen. Es kam genauso, wie wir es vermutet hatten: Der ›Doc‹ wurde im Sinne der Anklage freigesprochen. Der Richter erkannte sehr schnell, dass der nicht richtig tickt, und veranlasste daraufhin ein forensisch-psychologisches Gutachten.« Sie überflog schweigend die Seiten und schüttelte nur entsetzt mit dem Kopf.

Gregor und Engels schauten ihr erwartungsvoll zu, bis Engels meinte: »Wir würden gerne an den Neuigkeiten teilhaben, werte Kollegin.«

»Ja, Sorry. Also, was hier steht, ist haarsträubend. Dieser Damianos wurde jahrelang von seiner eigenen Mutter sexuell missbraucht.« Sie überflog die weiteren Passagen und meinte: »Dieses Fachchinesisch versteht sowieso niemand. Ah, aber hier kommt's: Durch den sexuellen Missbrauch durch seine Mutter konnte er nie eine Ich-Identität entwickeln …«

Engels runzelte die Stirn. »Was ist denn eine Ich-Identität? Wird das etwas genauer beschrieben?«

»Ja warte mal, hier steht's: Die Ich-Identität ist eine soziale Funktion des Ichs, die darin besteht, die psychosexuellen und psychosozialen Aspekte einer bestimmten Entwicklungsstufe zu integrieren und zu gleicher Zeit die Verbindung der neu erworbenen Identitätselemente mit den schon bestehenden herzustellen. Dabei handelt es sich um das Gefühl für ein inneres Sich-Selbst-Gleichsein, ein Wissen um die eigene Unverwechselbarkeit und deren Bejahung … usw. usw. Am besten, du liest dir den Artikel später selber durch. Fakt ist, er war seiner Mutter über Jahre hinweg ausgeliefert. Seine eigene Mutter hat ihn systematisch kaputt gemacht. Das ist unvorstellbar.«

Obwohl Blondy den Bericht am Vortag schon durchgelesen hatte, war sie derart empört, dass sich ihre Stimme fast überschlug.

»Und das Erschreckende an dieser Geschichte: Es scheint niemand bemerkt zu haben. Letztendlich fand dieser Damianos für sich einen Weg, wie er diese abartige Liebesbezeugung seiner Mutter überstehen konnte: Er schlüpfte in die Rolle seines Bruders. Er war dann Milan und nicht Damianos. Somit wurde nicht er missbraucht, sondern sein Bruder. Ohne seinen Bruder konnte er gar nicht existieren. Milan war sein anderes Ich. Sobald sich aber Milan nach außen orientierte, eine Freundin hatte und eigene Interessen verfolgen wollte, litt Damianos Höllenqualen. Er litt unter ›Identitätsverlust‹ da er, wie schon erwähnt, nie seine eigene Identität entwickeln konnte. Die Tragik der ganzen Geschichte: Sein Zwillingsbruder wurde zum Mittelpunkt seines Lebens. Milan, der seinem Bruder nichts abschlagen konnte, der es auch nie gelernt hatte, sich von ihm zu lösen, sich abzugrenzen, wurde kontinuierlich immer tiefer in Damianos krankhafte Machenschaften hineingezogen. Tragischerweise hatte Damianos nie eine Chance. Er fühlte sich machtlos, und diese Machtlosigkeit kompensierte er damit, dass er Macht über andere ausübte. In der Kindheit waren es diverse Tiere, die daran glauben mussten. Seine abartigen Experimente nahmen abstruse Formen an. Mitleid kannte er nicht. Wie denn auch. Das erste Menschenopfer war dann seine Schwester. Er muss sie gnadenlos verabscheut haben, so wie er alle Frauen verabscheute. Sie starb, laut gerichtsmedizinischem Befund, einen qualvollen Tod. Im Gedanken tötete Damianos immer seine Mutter. Und: Das Morden wäre nach Einschätzung des Gutachters weitergegangen.«

Schwungvoll warf Blondy den Bericht auf den Schreibtisch. »Ihr könnt euch das gerne komplett durchlesen. Aufgrund dieses Gutachtens wurde Damianos lebenslänglich in die Psychiatrie eingewiesen. Milan hingegen wartet noch immer auf seinen Prozess. Er hat bereits einen Suizidversuch hinter sich und weigert sich, mit den Anwälten, die ihm sein Vater angedeihen ließ, zu kommunizieren. Ich denke, Milan hoffte, Nora würde ihn besuchen. Das tat sie dann aber nicht. Sie wollte nach diesen dramatischen Ereignissen, die sie fast das Leben gekostet hätten, nie wieder Kontakt zu ihm oder seiner Familie.«

Nachdenklich, ohne einen Kommentar abzugeben, erhob sich Gregor und begab sich an seinen Schreibtisch. Engels und Blondy taten es ihm gleich. Jeder hing seinen Gedanken nach und versuchte, sich auf die aktuellen Fälle zu konzentrieren.

»Ich denke, ich werde ihn besuchen. Ja, das werde ich tun. Ich werde ihn besuchen. Vielleicht kann ich ihn überreden, mit seinen Anwälten zu sprechen. Milan ist kein schlechter Kerl. Er hat eine Chance verdient …«

Blondy erhob sich von ihrem Platz, legte freundschaftlich ihre Hand auf Gregors Schulter und sagte zu ihm: »Ich weiß, du mochtest Milan, ich denke auch, einen Versuch ist es wert.«

Am nächsten Tag schlug Engels die Tageszeitung auf, überflog einige Artikel, die ihm unwichtig erschienen, und hielt plötzlich inne. Kopfschüttelnd ging er zu Gregor rüber und legte ihm die Zeitung vor die Nase.

»Du brauchst ihn nicht mehr zu besuchen, lies mal was hier steht: ›Letzte Nacht wurde der Künstler Milan Pagonis, alias *Midamis*, tot in seiner Zelle aufgefunden.‹«

Danksagung

Mein herzlicher Dank für die ausführliche und geduldige Beantwortung meiner Fragen geht an:

Rita Bonczyk-Alex, Amtsanwältin;
Jörg Göllner, Kriminalhauptkommissar a.D.;
Michael Broutschek, Psychotherapeut;
Thorsten Falke, DTP-Grafiker und Autor.

Für Fehler, die sich trotz professioneller Beratung eingeschlichen haben, bin ich allein verantwortlich.